책을 읽고
내 인생은 달라졌다

독서로
나를
디자인하라

독서로 나를 디자인하라

초판인쇄	2023년 06월 27일
초판발행	2023년 07월 04일

지은이	우희경 외 9명
발행인	조현수
펴낸곳	도서출판 더로드
마케팅	최관호 최문섭
IT 마케팅	조용재
교정교열	이승득
디자인 디렉터	오종국 Design CREO

ADD	경기도 고양시 일산동구 백석2동 1301-2
	넥스빌오피스텔 704호
전화	031-925-5366~7
팩스	031-925-5368
이메일	provence70@naver.com
등록번호	제2015-000135호
등록	2015년 06월 18일

정가 17,000원
ISBN 979-11-6338-387-1 03810

책을 읽고
내 인생은 달라졌다

독서로
나를
디자인하라

우희경 임세화 차일웅 이경자 김지영
김광자 김진희 강로하 김태연 최영웅

독서출판 더 로드
The Road Books

"독서가 삶을 변화 시킬 수 있을까?"

누구나 지금보다 더 나은 삶을 살기 원한다. 그런 바람과는 달리, 실제로 과거보다 더 발전한 삶을 사는 사람은 많지 않다. 여기서 더 나은 삶이란, 경제적인 자유를 누리거나 자아실현을 이룬 삶만을 의미하는 것은 아니다. 내적 성장을 통해 과거의 상처를 치유할 수도 있고, 평소에 하고 싶었던 분야에 도전하는 삶일 수도 있다. 또한, 성장을 통해 어제의 나와 비교하여 더 괜찮은 내가 되는 것일 수도 있다. 분명 변화하고 성장한 삶을 원하지만, 현실은 내가 원했던 미래와 가까이 다가가지 못하는 이유는 뭘까?

여러 이유가 있으리라 생각한다. 우선, 변화나 성장의 욕구를 느낄만한 계기가 없을 수 있다. 혹은 생각대로 살기에 몸이 따라 주지 않는 경우이다. 삶을 바꾸고 싶은 큰 동기가 없더라도,

생각만큼 행동이 따라주지 않더라도 가볍게 시작할 수 있는 성장의 씨앗이 있다. 바로 독서이다. 책 읽기는 시간이나 공간적인 제약 없이 가능하다. 큰 자본이 들거나, 진입장벽이 높아 도전하기 어려운 분야도 아니다. 내가 마음만 먹으면 언제 어디서든 할 수 있다.

시작이 거창하지 않아도 꾸준하게 책을 읽다 보면 누구나 변화된 삶을 살 수 있다. 왜냐하면 독서는 내적 변화를 일으키기 때문이다. 오랫동안 책을 읽다 보면, 사고하는 습관을 기를 수 있다. 내적 질문을 통해 안 보였던 나를 알게 되면서 점점 변화하는 나를 느낄 수 있다. 그 변화는 물방울처럼 작아서 처음에는 느끼지 못할 정도이다. 그러나 독서를 통한 내적 성장은 물방울이 강물을 되는 것처럼 천천히 이루어진다.

이 책에 나와 있는 주인공들도 그랬다. 독서를 취미로 혹은 재미로 아니면 환경적 변화를 이겨내기 위해 시작했다. 그러나 몇 년 뒤 결과는 극적이었다. 자존감이 떨어진 사람에서 자신을 사랑하는 사람으로. 실천 앞에서 주저하던 사람에서 생각한 바를 행동으로 옮기는 사람으로. 꾸준하게 성장하며 독서를 삶에 적용했다. 그러면서 자연스럽게 꿈을 이루는 사람으로 변했다.

독서는 내적 성장을 넘어 행동하는 삶을 살게 한다. 행동하는 삶을 통해 자신의 삶을 디자인할 수 있도록 도와준다. 그런 변화를 경험한 10명의 저자들은 자신 있게 한목소리로 말한다. "책을 읽고 내 삶이 달라졌어요"라고.

지금 당장 변화에 목이 말라 자신만의 우물을 찾고 있는 분이 계신다면, 이 책을 통해 공감과 위로. 그리고 동기부여까지 얻어가길 바란다. '정말 가능해?' 라고 의심 어린 눈빛을 보내기보다, '이들도 했는데, 나도 한번 도전해 보자.' 라고 마음을 먹었으면 좋겠다.

하루 30분 독서, 이렇게 시작이 작을지라도 독서를 꾸준하게 지속한다면 내 삶은 자연스럽게 변한다. 그래서 삶의 성장을 끌어내는데 가장 강력한 무기가 단연코 '독서' 라고 말할 수 있다. 이 책의 주인공들을 믿고, 자신의 성장을 위해 한 권 한권 책을 읽어보자. 어느새 어제와는 다른 삶을 사는 나를 발견할 것이다.

내가 원하는 대로, 내 생각대로 살고 싶은가? 항상 자신감 넘치게 살고 싶은가? 그런 마음이 드는 분이 계신다면, 지금 당장 이 책을 펼쳐야 할 때다. 슬럼프가 올 때마다, 혹은 독서 메이트가 필요할 때 이 책을 곁에 두고 다시 봤으면 한다. 이 책이 여러분의 독서 친구가 되어 줄 테니까. 독서로 성장하는 독자 여러분을 항상 응원한다.

2023년 6월

우희경

Contents
차례

01

내 삶의
나침반이 되어
꿈을 이루게
해 준 독서

우희경

재미를 넘어 삶의 전환점이 된 책

많은 자기 계발서를 보면 꼭 강조하는 것이 있다. 독서이다. 변화 없는 삶을 살다가 책을 통해 드라마틱한 삶의 성장을 이끈 이야기는 자주 등장하는 스토리다. 책이 도대체 뭐길래, 사람들에게 변화와 성장을 가져다줄까? 주변을 살펴보면 아무리 책을 읽어도 변화가 없는 분들이 있긴 하지만, 대다수 독서인은 독서를 통해 긍정적인 변화를 느낀다.

나는 한 시점에서 변화에 대한 갈망이 커져 몰입하며 책을 읽은 사람이다. 그런데도 어릴 때부터 책을 가까이한 습관 덕분에 어른이 되어 읽는 책이 삶의 변화를 가속했다.

어릴 적으로 돌아가 보면, 그때는 단순한 재미를 느끼기 위해 책을 읽었다. 책은 나에게 하나의 유희였다. 시골에서 자란 탓에 주변에 특별히 놀거리가 없었다. 당시 내가 했던 놀이란 친구들과 여름에 여름에 곤충 채집 하러 다니기, 산과 들에서 뛰어놀던 것이 전부였다. 장난감이나 친구들과의 소꿉놀이에 취미가 없던 나는 읽기 독립을 하면서 동화책을 접했다.

내 머리 속에 강한 기억으로 남는 책은 아버지가 읽어주신 《갈매기의 꿈》이다. 초등학교 4학년 때쯤으로 기억한다. 아버지는 여러 번 《갈매기의 꿈》을 읽어 주셨고, 책을 읽지 않는 날에는 스토리텔링을 하며 책의 이야기를 들려주셨다. 그때 처음으로 '꿈'을 꾸게 되었다. 어렴풋하게 조나단처럼 나의 꿈을 위해 더 멀리 날아가서 다른 사람들에게 넓은 세상을 알려주는 사람이 되겠다고 다짐했다.

이후에는 학교에서 정해준 필독서 중심의 고전이나 한국문학을 읽었다. 특히, 초등학교 5학년 처음 접했던 고전 《데미안》을 읽으며 큰 충격에 빠졌다. 초등학생이 이해하기 어려운 책이었지만, 데미안이 성장하는 과정을 보며 주인공과 동화되어 어른으로 성장하는 과정이 쉽지 않은 거라고 느꼈던 것 같다. 데미안을 시작으로 《동물농장》, 《수레바퀴 아래서》, 《작은 아씨들》 같은 책을 읽으며 이야기가 주는 매력에 푹 빠졌다. 잠잘 시간이 훨씬 넘을 때까지 책을 읽다가 어머니에게 꾸중을 듣고 잠이 들기도 했을 정도였다.

특히 《작은 아씨들》을 읽으며 둘째 '조' 처럼 작가가 되겠다며 흉내를 낸 적이 있다. 소꿉놀이하며 마치 소설 속 주인공 조처럼 행동하며 그녀가 된 듯한 착각에 빠져들기도 했다. 이때까지만 해도 책을 읽는 이유는 순수한 유희였다. 책을 통해 그 장면들을 상상하다 보면 마치 영화 한 편을 보는듯한 착각에 빠졌으니, 그 순간에 재미를 느꼈으리라.

중학교에 와서는 한국 고전에 흥미를 느꼈다. 현진건의 《운수 좋은 날》, 이상의 《날개》, 황순원의 《소나기》등의 단편 소설은 한국 정서에 맞는 재미를 주기에 충분했다. 특히 《소나기》는 탄탄한 이야기 구성과 아름다운 피아노의 선율 같은 문체 덕분인지 잔상이 오래 남았던 소설로 기억한다.

질풍노도의 시기였던 고등학교 때에는 위인전이나 성공담을 담은 책을 주로 읽었다. 그런 책들을 읽으며 책은 재미를 넘어 꿈을 심어준다는 것을 알았다. 오프라 윈프리 자서전을 읽으며 토크쇼 진행자의 꿈을 꾸었으니 말이다. 책이 나에게 처음으로 꿈을 꾸는 삶을 살게 해 주었다. 그 후에도 우리나라에서 잘 나갔던 아나운서들이 쓴 성공담을 읽으며 아나운서라는 꿈도 꾸게 되었다.

이렇게 어릴 적 책이 주는 재미와 동기부여의 선순환을 일찍 깨달은 나는 도서관에서 가서 책을 읽는 것을 좋아하는 사람으로 자랐다. 중간에 입시를 겪으면서 책을 놓았던 적도 있었지만, 어릴 적 좋았던 기억으로 성인이 되어도 책을 즐기는 사람이 되었다.

대학교 시절, 내가 빠졌던 책은 주로 소설이었다. 신경숙, 공지영 작가, 무라카미 하루키를 특히 좋아했다. 한창 친구들과 어울리며 놀기 바쁠 때였지만, 소설을 읽을 때는 방에서 나오지 않고 읽었다. 특히 조금 어두운 성향의 신경숙의 《깊은 슬픔》과 《외딴방》을 읽으며 감탄했다. 이 소설 속의 스토리가 생생하여 그녀의 책을 읽으며 며칠 동안 주인공에 이입되어 헤어 나오질 못할 정도였다. 그 후 접하게 된 소설은 무라카미 하루키의 《상실의 시대》였다. 감각적인 글과 눈앞에 영화처럼 보이게 묘사하는 그의 표현력에 입을 다물지 못하며 읽었던 기억이 있다.

이처럼 책은 나에게 하나의 '놀이'였다. 마치 영화관에서 영화를 보는 것처럼 한 편의 스토리를 몰입하여 읽고 있노라면 상상의 세계에 빠져들었다. 어떠한 사랑보다 달콤했고, 어떤 중독보다 강렬했다. 책이 주는 유희는 내가 경험해 보지 못한 세계를 미리 경험해 보게 하는 데 있다. 또한, 현실에서는 벌어지지 못할 이야기가 책을 통해 알 수 있다는 점에서도 매력적이다.

재미로 시작한 책 읽기는 성인이 되면서 자기 계발서 읽기로 발전해 나갔다. 경험치가 적었던 대학교 시절이나 사회 초년생 때에는 책을 통해 삶의 지혜를 얻고자 했다. 먼저 앞서간 사람들의 책이나 내가 궁금한 문제를 담은 테마의 책을 읽으며 하나씩 알아가는 재미를 느꼈다. 한 권의 책이 내 삶의 영향을 끼쳤던 사건은 여러 번 있었다. 선택의 갈림길에서 결정하고 판단하기에 미숙한 시절에 읽었던 책 한 권이 내 삶을 바꾸어 놨다.

책이 내 삶에 전환점이 되었던 때는 대학교 시절이다. 아나운서 준비생이었던 나는 우연히 찾아온 방송국 리포터 자리와 교환 학생의 기회를 두고 고민하고 있었다. 방송국 리포터가 돼어 경력을 쌓는다면 아나운서 공채 시험에서 유리하게 적용될 것이 뻔했다. 반면 한 번 방송국에 몸을 담그면 그쪽으로 나아가야 한다는 것도 사실이었다. 교환학생 자리는 중국어 전공자였던 내게는 탐나는 제안이었다. 대학생 때 말고는 외국에 나가 공부할 기회가 적은 것도 사실이었고, 중국어를 좀 더 깊이 있게 배울 기회이기도 했다.

몇 날 며칠을 고민했지만, 결론은 쉽게 나오지 않았다. 그 무렵 다시 도서관을 찾았다. 아나운서 성공기를 담은 책과 중국 유학 이야기를 담은 책들을 찾았다. 그때 내 눈에 들어왔던 책들은 도서관에서 보고 바로 서점에서 산 후 단숨에 읽어 내려갔다. 그 후, 결론은 내리는 일이 쉬어졌다. 대부분 아나운서는 어학 특기자들이 많았다. 교환학생을 통해 유학을 다녀온 후, 아나운서 준비를 해도 되겠다는 판단이 내려졌다. 대학 시절, 대만으로 교환학생을 결정하게 된 가장 큰 영향을 미친 책은 한비야의 《중국 견문록》이다. 그 책 한 권으로 나는 유학을 결정했다. 그 후 유학 경험은 인생관을 바꾸었고, 사회생활을 하는 첫 직업을 바꾸어 놨다.

삶에서 전환기를 맞이할 시점에 큰 결정을 할 때마다 내 옆에는 늘 책이 있었다. 《중국 견문록》에 큰 인사이트를 얻은 나는 글로벌 인재가 되겠다고 결심했다. 방송국 준비를 접고 외국 항공사에서 사회생활의 첫발을 내딛게 하는 계기가 되었다. 한 권의 책이 나의 직업의 방향성까지 바꾸어 놨으니, 그 영향력은 가히 엄청나다.

이처럼 나의 삶을 통틀어 찬찬히 들여다보니, 그 옆에는 늘 책이 있었다. 책은 무채색인 세상에 다채로운 색채감을 주게 했다. 상상력을 길러줬고, 꿈을 심어 주었다. 무엇 보다 살면서 여러 번 나에게 전환점을 주었으니, 나는 책에 살고 책으로 만들어진 사람이 아닐까?

02

책은 꿈을 낳고, 꿈은 책을 낳고

산행을 하는 사람들이나 오지 여행을 하는 사람들이 꼭 갖고 다닌 것이 있다. '나침반'이다. 지금은 널리 쓰이지는 않지만, 아직도 등산을 즐기는 사람들에게는 필수 아이템이다. 남쪽과 북쪽을 가리키는 나침반은 내가 현재 어느 위치에 있고, 어느 쪽으로 갈 것인 줄 알려주는 소중한 기기다. 살면서 가끔 인생에도 나침반이 있다면 얼마나 좋을까 하고 생각한다. 작게는 '오늘은 무엇을 먹을까?'에서부터 크게는 '앞으로 무엇을 하며 살아갈까?'까지 삶은 무수한 선택에 의해 결정된다. 그런 결정이 잘한 것인지, 또한 내가 가는 길이 올바른 것인지를 알기 위해 우리는 항상 고민한다.

내게도 그런 일은 비일비재했다. 특히 진로 문제에 있어 그런 일이 많았는데, 2030 시절을 떠올리면 어디로 가야 할지 갈피를 잡지 못할 때가 많았다. 흔들리는 마음을 주체할 수 없을 때 책은 나침반이 되어 주었다.

사회 초년생 시절, 모든 것이 서툴렀다. 일이 적응이 안 되어 힘든데, 인간관계까지 얽혀 도대체 왜 나만 힘이든지 알 수 없었다. 하루에도 몇 번씩 '사직서'를 품으며 나갈 궁리만 하고 있었을 때였다. 그날도 어김없이 퇴근 후, 지친 몸을 이끌고 서점으로 향했다. 내 눈에 들어온 것은 김난도 교수의 《아프니까 청춘이다》이었다.

책을 사서 집으로 돌아가 한숨에 책을 다 읽었다. 아픈 청춘이 곧 나의 이야기를 하는 것 같아 쏟아지는 눈물을 멈출 수가 없었다. 그러면서 미성숙한 햇병아리가 사회생활에 적응하는 것 자체는 원래 투쟁해야 한다는 것을 깨닫고, 깊은 위로를 받았다. 그날 '내가 청춘이기 때문에 성장을 해야 하니 아픈 거였구나. 3년만 더 버티어 보자.'라는 결심도 했다. 물론 그 책 한 권으로 회사 생활이 고됨이 사라진 것은 아니었지만, 적어도 회사 생활을 대하는 태도는 변했다. 그 후에도 선택의 갈림길에 설 때마다 책은 방향성을 알려주는 나침반이 되었다.

지금은 읽고, 쓰는 삶을 업(career)으로 삼고 있다. 이런 삶을 살 수 있도록 방향성을 제시해 준 것도 모두 책의 영향이다. 하나의 재미로 읽었던 책은 때로는 위로를 주었다. 어떻게 살아야 할 것인가에 대해 고민할 때마다 한 발 내디뎌 나아갈 수 있도록 기꺼이 도와주었다.

사회생활을 하면서도 좋은 취미가 있었으니, 그 또한 책 읽기였다. 어릴 적 꿈을 이루지 못하고 회사 생활을 시작한 나는 또 다른 삶의 돌파구를 찾았다. 끊임없이 새로운 삶을 추구했던 것은 내 안에 어떤 '결핍'이 있었기 때문이었으리라.

회사 생활이 지쳐갈 무렵 가장 많이 읽었던 책은 여행서였다. 현실에 치여 장기 여행은 잘 못 가더라도, 휴가철 여행에서 받은 힐링은 나에게는 살아가는 힘이었다. 20대부터 쌓아 왔던 여행 경험이 10년이 넘어가자, 작은 꿈이 하나 꿈틀거렸다. 여행 작가! 여행서를 쓰는 작가들처럼 내가 봤던 세계를 책으로 남긴다면 얼마나 의미가 있을까 생각하니 가슴이 뛰었다. 어른의 삶이 그렇듯, 회사 생활에 열중하다 보면 꿈은 무산되기 일쑤이다. 그 무렵 나의 꿈을 간신히 붙들어 주게 한 것이 여행서였다. 마치 가 보지 않았던 곳에 가서 내가 살아 본 듯 생생하게 여행기를 들려주면 흥분이 되어 하루 종일 기분이 좋았다.

손미나 작가의 《스페인 너는 자유다》를 읽으며 당장 사표를 내어 스페인을 떠나는 상상을 했다. 한비야 작가의 《바람의 딸 걸어서 지구 세 바퀴 반》를 읽고 나서는 배낭 하나 메고 세계 여행을 하면 얼마나 좋을까 생각하며 잠을 이루지 못했다.

여행서를 읽으며 대리 만족을 느끼던 어느 날, 여행 작가의 꿈을 한 번은 이루어봐야겠다는 생각까지 미쳤다. 여행 경험이라면, 나도 뒤지지 않을 것 같다는 자신감이 차올랐다. 이번에는 여행 작가가 어떻게 되는지에 대한 책을 찾아 읽기 시작했다. 문윤정 작가의 《여행작가의 모든 것》을 통해 여행 작가의 역할과 어떤 과정을 통해 책을 집필하는지에 대한 가이드라인을 잡을 수 있었다. 채지영, 김남경 작가의 《여행도 하고, 돈도 버는 여행작가 해 볼래?》라는 책을 통해 여행 작가의 수입 구조에 대해서도 알았다. 본격적으로 여행 작가의 꿈을 이루기 위해, 글쓰기를 제대로 배우기로 마음먹었다.

여행서로 시작한 독서는 여행 작가라는 꿈으로 이어졌고, 방법을 찾아보는 것에 이르게 한 것도 모두 책의 영향이다. 내가 쓰고 싶은 책의 주제도 여러 개 정했다. '2박 3일로 떠나는 직장인 밤도깨비 여행' '꼬닥 꼬닥 걸으면서 제주 올레' 등이었는데, 이때까지만 해도 실제로 책을 쓰지는 못할 때였다.

그러던 어느 날, 함께 회사에 입사했던 동기들이 한두 명씩 결혼하더니 연이어 임신하기 시작했다. 동기들과 밥을 먹고 나면 꼭 하는 말이 있었다. "태교 여행 어디로 갈까? 아이 낳으면 여행을 못 가니까 태교 여행은 꼭 갈 거야" 하는 것이다. 그런 이야기를 여러 명에게 들으니, 번뜩 아이디어가 떠올랐다. '그래!

내가 태교 여행책을 써 보자. 친구들처럼 태교 여행을 가고 싶은 사람들에게 도움이 될 거야' 막상 아이디어가 떠올랐지만, 문제가 하나 있었다. 내가 임신 경험이 없으니 그런 사람들이 어떤 것을 궁금해하고, 힘들어하는지에 대한 감이 없다는 거였다. 그렇게 첫 번째 책의 아이디어는 구체화도 못 해보고 사장되는 듯했다.

삶은 가끔 얄궂게 장난치는 아이 같다. 현실적인 문제와 부딪치며 여행 작가의 꿈을 어느새 현실에 파묻혀 버렸다. 그사이 나도 친구들처럼 결혼하고, 아이까지 임신하게 됐다. 임신과 동시에 내 삶은 더욱더 책과 가까워졌다. 몸이 무거워 활동의 제약에 많았던 임신기간 책은 둘도 없는 친구였다. 회사의 배려로 여유시간이 많아진 나는 더욱더 책에 몰입했다. 그때 읽었던 책은 다양했다. 예비 엄마를 위한 태교나 육아 관련 책을 시작으로 에세이, 삶의 처세를 다룬 자기 계발서, 재테크, 소설, 심지어 동화나 시처럼 장르를 구분하지 않고 읽었다. 연이어 둘째를 임신하며 육아의 고됨도 책을 통해 해소했다. 어느 날, 운명같이 내면의 소리가 들렸다.

'책을 쓰자. 지금이 타이밍이야.'

그쯤 다시 '여행 작가'의 꿈이 몽글몽글 피어났다. 주체할 수 없는 감수성과 독서량이 쌓이자, 아웃풋의 욕구가 솟구칠 때였다. 몇 년 전 이루지 못한 꿈이 다시 꿈틀대기 시작하면서 가슴이 설레어 잠을 이룰 수 없었다. 내면의 소리는 더 강하게 들렸다. 그때부터 책 쓰기와 글쓰기 관련 책을 독파하기 시작했다. 그 후, 하나씩 행동으로 옮겼다. 본격적으로 멘토를 찾아가 배우며 꿈을 현실로 이루려는 노력 했다. 그 후에는 독학을 통해 매일 습작 활동을 하며 글쓰기를 익혔다.

그동안 쓰고 싶었던 글이 많았는지, 한 번 집필하기 시작하자 글은 멈추지 않고 쏟아져 나왔다. 매일 글을 쓰면서 독서할 때보다 또 다른 관점이 생겼다. 글쓰기는 진정한 '아웃풋'이라는 것이다. 글쓰기보다 더욱 강한 아웃풋은 책을 쓰는 일이라는 점이다.

나는 그렇게 몇 년 전에 꿈만 꾸었던 책을 쓰기 시작했다. 그후, 첫 책《비바리 맘의 제주 태교 여행》이 세상에 나왔다. 이 책은 상상 속의 책이었지만, 지금은 현실의 책이 되었다. 그렇게 꿈은 현실이 되었다. 7년이 흐른 지금은 읽고 쓰는 일은 삶이 되어, 다수의 책을 집필한 출간 작가가 되었다. 책이 꿈을 낳고, 꿈은 책을 낳은 셈이다.

03

어떻게 살 것인가? 에 대한
질문이 들 때

영화 〈벤자민 버튼의 시간은 거꾸로 간다〉를 보면 삶을 어떻게 살 것인가를 생각하게 한다. 노인으로 태어난 주인공 벤자민은 시간이 흐르면 흐를수록 더 젊어진다. 죽을 때가 되어서는 갓난아이가 되어 다시 태초로 돌아가는 모습. 감독은 관객들에게 어차피 삶이란 태초의 모습으로 돌아가는 것이기에, 그 여정 자체를 즐기라는 메시지를 준다. 이 영화를 접한 지는 꽤 오래되었지만, 가끔 어떤 삶을 살 것인가를 고민할 때마다 상기시켜 본다.

내게는 여러 번 비정상적일 만큼 책에 몰입하던 시절이 있었다. 그 첫 번째는 예비 엄마 시절이었고, 그다음은 죽음에 대해 심각하게 생각해 본 날 직후였다. 때는 7년 전으로 거슬러 올라간다. 퇴사 후, 다음 여정을 고민할 때쯤이었다. 두 아이의 엄마가 될 준비를 하고 있을 때이기도 했다. 겉으로는 아이들의 육아로 정신없었지만, 속으로는 두 번째 삶에 대한 고민으로 머리가 복잡하기만 했다. 여느 때처럼 심심한 일상이 이어지고 있을 때, 전화 한 통이 왔다.

"흑흑흑 어떡해. 아빠가… 암이래. 흑흑흑 우리 불쌍한 아빠 어 떡해. 고생만 했는데."

친언니는 전화로 아버지의 건강검진 소식을 전하면서 울고 있었다. 울음과 말이 섞여 잘 알아들을 수 없는 소리였지만, 아버지가 암이라는 소식만은 명확하게 들렸다. 순간 가슴이 쿵쾅쿵쾅 뛰며 주체할 수 없는 불안에 휩싸였다. '늘 우리를 지켜주는 버팀목이 될 것 같은 아빠가 암 진단을 받고 돌아가시면 어떡하지? 나는 자식으로서 별로 해 준 것이 없는데'

친정아버지의 암 소식을 전해 들은 날부터 암 관련 정보를 주고받는 카페를 들락날락했다. 최대한 암 치료 대한 정보를 수집해야 했기 때문이다. 동시에 내 머릿속엔 '삶과 죽음'에 대한 생각으로 분주하기만 했다.

사람이 태어나서 다시 땅으로 돌아가는 것이 순리이지만, 그것이 나의 가족일 수도 있다는 사실. 그 시간이 예고 없이 생각보다 빠르게 찾아올 수 있다는 것. 내가 해 줄 수 있는 것은 그저 "괜찮아요. 요즘은 암도 치료가 가능하기 때문에 충분히 극복할 수 있어요"라는 상투적인 위안뿐이었다. 머릿속은 복잡했고 마음은 일상에 집중할 수 없을 만큼 불안하기만 했다. 친정아버지의 암 소식을 전해 들은 후 일주일간은 걱정과 불안이라는 부정적인 감정이 해소가 되지 않았다. 그런데도 나는 내게 주어진 또 다른 역할을 수행하며 살아야 하기에 힘을 내야 했다.

삶을 살아가면서 불안감이 치솟을 때마다. 내가 알지 못하는 세계를 접할 때, 중대한 일을 결정해야 할 때. 그때마다 책의 힘을 빌렸던 일이 떠올랐다. 당장 집 근처의 도서관을 달려갔다. 도대체 암이라는 것이 무엇인지, 왜 걸리는지, 어떻게 치료를 할 수 있는지를 먼저 알아야 했다. 보통은 암 관련 책을 골랐고, '죽음'을 테마로 한 책도 함께 골랐다.

집으로 돌아와 한 권씩 읽기 시작했다. 보통은 식습관 때문에 몸속에 독소가 쌓여 암이 된다는 걸 알게 되었다. 또한, 초기인 경우 항암치료와 식습관 관리 그리고 운동을 통해 충분히 완치가 가능하다는 것도 알 수 있었다. 그때 나는 나를 둘러싼 불안의 원인은 다름이 아닌, '무지'였음을 알아챘다. 암에 대한 지식이 전혀 없었던 터라 암에 걸리면 죽음이 얼마 남지 않았다고 생각했다. 그런 무지가 걱정과 불안이라는 감정에 지배당한 거였다.

암과 건강에 대한 책을 읽은 후, 함께 빌려왔던 죽음에 대한 책을 읽었다. 헨리 마시의 《참 괜찮은 죽음》을 읽으며 죽음이 곧 슬프고 안 좋은 것만으로 여기는 것이 아니라는 걸 깨달았다. 동시에 '죽음'은 현재의 삶을 더 잘 살기 위해 한 번쯤은 생각해 봐야 할 테마임을 알 수 있었다. 도서관에서 빌려 온 책을 읽으며 '암'에 대한 지식이 쌓이자 더 이상 불안하지 않았다. 오히려 치료 방법을 찾아 아버지에게 도움이 되는 음식을 챙겨줄 수 있는 여유가 생겼다.

'암'에 대한 불안감이 사라지자, 나는 '죽음'과 '삶'에 대해 깊이 생각했다. 빈손으로 세상에 나와 다시 자연으로 돌아가는 것이 죽음이라면, 한 번뿐인 삶을 더 후회 없이 살아야겠다는 생각도 그때 했다. 그때의 생각과 감정을 글로 남기며 더욱더 독서에 몰입했다.

〈나는 앞으로 어떻게 살아갈 것인가? 나의 아버지에게 닥칠지도 모르고, 또 언젠가는 나에게도 다가오는 죽음. 그 죽음이 타인에게 짐이 되거나 불쌍하다고 여겨지지 않기 위해 나는 어떤 삶을 살 것인가? 죽음 앞에서 삶에 대한 아쉬움과 미련을 남기지 않으려면 지금부터 무엇을 할 수 있을까?〉

글을 통해 또렷하게 내가 아버지의 암 소식으로 깨달은 바가 명확히 드러났다. '아버지에게 해 주지 못한 것을 후회하지 말고, 지금이라도 하자.' '내가 먼저 후회 없는 삶을 살아내자' 현재의 불안에서 벗어나 지금부터 하고 싶은 일에만 집중해 보기로 했다. 그리고 현인들의 지혜를 최대한 내 것으로 만들었다. 오래전부터 많이 공부하고 경험한 사람들이 깨달은 바를 미리 알고 있다면 불안할 때마다 도움이 되는 것은 당연한 것이 아닌가.

그때쯤 비이성적이라 할 만큼 책을 쌓아 놓고 읽었던 때였다. 암에 대한 궁금증은 죽음으로 이어졌고, 죽음에 대한 생각은 다시 '삶'에 대한 생각이 이어졌다. 삶을 잘 살아내기 위해 어떤 한 분야에서 선 경험을 한 사람들의 이야기를 담은 에세이나 자기 계발서부터 고전에 이르기까지 푹 빠져들었던 시절이다. 사실, 아버지와 사이가 안 좋았다면 '암 진단' 하나로 삶에 대한 고찰까지는 못 했을 것이다. 다행히 아버지에 대한 애틋한 감정이 어릴 적부터 있었기에 그런 아버지의 암 진단 소식이 더 크게 들렸다. 그런 비보가 내게는 삶을 되돌아보는 기회도 주었다.

어릴 적, 아버지는 자식들에게 항상 "항상 꿈을 가지며 살아라. 그러려면 책은 많이 읽어라." "살면서 모르는 것이 생기면 책에서 지혜를 얻어라."라고 말씀하셨다. 감사하게도 우리 집에는 당시 몇백만 원에 이르렀던 고급 백과사전 전집이 있었다. 그 외에도 아버지는 책을 사고 싶다고 하면 아낌없이 사 주셨다. 덕분에 책을 읽는 좋은 습관은 어릴 적부터 길러졌다. 호기심이 많았던 내게 궁금한 것은 한 번에 알려주는 책은 늘 고마운 존재였다.

그런 아버지의 가르침대로 책을 좋아하고 가까이하는 삶을 살게 되었다. 불안할 때마다 책을 펼치고 그 속에서 지식과 지혜를 얻어 나갔다. 내게는 멘토 같은 역할 했던 아버지의 암 진단. 그 사건이 내가 몰입하며 책을 읽어 나갈 수 있는 매개체가 되었다. 불안한 감정에 휩쓸리지 않고, 책을 통해 지혜를 얻을 수 있다는 걸 다시 한번 알려 주었다.

7년이 흐른 지금, 그때의 걱정과는 달리 아버지는 '암 완치 판정'을 받고 건강하게 지내고 계시다. 병원에서 치료받은 것 말고도, 책을 통해 얻은 지식과 정보를 빌려 생활 습관을 바꿔 나갔기 때문이다. 지독하다고 할 만큼 채소 위주의 식단으로 식습관을 바꾸셨고, 매일 운동도 빠지지 않고 하셨다.

그런 과정을 지켜보며 나는 또 깨달았다. '결국 한 인간이 세상에 존재하는 모든 것을 경험하지는 못할지라도 간접 경험을 통해 새로운 것을 알아 갈 수 있구나.' 사람 수명이 평균 80세 라고 친다면 세상에 내가 맞닥뜨려야 할 삶의 가지 수도 늘어난다. 그럴 때마다 처음으로 겪어 보는 문제 앞에서는 우왕좌왕할 수밖에 없고, 현명한 대답을 찾지 못할 수도 있다. 또한 모든 것을 직접 몸으로 부딪치며 깨달을 수도 없는 노릇이다.

반대로 간접경험을 주는 책을 통해 알아 갈 수 있다면 더욱 적극적으로 문제에 대처할 수 있다. 직접 경험으로 얻을 수 있는 것보다 그 강도가 크지 않을지는 모르겠지만 그 안에서 의미를 발견하는 행운을 얻을 수도 있다. 내가 아버지의 암 진단으로, 앞으로 어떤 삶을 살 것인가? 라는 삶의 여정을 고찰했듯이.

04

천상천하 유아독존의 참 의미

사람의 존재 가치는 언제부터 부여되는 걸까? 가치를 어떤 기준을 판단하고 평가할 것인가. 우리가 살면서 던져보는 수많은 질문 중에서 '나는 누구인가?' '나는 어떤 가치 있는 사람인가?' 가 있다. 사람은 누구나 고유의 영역을 갖고 의미를 찾으며 살아간다. 사람마다 차이가 있다면 그런 존재 가치를 발견하느냐? 혹은 발견하지 못하느냐의 차이일 뿐이다.

책을 꾸준하게 읽다 보면 내적 질문을 많이 하게 된다. 그러면서 나에 대해 생각하게 되고 그런 질문과 답하는 과정을 통해 메타인지가 발달한다. 자기 자신을 잘 안다는 것은 풀리는 않는 삶의 문제를 풀어가는 실마리가 된다. 성공한 사람들이 '독서' 의 중요성을 강조하는 것은 독서를 통해 자신의 존재 가치를 깨닫고 그것을 일의 성과로 표현했기 때문이니라.

발견하지 못한 자신의 가치를 발견하기 위해서 선행되어야 할 과제는 바로 '자존감 회복'과 '자기 효능감 찾기'이다. 독서는 땅바닥에 떨어졌던 나의 자존감을 회복하고, 자기 효능감을 찾도록 도와주는 긍정적인 멘토 역할을 한다. 이러한 부분을 채우기 위해서는 독서 자체가 목적이 되는 것이 아니라, 독서 과정 자체를 즐겨야 할 터이다.

한 번은 혼자 하는 독서에서 함께 읽는 즐거움을 느끼기 위해 '독서 모임'에 참여한 적이 있다. 분명 '책'이라는 테마 하나로 만난 모임이었지만, 시간이 지날수록 모임이 삐긋거리기 시작했다. 독서 모임이란 하나의 책을 여러 사람이 읽으며 의견을 교환하는 것에 그 목적이 있다. 문제는 그 안에 있는 사람들이 서로가 알고 있는 지식을 자랑하거나, 혹은 반대로 자신이 책에 대한 이해가 떨어진다고 생각하여 비교하면서 일어났다.

보통은 '그래 너 잘났다'라고 생각하는 사람, 혹은 '나 잘났다'라고 생각하는 사람들이 문제의 중심에 있었다. 처음에는 책을 가까이하는 사람들이 왜 이럴까? 잘 이해가 되지 않았다. 분명 책을 좋아하고 어느 정도의 독서량이 쌓아서 독서 모임에 왔을 텐데, 어찌 이런 일이 벌어질까?

사건을 멀찌감치 떨어져서 보기로 했다. 그랬더니 안에 있을 때는 보이지 않았던 것들이 보이기 시작했다. 혼자 읽는 독서를 통해 사색하고 자존감 회복을 해야 할 타이밍을 놓치고 성급하게 독서 모임을 찾은 경우였다. 스스로 깨쳐야 할 일을 독서 모임 멤버를 통해 얻으려고 했으니, 탈이 날 수밖에. 또 다른 경우는 오히려 과하게 '아는 것이 많다고 생각하는 사람'이다. 아는 것이 많다는 것은 지식의 폭이 넓다는 의미다. 책은 내가 몰랐던 지식을 알게 해 주는 기능뿐만 아니라, 삶의 지혜까지 더해 준다. 간혹 책을 통해 지식만을 습득하고 지혜까지는 얻지 못한 경우가 그러한 사례다. 개인적으로 아쉽다.

책을 통해 얻을 수 있는 가장 큰 장점은 '존귀함의 알아차림'이다. 사람은 누구나 각자의 재능을 갖고, 태어날 때부터 부여된 가치를 갖고 태어난다. 그런 존재의 가치를 알아차리기 위해서는 일정량의 독서와 사색이 필요하다. 나 역시 존재의 귀함을 책을 통해 깨달았다. 나는 이 세상에 하나밖에 없는 사람이고, 살아 있는 그 자체가 존엄하다는 것을 알게 되었다. 내가 가진 재능이 있다면 세상과 공유를 함으로써 존귀한 존재는 꽃처럼 피어난다는 것도 인정하게 되었다.

부처는 '천상천하 유아독존(天上天下 唯我獨尊)'이라는 말을 남겼다. 직역하자면, 하늘 위·아래 존귀한 존재는 나 혼자라는 의미로 쓰인다. 글 안에 깊은 뜻은 어느새 퇴색되었다. 어떤 이는 나 혼자 잘난 사람처럼 행동한다는 부정적인 의미로 쓰기도 한다. 독서도 이와 비슷하다. 책을 겉으로만 이해하고 넘어간다면 저자가 남기고 싶은 깊은 의미를 파악할 수 없다.

다행히 오랜 시간 독서를 하며 얻은 것 중 하나는 책 속의 문장 하나하나가 깊이 들어온다는 점이다. 단순한 글자가 아닌, 나의 삶에 적용되고 깨닫게 된 문장이 더 많아진다. 부처가 남긴 '천상천하 유아독존'도 마찬가지다. 그 말의 참 의미가 뼛속까지 느껴졌다.

부처는 이 말을 통해 중생들에게 어떤 메시지를 주려고 했을까? '유아독존'의 의미는 글자 그대로를 해석하면 세상 아래 나 혼자 존재한다는 것(내가 제일 잘 나가)처럼 보인다. 그러나 '나'는 부처 개인을 가리키는 것이 아니라 이 세상의 모든 개개인의 존재를 가리킨다. 즉, 모든 생명의 존엄성과 인간의 존귀한 실존성을 의미한다. 부처는 인간 본래의 성품인 '참된 나(眞我)'를 실현함으로써 이 세상에 내가 태어난 실존을 알아차릴 수 있다는 의미를 전달해 주고 싶었던 것 같다.

독서를 통해 내적 질문과 그에 답을 찾아가다 보면 자연스럽게 '참된 자아(眞我)'를 찾을 수 있다. 사회생활을 하기 위해 부여된 거짓 자아가 아닌, 내 안 깊숙이 숨어있던 본연의 참된 자아를 찾아가면 존재의 고귀함을 알아차릴 수 있다. 참 자아를 찾아가는 과정은 내가 세상에 태어난 이유를 알아가는 동시에 존재의 가치를 발견해 내는 여정이다. '나'라를 존재의 존귀함을 발견한다는 것은 실로 위대한 일이다.

많은 사람이 세상의 소음에 휩쓸려 살아간다. 내가 왜 살아가고, 왜 일을 하는지조차 깨닫지 못하고 살다 보니 나이만 먹는다. 책을 읽는 사람들이 모두 참된 자아를 깨우친 사람이라고는 확답할 수는 없다. 하지만 그렇지 못한 사람보다 그런 자아를 찾아갈 확률은 누구보다 높다. 왜냐하면 책을 읽다 보면 사람이 판단력이나 통찰력이 좋아지기 때문이다. 물론 이러한 능력이 한순간에 발달하지는 않는다. 오랜 시간 갈고닦았던 내공이 바탕이 되어야 한다. 특히, 판단력은 '나'를 객관적으로 바라보고 이해하는 데도 영향을 미친다. 참된 자아를 발견해 가는 과정에서도 이러한 객관적인 판단력이 필요하다.

천상천하유아독존의 참 의미를 제대로 깨달은 후, 나의 판단력과 통찰력은 더욱 강화되었다. 실수가 잦았던 과거에 비해 실수나 실패가 확률이 낮아졌다. 판단력과 통찰력이 과거에 비해 좋아졌기 때문이라고 생각한다. 경험이 가장 좋은 교육이지만, 자신의 직접 경험과 책이라는 간접 경험이 합을 이루면 그런 능력이 배가된다.

파커 J 파머의 《삶의 내게 말을 걸어 올 때》를 읽으며 나의 존재 이유와 괜찮은 삶에 대해 생각해 봤다. 이 책에서도 강조하는 것이 내적 여행을 통해 참 자아에 이르라는 것이다. 이처럼 내 삶이 복잡하고 엉겨 붙어 도저히 어디로 가야 할지 갈피를 잡지 못할 때, 책을 통해 내적 여행을 해 봤으면 한다. 저자들이 제시하는 메시지에 귀를 기울이다 보면, 내가 가야 할 길이 어렴풋이 보인다. 가야 할 방향이 어느 정도 보이기 시작할 때, 숨겨져 있던 나의 참 자아도 조금씩 고개를 든다.

처음부터 금광을 발견할 수는 없다. 금광을 발견한 사람들조차 여러 번의 헛삽질을 했던 사람들이다. 수천 번의 스윙을 휘둘리고서야 홈런 한 번을 칠 수 있는 야구 선수들처럼 독서도 그러하다. 몇 권의 책을 겉으로 글만 읽어서는 그 깊은 심오한 뜻을 온전히 받아들이기 어렵다. 특히 철학이나 고전 같은 경우, 삶의 지혜를 바탕으로 써진 책들은 더욱 그렇다.

이렇듯 책을 통해 내적 여행을 먼저 해 봤으면 한다. 내 안 깊숙한 곳을 여행하다 보면 내가 좋아하는 곳을 발견하는 날이 온다. 나의 존재 가치를 알아차리는 날이 내적 여행의 종착지인 셈이다. 금광이 만들어지기까지 오랜 시간이 걸린다. 이처럼 나만의 참 자아 발견이라는 금광을 발견하기 위해 오랜 시간을 두고 책을 읽었으면 좋겠다.

05

꿈을 이루게 해 준 독서

어릴 적부터 《갈매기의 꿈》을 읽고 자란 나는 꿈이 많은 소녀였다. 토크쇼 진행자, 아나운서, 국제 홍보전문가, 국제 비즈니스 사업가 등 모두 책을 통해 알게 된 멘토들을 보며 꾸게 된 나의 어릴 적 꿈이다. 그런 꿈의 여정의 마지막엔 '마흔이 넘으면 꼭 책을 쓰고 강연하며, 동기부여를 주는 사람이 되겠다'는 다짐이 있었다. 어른의 삶이 버거워, 당장 먹고사는 일이 시급했기에 어느새 나는 현실에 맞추어 사는 사람이 되고 있긴 했지만.

20대에 들어간 회사에서 10년 넘게 일을 하면서 꼭 내 몸에 맞지 않은 옷을 입은 듯한 느낌이 여러 번 들었다. 퇴사하기 몇 년 전부터 회사를 나올 생각을 하고 있었지만, 사실 퇴사 후 어떤 방향으로 가야 할지는 막막하기만 했다. 깊은 사색 끝에 어릴 적 꿈들과 조우하게 되었고, 그때부터 늦깎이 꿈쟁이 삶은 시작됐다. 내가 비록 어릴 적 꿈이었던 아나운서, 국제 홍보 전문가라는 꿈은 못 이루었지만, 그다음을 꿈을 이루어 보기로 한 것이다.

꿈 너머의 꿈. 지금은 '작가, 강연가, 사업가'의 꿈을 이루며 살고 있다. 그런 꿈의 발판이 되어 준 것도 역시 독서였다. 어릴 적부터 잘 들여진 독서 습관이 책을 가까이하는 어른이 되게 했다. 삶의 문제나 고민이 있을 때마다 책을 붙잡고 몰입 독서를 할 수 있었던 이유도 어릴 적 책을 통해 얻었던 선 기능을 익히 알고 있었기 때문이었으리라.

재미의 독서에서 몰입 독서로 그리고 독서가 삶의 일부가 되기 시작하면서 나의 삶은 책의 한 페이지, 한 페이지를 닮아 갔다. 그쯤 한 분야의 책을 몰입해서 읽는 전략적 독서를 하기 시작했다. 한 분야의 책을 100여 권 가까이 읽으면서부터 갑자기 책의 내용이 다 비슷해 보이기 시작했다. 그 후, 어느 순간에 다다르자, 글을 쓰지 않고는 못 참을 것 같은 욕구가 솟구쳤다. 마치 화장실에 가고 싶은데 참고 있는 느낌 같다고 할까.

책을 읽다 보면 글을 쓰고 싶어지는 것은 어쩌면 당연한 이치다. 아웃풋 욕구가 솟구칠 무렵, 가장 먼저 한 글쓰기는 일기 쓰기와 필사이다. 책의 내용을 잘 기억하기 위해 시작한 책 문구 필사를 하며 어느새 그 의미가 단순한 좋은 글이 아닌, 내 삶에 녹여져 깨달은 바와 일치한다는 것도 발견하게 됐다.

인풋이 흘러넘치면 자연스럽게 아웃풋을 하게 된다. 보통은 말을 하고 싶다거나 글을 쓰고 싶은 욕구로 발전한다. 꾸준한 독서가 내 삶에 깊숙이 영향을 미쳐 읽는 사람에서 쓰는 사람이 되었다. 더불어 글쓰기에서 책 쓰기로 확장하게 했다. 그러면서 성인이 돼어 처음 가져 본 '여행 작가'의 꿈을 이룬 후에도, 지금까지 계속 책을 쓰고 있다. 책을 쓰는 일 말고도 나의 성장은 멈추지 않았다. 내가 알고 있는 바를 말로 표현하고 싶은 강한 욕구는 강연가로 성장하게 했다. 한 분야로 시작한 강연이 여러 분야가 되었고, 지금은 다양한 주제로 강연을 할 수 있는 단계까지 성장했다. 장르를 구분하지 않고 다방면의 책을 읽게 되면서 찾아온 하나의 결과이다.

책을 통해 얻은 배경지식이 많아지다 보면, 책 내용을 더 많이 흡수할 뿐만 아니라, 깊이가 없는 책인 경우 쓴 내용의 대부분이 알고 있는 경우도 생긴다. 강연의 분야도 마찬가지다. 여러 강연자의 강연 내용이 새로운 내용보다는 알고 있는 내용이 많아짐을 스스로 알게 된다.

독서량이 수천 권에 이르자, 시간의 힘과 맞닿아 폭발적인 성장을 하며 또 다른 전환점을 맞이하기도 했다. 타인의 이야기를 들으면 그 이야기로 쓸 수 있는 책의 콘셉트와 제목까지 떠오르기 시작했다. 경험이 많은 분들의 이야기를 듣고 있노라면, 책이 콘셉트가 여러 개가 떠올라 타인의 콘텐츠를 기획해주는 단계까지 이르렀다. 그 무렵 나는 자연스럽게 출판기획일과 책 쓰기 코칭, 글쓰기 코칭을 사업화하며 사업가의 꿈도이룰 수 있었다. 벌써 그 일을 시작한 지도 꽤 되었으니, 지금은 내 삶의 일부라고 할 수 있다.

보통 꿈을 이룬 사람은 '그릿(GRIT)' 정신이 뛰어나다. 그릿이란엔젤라 교수의 책 《그릿》에 나온 개념으로 열정과 끈기 있는 태도를 말한다. 독서가 삶이 되면서 자연스럽게 그릿 정신이 생긴다. 한 사람이 꿈을 이루는 단계는 복잡한 감정의 변화를 현명하게 이겨내는 것이 필요하다. 처음부터 자신이 원하는 영역에서 이루고 싶은 일을 할 수 있지는 않지 않은가. 꿈길을 가다보면 넘어지기도 하고, 포기하고 싶은 순간도 직면하게 된다. 그럴 때마다 내 길이 아닌가에 대한 의문은 수없이 들기 마련이다.

나 역시 마찬가지였다. 책 속의 멘토를 통해 꿈을 키웠고, 그꿈들을 하나씩 이루어 간 사람이다. 그러나 꿈이 하나씩 나의현실이 되기까지는 쉽지만은 않았다. 행복하고 기뻐하는 날보다 넘어지고 힘들어하는 날이 더 많았다. 내 길이 아닌가 하고 의심한 적도 있었다. 닿을 듯 말 듯 한 꿈들이 물거품처럼 사라질까 두려운 날도 여러 차례다.

이때마다 나 자신을 잘 다독이며 한 길을 꾸준하게 갈 수 있었던 이유는 역시 책 때문이었다. 책에는 이미 자신의 불리한 환경을 극복하고 꿈을 이룬 사람들이 넘쳐났다. 그들을 모두 직접 만날 수는 없었지만, 책을 통해 꾸준하게 저자들과 대화를 이어 나갔다.

그냥 단순하게 책을 읽는 것이 아니라, 끊임없이 저자에게 질문을 하며 저자의 관점에서 내 상황을 투영시켰다. 하고 싶은 일을 위해 도전할 때마다 항상 방해물이나 장애물들이 등장했는데, 그때마다 멘토를 찾아가 물어볼 수는 없는 노릇이었다. 그럴 때마다 책 속의 멘토를 찾아 물었다. '만약 제 내 상황이었다면 어떻게 하셨을까요?' '지금은 아직 때가 아닌 거죠?' 라고 되물어 보는 습관을 지녔다. 그러면 책을 읽다가 꼭 그에 맞는 명문장들이 나타나 나에게 해답을 알려주는 듯했다.

지금 나는 7년 전에 꿈꾸었던 삶을 살고 있다. 그런데도 아직도 또 다른 꿈을 꾼다. 하나의 꿈은 다음 꿈으로 확장이 되었고, 그 꿈을 이루고 나면 또 다른 꿈으로 커지기 때문이다. '해냈다' 는 성취감은 자신에 대한 자부심을 높여 준다. 그러기에 계속 도전하는 삶을 살게 되는 것이다. 여기서 중요한 것은, 아무리 책을 읽어도 꿈이 꿈으로만 머물거나 행동으로 이어지지 않는 시점이 있다. 실천으로 이어지는 독서를 하지 않았기 때문이다. 책은 한 사람의 삶과 철학, 경험, 지식이 고스란히 담겨 있다. 책을 읽고 '좋구나' '훌륭하구나' 라고 끝내 버린다면 아무리 많이 읽어도 소용이 없다. 양적 독서가 임계점을 넘으면 '알아차림' 의 경지에 이르게 되고, 자연스럽게 행동하는 삶을 살 수 있다.

양적 독서가 여의찮은 상황이 있을 수 있다. 그럴 때는 한 권의 책을 읽어도 저자의 메시지가 무언인지 생각해 보는 깊이 있는 독서를 통해서라도 충분히 독서를 통한 변화된 삶을 살 수 있다.

10년 전, 직장인으로 살면서 꿈을 꾸고 그것을 현실로 바꾸는 일은 '남의 일' 이라고 생각한 적이 있었다. 삶을 살아내고 당장 주어진 눈앞의 문제를 해결하는 것만으로도 벅차다고 생각했다. 꿈은커녕 이 경쟁 사회에서 잘 버텨 주는 것만으로도 잘살고 있다고 스스로 위로를 해 준 적도 있다. 그때의 내 생각은 현실을 적당히 포장하고 안주하고 싶은 마음이 강했던 '합리화' 였다. 자신의 꿈을 이룬 사람들은 그런 '합리화' 를 하지 않는다. 가고자 하는 목적지가 분명하기에 자신의 목표에 집중한다. 어려운 상황이 발생해도 오랫동안 집중하면서 모든 힘을 한곳에 쏟아붓는다. 그러면서 삶의 큰 성취를 이룬다.

한 가지 목표에 집중하는 힘을 키우는 것도 '독서'에서 나온다. 책을 읽는다는 것은 짧은 영상을 보고 소비하는 것이 아니다. 짧게는 30분, 길게는 2~3시간가량 활자로 된 책을 읽으려면 고도의 집중력이 필요하다. 책을 읽다 보면 집중력도 향상하는데, 이는 독서의 선 기능 중 하나이다.

어렸던 내가 꿈을 꾸게 한 책, 꿈을 잊은 어른에게 다시 꿈을 심어준 책, 그것을 포기하지 않게 집중력 있게 밀어붙이게 정신력을 길러준 책. 내 삶을 바꾸는데 책은 항상 곁에 있었다.

02

자존감
회복을 넘어
출간
작가로!

임세화

01

'괜찮아, 괜찮아.'를
되뇌어야 했던 시간

　　"첫날밤 사람이 사는 곳에서 천 마일이나 떨어진 사막에서 잠을 자려고 하니 그것은 마치 대양 한가운데에 떠 있는 뗏목 위에 혼자 있는 것처럼 외로웠다." 생텍쥐페리의 《어린왕자》에 나오는 내용이다. 책을 만나기 전 나의 모습을 설명하기에 이보다 더 좋은 구절이 있을까.

어린 시절을 떠올리면 나는 여전히 희뿌연 안갯속에 갇혀있다. 아픈 상처의 기억만이 안개가 걷혀 선명해진다. 오빠가 태어나고 아홉 해가 지나서야 세상에 나온 나는 태어난 지 얼마 되지 않아 친척 집에 맡겨졌다. 부모님의 맞벌이와 어려운 집안 상황도 있었지만, 9년 만에 힘들게 나를 임신하여 출산까지 마친 엄마의 몸은 아마 좋지 않았을 터였다. 임신과 출산, 육아를 직접 경험하면서 '그랬지 않았을까.' 하는 생각이 자연스레 들었다. 엄마는 나에게 젖을 물리지 못했다고 했다. '혹시 젖을 물릴 수 없는 상황이었던 것은 아닐까.' 하고 생각했다.

'어린 나이에 무엇을 알까.' 하겠지만, 조리원에 있는 신생아조차 엄마와 조금 더 시간을 보내고 싶어 실눈을 뜨고 자는 척을 하기도 한다. 즉 어려도 알 것은 다 아는 법. 작은 아이가 부모님과 떨어져 성장하는 것은 쉽지 않은 일이다. 내가 살고 있는 집이 내 집이 아닌 것을 나는 이미 알고 있었을 것이다. 내 엄마가 아닌 줄 알았으면서, 엄마라고 부르던 이모는 엄마가 아니라는 것을 사촌 언니의 핀잔으로 들으니 나름의 충격이 컸다. 사촌들에게 미움을 받는 것이 당연하다는 것을 알고 있었음에도 서럽고 억울했다. 그럴수록 오기로 버텨냈다. 비가 억수같이 내리던 날 밤 아무도 모르게 가족에게 가겠다며 홀로 친척 집을 나섰다. 가족이 그리웠다는 사연 뒤에 어떻게든 살아가려 했던 작은 아이가 있었다.

어려운 집안 형편에 눈칫밥을 먹으며 버티던 상황에서 오빠의 건강에 문제가 생겼다. 부모님도 그리 건강하지는 않으셨지만, 오빠의 건강 문제는 또 다른 일이었다. 어렵게 늦둥이로 태어났음에도 나는 누군가에게 편하게 말하기가 더 어려워졌다. 나를 기다려 주는 이도, 내 이야기를 들어줄 사람을 기대하기도 힘들어졌다. 그렇게 나를 솔직하게 드러내는 법을 배우지 못했기 때문일까. 스스로 숨기며 살아온 것이 익숙해져서일까. 혹은 소심하게 살아온 탓일까. 지금이야 평생을 함께 할 친구가 있지만, 당시의 나는 속을 터놓을 친구조차 없었다. 그나마 속을 터놓을 수 있게 되었다며 좋아했던 친구는 결코 좋은 친구가 아니었다. 엎친 데 덮친 격으로 자칫 엇나가기 충분했던 환경에서 독기는 스스로에게 최면을 걸기 시작했다.

"괜찮아, 괜찮아."

IMF와 더불어 상황은 더욱 극으로 치달아 갔다. 국가가 부도를 맞았고, 많은 회사들도 사상 최대의 적자가 났다. 대학조차 위기를 피할 수 없었고, 많은 이들이 해고를 당했다. 부푼 꿈을 안고 첫 직장에 취업을 하고도 무기한 대기를 하거나 합격 취소 통보를 받는 것이 비일비재했다. 그런 상황에 힘없던 우리네 부모님이라고 버틸 수 있었을까.

생활비나 병원비 등은 눈덩이처럼 커진 카드 빚으로 남았고, 집은 경매에 넘어갈 처지가 되었다. 의좋은 형제라고 필요할 때 경제적으로 도와주었던 우리의 따뜻한 마음은 우리가 가난 때문에 힘들어 숨이 넘어가고 있을 때조차 끝끝내 돌아오지 않았다.

화장실조차 밖에 있는 단칸방에서 어떻게든 버티며 살았다. 고기 구경이라도 하려면 친척 중 누군가 사준다고 할 때 따라가야 겨우 얻어먹을 수 있었다. 엄마는 우리 가족 중에 못 가는 사람이라도 생기면 조금이라도 챙겨와 먹이려 친척들의 눈총을 이기면서 위생 봉투에 고기를 담았다. 지금은 그렇게라도 고기를 먹을 수 있었다는 것에 감사한 마음이 들지만, 그때는 그게 그토록 가슴 미어지게 서러웠다.

'그냥 안 먹고 말지.' 반항심이 불쑥 올라왔다. '두고 봐, 내가 잘 되고야 말겠다.' 눈물을 삼키며 굳은 결심을 세웠다. 그런 시간을 가지면서 나는 '내가 남자였으면 좋았을걸.'이라는 생각을 자주 했다. '그랬다면 내가 가족을 조금 더 든든하게 지켜줄 수 있을 텐데……. 나는 왜 여자로 태어난 걸까.' 원망스러웠다.

아빠는 바쁘셨고, 엄마 홀로 교통사고를 처리해야 하던 때였다. 엄마를 모시고 향한 경찰서에서 든든하지 못한 내 모습은 더욱 자책이 되었다. 엄마의 몸은 힘겨워 보였고, 여러 경찰관이 달라붙었음에도 상황은 좋아지지 않았다. '내가 남자이고, 조금 더 컸다면 엄마를 편하게 쉴 수 있게 해 드리고 멋지게 모든 것을 해결할 수 있지 않을까.' 그렇게 되면 좋겠다고 생각했다. 우리에게 닥친 많은 어렵고 힘든 일들은 '나는 왜 남자가 아닐까, 어째서 강하지 못할까.' 하는 생각을 자꾸만 하게 만들었다.

그랬기에 나는 그저 나 스스로 괜찮아야만 했다. 웃음도 눈물도 그냥 속으로 삭이며 나를 철저히 숨겨야만 했다. 좋은 일이 생겨도, 안 좋은 일이 있어도, 아파도 굳이 드러내지 않아야 했다. 나는 잘 나면 안 되었다. 힘들어도 티 나지 않아야 했다. 아파도 아파하지 말아야 했다. 어릴 때부터 몸이 약했던 터라 감기 몸살은 항상 나와 함께였지만, 나이를 먹을수록 점점 숨기는데 능해졌다. 이미 너무나 힘든 부모님께 내 짐 하나 더 얹을 수 없었다. 안 그래도 정신없는 와중에 내 걱정까지 보탤 수는 없었다. 그렇게 나는 수없이 자기 암시에 빠져들었다.

내가 할 수 있는 것은 아무것도 없는 듯이 느껴졌고, 어떻게 해가야 좋을지 몰랐다. 혼자서 블랙홀에 계속 떨어지는 것과 같았다. 아무도 없는 사막에 서 있었고, 대양 한가운데 떠 있는 뗏목에 홀로 버티고 있는 것처럼 외롭고 서러웠다. 그런 시간의 연속이었다. 독기로만 버티던 작은 아이는 서러웠던 그 시간을 지혜롭게 보냈고, 한발 한발 나아가 결국 성장했다.

당시의 나에게 말하고 싶다.

"너의 곁에는 내가 있고, 너는 그냥 너 자체로 너무나 괜찮은
사람이야.

그러니…… 괜찮아, 괜찮아."

그리고 지금은 이렇게 말하고 싶다.

"충분히 잘 견뎌왔고, 대견하게 잘 커 줬어.

그러니, 이제는 정말…… 괜찮아, 괜찮아!"

책을 읽으면서부터
나는 꽃이 되었다

"내가 그의 이름을 불러 주기 전에는

그는 다만

하나의 몸짓에 지나지 않았다.

내가 그의 이름을 불러 주었을 때

그는 나에게로 와서

꽃이 되었다.

내가 그의 이름을 불러 준 것처럼

나의 이 빛깔과 향기에 알맞은

누가 나의 이름을 불러 다오.

그에게로 가서 나도

그의 꽃이 되고 싶다.

우리들은 모두
무엇이 되고 싶다.
너는 나에게 나는 너에게
잊혀지지 않는 하나의 눈짓이 되고 싶다.”

　　김춘수 시인의 〈꽃〉이라는 시다. 어두운 블랙홀,
아무도 없는 사막과 대서양 한가운데 외로이 홀로 버티던 나는
책을 만나 비로소 꽃이 될 수 있었다.
어린 시절 스스로 보이지 않는 벽을 만들고, ‘괜찮아, 괜찮아.’
라며 시시때때로 최면을 걸면서 지냈다. 조금이라도 마음이 약
해지는 때가 생기면 오히려 나를 더 옭아맸다. 그런 시간의 연
속이었다. 그러다 나를 숨 쉬게 만들어 준 한 권의 책을 만나게
되었다. 언제쯤이었을까. 그 시기나 상황의 기억은 정확하지
않다. 힘들었던 시절의 기억이 희미하기 때문이다. 대충 ‘그즈
음, 이런 느낌이었던 것 같은데…….’ 하고 추측할 뿐이다. 중학
교? 고등학교? 그조차도 명확하지 않다. 다만 학교 도서관이었
다는 것을 기억한다. 책 냄새가 너무 좋아 순간 멍해졌던 기억
이 영화의 한 장면처럼 떠오른다. 책에 대한 나의 첫 기억은 그

것뿐이다.

그 후 누군가 인상 깊었던 책이나 좋아하는 책을 물어봤고, 그때 나는 생텍쥐페리의 《어린왕자》를 꼽았다. 왜였을까. 여러 많은 책들이 있었는데, 당시를 생각하면 다른 책은 생각이 잘 나지 않는다. '어린왕자'가 나와 비슷하다고 생각했기 때문이었을 것이다. 자신의 별에서 홀로 꽃과 나무를 가꾸며 살다가 이 별 저 별을 다녀야 했던 그를 보며 마치 나의 생활을 보는 듯했다. 그러면서 나는 '어린왕자'에게 위로를 받았다. '어린왕자'를 통해 나 홀로 갇혀있던 알에서 깨어날 수 있었다.

"나는 언제나 사막을 좋아했다. 사막의 모래 둔덕 위에 앉으면 아무것도 보이지 않는다. 아무 소리도 들리지 않는다. 그러나 그 침묵 속에서도 무엇인가 빛나는 것이 있는 것이다.
'사막이 아름다운 것은 어딘가에 우물을 감추고 있기 때문이에요.' 어린 왕자가 말했다."

나는 사막에서 도저히 빠져나갈 수 없을 것 같았고, 꽤 지쳐 있었다. 아무것도 보이지 않아 눈을 뜨고 앞을 바라보는 것조차 버겁게 느껴졌다. '어린왕자'는 그런 나에게 이렇게 말하고 있었다.

"너라는 사람도 충분히 아름다워. 마음속에는 빛나는 우물을 감추고 있어. 반드시 그 빛을 발할 수 있을 거야."

하염없이 눈물이 났다. 나의 눈물에 가장 놀란 것은 바로 나였다. 그 누구도 나의 마음을 알아챌 수 없었고, 나를 안아줄 수 없었다. 그 어려운 것을 《어린왕자》라는 책이 해냈다. 처음 만난 '어린왕자'는 담백한 말투로 나를 감싸 안고 있었다. 그 순간 어찌 내가 '어린왕자'를, 이 책을 사랑하지 않을 수 있었겠는가. 그렇게 나는 나를 '꽃'으로 만들어 준 '책'과 사랑에 빠졌다.

책을 통해 위로를 받고, 알에서 깨어나는 강렬한 만남을 시작했지만, 누구나 만나고 헤어지는, 그런 흔한 연애가 되었다. 가족이 아프고, 집은 결국 경매에 넘어갔다. 내가 할 수 있는 것은 아무것도 없어 보였지만, 일단 무엇이라도 해야 했다. 학생으로서의 신분으로 부모님의 기대에 조금이라도 부응하고 기쁘게 해드리고 싶었다. 학업에 열중했고, 첫 만남 이후 하루가 멀다 하고 만나러 가던 도서관은 발길이 뜸해질 수밖에 없었다.

'어린왕자'에게 배운 것이 무색하게 또다시 '어린왕자 별'의 바오밥 나무 새싹 같은 부정적인 마음이 샘솟고 있었다. '나는 왜 이럴까. 다른 친구들은 평범한 가정에서 사랑받으며 행복하게 잘 사는데, 왜 나만 이럴까. 왜 제대로 하는 것이 없을까.' 그런 마음은 꽤 오래 이어졌다.

우리 집은 이사가 잦았고, 그 와중에 나는 대학 입시 준비도 해야 했다. 상황의 어려움으로 도망치듯 대학 근처 자취방으로 거처를 옮겼다. 몸이 다른 곳에 있다 하여 환경이 바뀌지는 않았다. 빚을 갚기 위해 선배와 동기들에게 핀잔을 들으면서도 얻어먹어 가며, 식비를 아꼈다. 옷도 사지 않았다. 그렇게 돈을 모아 부모님께 보냈다. 뿌듯하기도 했지만, 저축해 가던 통장이 한순간 텅 비어버리고 나면 그렇게 허무할 수가 없었다. 그런 시간을 반복하다 다시금 학교 도서관을 찾았다. 당시에는 강의 과제로 '북 리뷰' 제도가 있어 선정한 도서를 읽고 리뷰를 제출해야 했다. 나는 선정된 도서가 아닌 나를 깨우쳐 주었던 《어린왕자》를 먼저 찾았다.

《어린왕자》를 다시 읽으며 새로운 것을 깨달았다. '어린왕자'는 참 솔직했다. 있는 그대로 말할 줄 알았다. 웃는 법을 알았고, 슬프면 곧잘 울었다. 《어린왕자》 덕분에 그동안 내가 감정에 메말라 있었다는 것을 깨달았다. 나는 가짜 웃음에 익숙했다. 진심으로 웃는 것은 죄짓는 것 같았고, 우는 것이 사치인 것만 같았다. 그렇게 꽁꽁 싸매어 놓았던 것이 나를 더 허무하게 만들고 서럽게 하고 있었다는 것을 알게 되었다.

'만약 처음 《어린왕자》를 만났을 때 그것을 깨달았으면 좋았을 텐데……. 그때 알았다면 이만큼 곪아서 진물이 떨어져 손쓰기 어려워지지는 않았을 텐데…….' 하는 생각에 아쉬워졌다. 후회의 소용돌이에 휩싸였다. 물론 그랬다면 조금은 더 빨리 감정에 솔직해졌을 수도 있다. 하지만 책을 읽으며 내가 배운 것은 과거에 갇혀 시간을 쏟아서는 안 된다는 것이었다. 책과 나를 제대로 바라보며, '어린왕자' 처럼 제대로 일희일비(一喜一悲)에 정직하게 표현해 가기로 했다.

나의 빛깔과 향기에 알맞게 나의 이름을 불러주고 나를 꽃으로 만들어 준 것은 나의 《어린왕자》였다. '어린왕자' 를 통해 '일희일비(一喜一悲) 해야 한다.' 는 것을 배웠다. 있는 그대로 웃고, 울 수 있는 사람만이 자신만의 꽃을 피울 수 있다는 것을 깨달았다. 누구나 마음에 좋아하는 책 하나쯤 간직하고 있지 않은가. 자신만의 책에 눈짓을 보내기를 바란다. 한동안 그렇게 머물러주었으면 한다. 자신의 마음을 오롯이 터놓고, 서로의 꽃이 되어준다면 좋겠다. 오늘도 나의 빛깔과 향기의 꽃을 활짝 피워줄 또 다른 책을 찾아 내 마음에 한껏 담아본다.

03

나의 대나무 숲이 되어 준 것은 책이었다

어느 나라에 백성을 위할 줄 아는 임금님이 있었다. 임금님은 귀가 너무 길었는데, 그 사실이 너무 부끄러웠다. 항상 왕관으로 숨기고 살았지만, 이발사(또는 왕관을 만드는 사람)에게는 숨길 수 없었다. 임금님은 이발사에게 비밀로 할 것을 명령하며, 이야기가 새어나가면 큰 벌을 내릴 것이라고 말한다. 자기만 알고 있는 사실을 사람들에게 말하고 싶었던 이발사는 시름시름 앓아가기 시작했다. 결국 이발사는 대나무 숲을 향해 크게 소리쳤다.

"임금님 귀는 당나귀 귀~ 임금님 귀는 당나귀 귀다!"
한참을 소리친 이발사는 가슴이 후련해졌다. 이후에도 대나무 숲에서는 바람이 불어오면 계속해서 이렇게 소리가 났다.

"임금님 귀는 당나귀 귀~ 임금님 귀는 당나귀 귀!"

대나무 숲에서밖에 소리칠 수 없었던 이발사는 그동안 얼마나 힘들었을까. 이발사에게 무엇이든 말할 수 있는 사람이 있었다면 어땠을까. 굳이 긴 시간을 힘들게 참을 필요는 없었을 것이다. 대나무 숲까지 찾아가 소리치지 않아도 되었을 것이다. 이발사에게 대나무 숲이라는 해우소 같은 곳이 있었다는 것이 참으로 다행스럽다.

작은 아이였던 나는 이발사가 대나무 숲을 만난 것처럼 《어린왕자》를 만나 처음으로 속을 토해내고 알을 깨고 나올 수 있었다. 《어린왕자》 덕분에 새로운 자신을 마주하고, 작은 자신만의 세상에서 조금 더 나아갈 용기를 얻었다. 현실 때문에 책을 뒤로하는 것이 아니라 대나무 숲이 되어준 고마운 책을 꾸준히 읽어가기로 했다.

"카르페 디엠! (오늘을 즐겨라!)"

책을 읽을 때에도, 시간이 흐른 후에도 기억에 남을 정도로 인상 깊게 본 N.H 클라인 바움의 《죽은 시인의 사회》에 나오는 말이다. 현재보다 미래를 준비하는 삶을 살고 있던 많은 이들이 '카르페 디엠! (오늘을 즐겨라!)' 이라는 한 마디에 깜짝 놀랐을 것이다. 나도 마찬가지였다. 잘 먹지도 않고, 아파도 병원에 가지 않으며 허리띠를 졸라매 살았던 나에게 《죽은 시인의 사회》를 읽는 시간은 대리만족이자 나에게 보내는 위안이었다. 그 시간 동안 많은 등장인물들은 괴롭기만 했던 학창 시절의 내 기억을 어루만져 주었다. 무언가에 홀린 듯이 자취방에서 날을 새며 읽었다. '내가 혼자 울던 때에는 왜 존 키팅 선생님 같은 사람이 없었을까. 힘든 시절에 나에게 그런 선생님이 있었다면 어땠을까. 나도 누군가에게 속을 털어놓을 수 있지 않았을까. 그랬다면 지금 나는 어떤 사람이 되어있을까.' 하는 생각이 들었다. 그런 생각은 책을 읽을수록 점점 '내가 그런 사람이 돼보자!' 에 이르렀다. 그리고 '내가 누군가에게 힘이 되는 사람이 되어 보겠다.' 는 결심이 생겼다.

도서관에는 여러 종류의 매력적인 책이 즐비했다. 특히 김탁환 작가님의 《방각본 살인사건》, 《열녀문의 비밀》 등의 책을 읽으며, 무엇을 좋아하는지도 모르던 내가 의외로 추리, 역사 장르를 좋아한다는 것을 알게 되었다.

"배울 것이 있다면 그 신분이 중인이든 천인이든 문제가 되지 않으며, 새나 벌레에게서도 배울 바가 있다면 배워야 한다."

"서책을 읽고 외우는 것만이 공부가 아니다. 더 중요한 배움은
　서책을 덮은 후부터 시작된다."

그 시절, 김탁환 작가님의 책에서 인상 깊었던 구절을 필사했
다. 어떤 부분을 필사한다는 것은 그만큼 내 마음에 진하게 스
며들었다는 뜻이다. 스무 살의 나는 왜 굳이 그 부분에 깊이 빠
져들었던 것일까. 빚을 빨리 갚고자 했던 초조함과 주변 친구
들처럼 마음껏 놀며, 원하는 것을 배우고 싶었던 부러움이 부
딪히고 있었던 때였다. 대학의 아름다운 환상을 간직하며 밝게
노니고 싶은 욕심도 있었다. 책을 읽으면서 초조함, 부러움, 환
상, 욕심 그런 것은 중요한 것이 아님을 알게 되었다. 중요한
것은 읽은 후에 내가 가지는 생각과 나의 행동, 즉 당시 상황보
다는 상황 이후의 '나' 라는 것을 깨달았다. 그런 나의 마음이
모여 노트에 담겼다. 더불어 나는 책의 배경이 되는 조선시대
에 대해 처음에는 잘 알지 못했다. 책을 읽는 순간부터 그 시대
가 궁금해졌다. 그곳에 살아본 적은 없지만 그들이 되어 움직
였고, 곁에서 함께 숨 쉬고 있었다. 내 생각에만 갇혀 괴로워하
던 나는 다른 세계에 발을 들일 수 있게 되었다.

나는 내가 책을 좋아한다는 것을 모르고 있었다. 책뿐만 아니
라 내가 무엇을 좋아하고 싫어하는지 잘 몰랐고, 알고자 노력

하지도 않았다. 그저 책을 읽는 시간에는 다른 생각을 하지 않아도 되고, 숨이 쉬어지는 것이 다행스럽다고 생각했다. 어느 날 친구가 툭 하고 던진 한 마디는 책에 대한 나의 마음을 더들여다볼 수 있게 해 주었다.

"눈빛이 달라진다. 반짝반짝~ 하네?"

나는 이미 책에 빠져들어 있었다. 책 냄새는 나에게 안정감을 주었고, 책이 있는 장소는 포근했다. 그래서 나는 마음이 힘들거나 숨고 싶으면 책 속으로 깊이 들어가 헤어 나오지 못했다. 도서관을 찾았고, 서점이나 헌 책방에 앉아 몇 시간 동안 여러 책을 읽었다. 그러다 보면 생각 정리가 되었다. 다시금 용기가 생겼고, 뚜벅뚜벅 걸어가 볼 힘이 생겼다. 내가 나아갈 수 있게 도와준 책과 구절들을 노트에 담았다. 벽에 붙이기도 했다. 이사를 다닐 때마다 소중하게 챙겼다. 그것은 내가 도망가지 않아도 쉴 수 있도록 해 주었으며, 힘들 때 함께 손잡고 걸어가는 친구가 되어 주었다.

누구에게도 말하지 못했던 이발사는 긴 시간 괴로웠을 것이다. 다른 이야기를 하다가 혹시나 임금님의 비밀을 누설하게 될까

봐 그 어떤 이야기도 편히 하는 것이 힘들었을 것이다. 그런 이발사에게 대나무 숲은 가슴의 돌덩이를 내려놓게 해주는 존재였다. 비로소 편안하게 숨을 쉴 수 있게 되었고, 마침내 웃음 지을 수 있게 해 주었다. 누구에게도 할 수 없었던 이야기를 마음껏 할 수 있는 너른 품이 되었을 것이다. 책은 대나무 숲과 같다. 굳게 닫힌 문을 열어 준다. 새로운 세상으로 이끌며, 울고 웃을 수 있는 곁을 내어준다. 오롯이 내 편이 된다. 나는 다짐했다. 앞으로는 내가 처한 환경 때문에 책 읽기를 미루지 않겠다고, 나만의 대나무 숲을 매일 거닐어 보겠다고 굳게 결심했다. 그리고 하루하루 이렇게 외치며 살아갔으면 한다.

"책과 함께, 오늘을 즐겨라!"

04

누군가를 위해서가 아닌
오직 나와의 만남

"한 사람 한 사람의 삶은 자기 자신에게로 이르는 여정이며, 길을 찾고자 하는 시도이고 오솔길에 대한 암시다. 지금까지 어느 누구도 오롯이 자기 자신이 되어본 사람은 없다. 그런데도 누구나 자기 자신이 되려고 한다. 어떤 이는 모호하게, 어떤 이는 더 또렷하게, 누구나 자신이 할 수 있는 만큼 노력한다. ……우리는 모두 같은 태생이다. 같은 어머니, 같은 협곡, 같은 심연에서 던져진 시도이다. 인간 각자는 자기 나름의 목표를 향해 달려간다. 우리는 서로를 이해할 수는 있다. 하지만 자신을 온전하게 이해할 수 있는 것은 오직 자기 자신뿐이다."

헤르만 헤세의 《데미안》 중 일부이다. '일생은 자신을 이해하며 살아가는 것'이라는 진리를 가장 잘 보여주는

66   독서로 나를 디자인하라

구절이라 할 수 있다.

학창 시절의 나는 어떤 선택을 할 때 언제나 우선순위에서 밀려나 있었다. 가족의 상황, 경제적인 문제, 시간에 쫓겨 나를 배제한 채 선택해야 했다. 내가 처한 환경을 비롯한 모든 것에 겁이 났다. 스스로 선택하고 결정하는 것이 두려운 적도 있었다. 직접 선택한다는 것은 선택에 따른 결과의 책임을 오롯이 짊어져야 한다는 것을 의미한다. 부모님이 원하는 것을 택하며 책임으로부터 자유롭고 싶기도 했다. 그러면서도 마음껏 할 수 없는 현실에 눈물 흘렸다. 답답함에 가슴을 치며 오열했다. 주변 친구들이 부러웠고, 질투가 났다. 원망스러웠고, 그 이상으로 자책했다. 괴로움에 후회가 거듭되었다.

"네가 두려워하는 것이 있어. 그리고 네가 두려워하는 사람도 있어. 그런 게 있으면 안 돼. 사람에 대해서 절대 두려움을 가져선 안 돼. 누군가를 두려워한다는 것은 그 사람에게 마음대로 할 수 있는 힘을 주었다는 것이기 때문이야."

《데미안》의 구절을 읽으며 내가 두려워할수록 스스로 해낼 수 있는 힘은 줄어들고, 외부의 환경이 마음대로 할 수 있는 힘을 더해준다는 것을 알게 되었다. 어쩔 수 없는 상황은 분명히 있다. 하지만 책을 통해 배운 것을 토대로 조금씩 주체적인 선택을 시도했다. 짧지만 나를 위한 시간을 충실히 보내며, 스스로를 이해하는 시간을 가졌다. 그러면서 내가 무엇을 좋아하는지 발견할 수 있었다. 나는 '예쁜 시계'가 좋았다. 값비싼 것이 아니라 그저 내 눈을 사로잡게 만드는 그런 시계가 마음에 들었다. 시간을 확인하려 계속 휴대전화를 보지 않아도 됐다. 자연스레 내 마음이 준비되지 않은 때에 울리는 버거운 연락들을 가끔은 무시할 수도 있었다. 그렇게 나 자신에게 의미 있는 선물을 종종 할 수 있게 되었다. 어떤 이는 그런 나를 보고 이렇게 말했다.

"그런 싼 것들 말고 비싸고 좋은 것 하나를 사는 게 더 낫지 않아?"

두려움에 떨며 주체적이지 못했던 나였다면 '그런가……' 하며 비싸고 좋은 것을 사는 선택을 했을 수도 있다. 또는 비싼 것을 살 형편이 되지 않는다는 이유로 나를 위한 선물을 사는 의식을 중단했을 것이다. 이제는 더 이상 두려움을 느끼던 내가 아니었다.

"아니~ 나는 비싸고 좋은 거라서 좋아하는 게 아니야. 나는 그 저 시계가 좋을 뿐이야. 급하게만 달려오던 나에게 여유를 주 는 것 같고, 시간 속에 살아 있는 내가 생생히 느껴지는 것 같아 서 안심돼. 내 기분과 감정에 맞춰서 골라 찰 수도 있고. 왠지 든든하고 위로받는 기분이 들어. 처음으로 무언가를 꾸준히 사 고, 모으게 됐어. 내가 나를 마주하게 되면서 말이야. 나에게는 너무 소중한 물건이니까 앞으로는 싼 것들이라고 표현하지 않 아 줬으면 좋겠어."

그녀는 나의 대답에 놀란 모습을 감추지 못했다. 넉넉한 환경 에 있는 그녀는 이제까지 그런 식의 말을 숱하게 해 왔다. 그녀 의 주변에서 나처럼 말한 이는 처음이었을지도 모른다. 하지 만 나 자신을 위해 명확하게 이야기하고 싶었다. 나는《데미안》 덕분에 두려움에서 한 발 나아갔고, 나 자신을 위한 이야기를 할 수 있게 되었다.

아이를 키우다 보면 한 번씩 남편과 이런 대화를 할 때가 있다.
  "쟤는 참~ 편하고 좋겠다."
  "응? 갑자기? 무슨 말이야?"
  "자기 하고 싶은 거 마음껏 하고, 먹고 자고 놀잖아. 제~일 좋을 때인 것 같아. 쟤는 무슨 생각을 하고 살까?"

아이에게 지금의 시간은 아직 본능에 충실하고, 자기 자신에게 솔직하게 살아갈 때일 것이다. 물론 갓 태어난 아기보다는 아니겠지만 말이다. 우리는 지금 스스로 솔직하게 살아가고 있을까? 자신을 이해하기 위해 노력할까? 온전히 나 자신을 위해 인생이란 여정을 걸어가고 있는 것일까? 그렇지 못한 순간이 많을 것이다. 생각조차 해 본 적 없는 이들이 무수할 것이라 추측한다.

우리는 감탄할 만한 풍경 또는 예쁜 물건 등을 볼 때 종종 '아름답다' 라는 단어를 쓴다. '아름답다' 의 옛말은 '아룸–답다' 인데, '아룸' 이라는 말은 '사사로움', 즉 '나, 개인' 이라는 의미였다. 따라서 우리가 자주 말하는 '아름답다' 라는 말은 실은 '나답다' 인 것이다. 우리는 때로 '아름다움' 에 집착하기도 하지만, '나다움' 에 몰입하지는 않는다. 아마 '나다운 것' 의 가치를 모르고 있기 때문일 것이다. 나다운 것이 가지는 아름다움을 보지 못하고, 쉬이 남의 아름다움이나 물질적인 아름다움을 쫓고 있는 것은 아닐까. 나는 책을 통해 '나다운 것' 이 어떤 것인지 찾을 수 있었다. 책을 읽음으로 인해 비로소 나의 아름다움과 나 자신이 귀한 보물이라는 것을 깨달았다.

자기 자신에게로 이르는 과정은 분명 쉽지 않을 것이다. 그저 뚝딱 되지는 않는다. 자신을 알아가는 일에 익숙지 않은 사람이라면 더욱 어려울 수밖에 없다. 하지만 내가 확실히 말하고 싶은 것은 계속 노력해야 한다는 것이다. 자기가 노력하지 않으면 자신을 찾아가는 일은 닿을 수 없는 신기루가 될 뿐이고, 찾을 수 없는 아름다움일 뿐이다. 누군가를 위해서가 아니라 오직 나 자신을 위해 스스로에게 질문을 던지고, 꾸준히 나와의 만남을 시도해야 한다. 바로 책을 통해서.

05

독서로 시작된 새로운 인생

'작가'라는 꿈이 언제부터 내 마음 깊은 곳에 자리 잡고 있었는지는 잘 모르겠다. 처음에는 단순히 책이 좋았다. 그곳에는 나의 현실이 없었으니까. …… 아이와 함께 한 발 한 발 나아가며 나의 첫 책을 완성했고, 계속해서 나아갈 것이다. 그렇게 나는 우연한 기회로 엄마로만 살 수도 있었던 삶에서 작가 딸, 작가 아내, 작가 엄마로서의 삶을 살게 되었다." 2022년 11월에 출간된 나의 첫 책 《눈치 보며 사는 것이 뭐가 어때서》의 일부이다.

책을 읽으면서 책의 인물이 되어 고민하기도 하고, 때로는 한 발 떨어져 숙고하기도 했다. 그런 시간을 통해 나는 어느새 상대가 원하는 부분을 잘 알아채는 사람이 되었다. 그렇게 차곡 차곡 쌓은 나의 눈치는 나를 좋은 사람에게로 이끌었다. 안정적인 결혼, 사랑이 넘치는 가정을 꿈꿨던 나의 미래가 시작되었다. 결혼을 하고, 나만의 시간이 생겼다. 마음껏 책을 읽을 수 있었고, 사색에 잠기기도 했다. 한동안은 추리하는 재미에 빠져 형사나 탐정, 프로파일러가 된 채 시간을 보냈다.

3개월의 짧은 신혼 생활을 가지고, 기다리던 아이가 우리에게 찾아와 주었다. 기쁘고 행복한 마음을 뒤로하고, 헤어 나오지 못하는 소용돌이에 휩쓸렸다. 5주 차에 방문했던 산부인과에서 "입덧이요? 안 하는데요. 입덧 약 없어도 될 것 같아요."라고 당당하게 말했던 나의 모습을 후회했다. 한 치 앞도 모르면서 뭐가 그리 자신만만했던 걸까. 조금 늦게 시작한 입덧은 나를 낯설게 만들었다. 잘 먹던 음식을 거부했고, 먹고 싶지만, 아이를 위해 포기해야 하는 것도 있었다. 여러 증상들이 즐비했고, 밤에는 잠을 이룰 수 없었다. 풍부한 임신 호르몬은 그렇게도 나를 서럽게 만들었다. '입덧이 심하다는 것은 아이가 건강하다는 것' 이라는 말에 위안과 기쁨을 느꼈다.

10개월의 시간이 지나고 결혼 1주년이 되던 날, 건강하고 사랑스러운 아이를 맞이했다. 아이를 보는 일은 더없이 행복했지만, 힘든 것도 사실이었다. 나의 몸은 임신과 출산을 겪으며 약해졌다. 허약해진 몸으로 처음 경험하는 육아는 어려웠고 고됐다. '아이를 성심성의껏 잘 돌봐주고 싶다.' 는 바람이 무색하게도 마음먹은 대로 되는 것은 아무것도 없었다. 우울감이 올라오곤 했다. 틈틈이 책을 읽으며 나 자신을 격려했고, 스스로 정의한 '자존감 탄력성' 훈련을 하며 자존감 향상에 힘썼다.

그러던 어느 날 친정아버지를 통해 우연한 기회로 '작가 수업'을 접하게 되었다. 아이가 6개월이 되었을 때, '엄마' 라는 직업에 몰두해 있던 나는 많은 분들의 배려와 지원으로 '작가' 가 되기 위한 길에 발을 들였다.

수업을 듣는 과정이 쉽지는 않았다. 고비가 수없이 찾아왔다. '왜 사서 고생이냐.' 라며 이따금씩 말하던 남편의 말처럼 '내가 뭐 하려고 이렇게 힘든 시기에 시작했을까.' 라는 생각이 들었다. 책을 좋아하지만, 매 수업마다 추천해 주시는 책을 매주 읽는 것은 힘겨웠고, 완독하지 못하는 것이 괴로웠다. 넘쳐나는 과제는 '내가 할 수 있을까.' 를 끊임없이 되뇌게 만들었다. 고된 육아로 내 마음은 종종 서럽고 우울해졌다. 바쁜 남편에게는 섭섭한 마음이 들었다. 그럼에도 불구하고 친정 부모님께 도움을 요청하기는 어려웠다. 마음껏 나가지 못하는 것도 답답했다. 아이에게 오롯이 집중하지 못하는 것에 자책감이 들기도 했다. 그렇지만 포기하는 엄마가 되기는 싫었다. 내가 쓰고자 하는 책과 비슷한 주제의 책을 읽기 시작했다.

"지금을 누리지 못하는 행복이 과연 진짜 행복일까 싶다. 하물며 타의도 아닌 자의로 현재의 행복을 미루는 것만큼 어리석은 일은 없다. 뒤늦게 농장을 사지 않으려면 현재의 행복을 미뤄서는 안 될 것이다."

안현진 작가님의 《참, 눈치 없는 언어들》을 보며 '현재 할 수 없는 것에 집중하며 괴로워하지 말고, 나에게 주어진 것을 즐기며 감사해하자!' 라고 다짐했다. 육아를 하는 중이었기에 임신·출산 전처럼 몸이 자유롭지는 못했다. 하지만 그 상황 속에서도 많은 사람들의 배려와 응원을 받고 있었다. 그리고 그동안 내가 시도하지 못했던 '글을 쓰며 살아가는 사람' 이 될 수 있는 기회가 생겼다. '한탄하기보다는 내게 주어진 기회를 어떻게 하면 더욱 잘 활용하여 꽃 피울 수 있을까.' 에 집중하기로 했다.

한 단락의 글은 내가 생각의 전환을 할 수 있도록 도와주었다. 그리고 그것은 생각보다 많은 것들을 변화시켰다. 시작할 수 있었다는 것 자체가 너무나 다행이라는 생각이 들었다. 아이를 안고 수업을 들어야 하는 나로 인해 방해가 될 수 있는 상황이었지만, 배려해 주신 작가님과 함께 수업 듣는 예비 작가님들의 호의에 감사했다. 책을 완독하려고 급하게 읽거나 괴로워하지 않고, 일부를 읽더라도 온전한 나의 것으로 만들게 되었다. 고된 육아로 인해 힘들었던 마음은 안정을 찾았다. 힘들지 않은 것은 아니었지만, 지금 건강하게 내 곁에서 울고 웃어주는 아이에게 감사했다. 바쁜 와중에도 낮이고 밤이고 최대한 육아를 함께하는 남편에게 고마워졌다. 때때로 친정 부모님 도움도 받을 수 있게 되었다. 자연스레 자유롭게 나갈 수 없어 답답했던 마음은 여러 사람들이 거들어 준 덕분에 해소할 수 있게 되었다. 무엇보다 감사의 마음으로 해가며 포기하지 않는 나 자신이 대견했다. 현재 나에게 주어진 모든 것에 감희했다.

꾸준한 독서는 나를 읽기만 하는 사람에서 사색하며 쓰는 사람이 되게 해 주었다. 많은 이들이 책에 자신을 녹여내었듯 나의 글에 진심을 그대로 담아냈다. 책을 읽고, 쓰면서 나는 달라졌다. 이후 나의 첫 책 《눈치 보며 사는 것이 뭐가 어때서》의 초고와 퇴고를 거듭하고, 출간을 이루면서 나의 주된 감정은 '감사'로 지속되었다. 끊임없는 독서와 감사하는 마음은 또다시 나를 새로운 도전으로 이끌어 주었다.

《눈치 보며 사는 것이 뭐가 어때서》에 나는 이렇게 썼다.

"나를 찾고, 고민하고 생각하자. 포기하지도 말고 망설이지도 말자. 내가 존경하는 한 선생님께서는 '누구나 무한한 가능성으로 가득한 더없이 소중한 존재다. 일찍 피는 사람 늦게 피는 사람 차이는 있어도 자신의 행복의 꽃을 반드시 피울 수 있다.' 라고 말씀하셨다. 자신을 위해 마음껏 행복을 외쳐보자. 내가 이만큼 행복해졌으니, 당신도 반드시 행복해질 수 있다. 그러니 자신을 믿고 나와 함께 더욱더 행복해지자고 말하고 싶다."

나의 글과 이야기가 많은 이들에게 힘이 되기를 바란다. '임세화 작가'이자 많은 이들을 공감하는 '브런치스토리 작가', '마음 힐링 상담가', '마음 힐링 북클럽의 리더'로서 혼자 고민하고 있는 이가 있다면, 한 사람이라도 더 만나 도움을 주는 삶을 살고 싶다.

무심코 접했지만, 나에게 숨을 불어넣어 준 한 권의 책은 시나브로 나를 새로운 사람으로 만들고 있었다. 생각의 폭을 넓혀주고, 사람들의 마음을 잘 살필 수 있게 되었다. 내가 경험한 것처럼 무언가를 접하게 되면, 우리 내부에서는 여러 생각을 비롯하여 또 다른 무언가가 일어나게 된다. 그것이 무엇인지, 어떤 작용이 일어나는지에 관해서는 그 누구도 아닌 자기 자신이 가장 잘 알 것이다. 우리가 무언가를 다양하게, 가장 많이 접하게 만들 수 있는 것, 그것은 결단코 책이라고 자부한다. 시간과 공간의 제약 없이 언제, 어느 때나 접할 수 있는 것이 바로 책이다. 자신의 인생 책을 만나고, 그런 책을 늘려나가다 보면 우리는 그 속에서 무수한 자기 자신을 마주하게 된다. 때로는 스스로를 점검하고, 위로를 하며 안아주기도 한다. 그러다 보면 어느새 자신이 성장했다는 것을 깨닫게 될 것이다. 자신의 틀, 자신의 세계가 한층 넓어졌다는 것을 인지하게 된다. 그 시간을 각자가 기대하고, 고대하며, 감희하기를 간절히 바란다.

03

젊은
사업가를
지탱해 주는
독서경영

차일웅

01

더할 나위 없었던
20대에 얻은 공황장애

나는 27살에 결혼과 창업이라는 큰 결정을 했다. 주변 사람들의 반응은 걱정과 우려의 말이 대부분이었다. 잘 다니던 직장을 그만두고 무작정 결혼하고 회사를 차린다고 하니 당연한 반응이었을 것이다. 심지어 '사업이라는 건 어차피 인생 망하는 지름길인데 젊었을 때 빨리 망해 보는 게 좋다'라는 애정 어린 덕담을 해주신 분도 계셨다.

8년이 지난 지금, 나는 안정적으로 생활하고 있는 내 모습을 보면 다행히도 이른 나이에 시작한 결혼 생활과 창업은 잘못된 선택이 아니었다는 생각이 든다. 사업을 일찍 시작한 덕분에 내 집 마련도 일찍 성공했고 나를 쏙 빼닮은 아들도 태어나 오순도순 행복하게 잘 살고 있다. 결혼과 창업으로 마무리한 나의 20대를 돌이켜 보면 더할 나위 없이 좋았다. 대학생 때는 수

석 입학생으로 전액 장학금을 받으며 생활비 걱정 없이 생활했다. 아르바이트 대신 여러 대외활동을 즐기러 다녔다. 졸업 후에는 취업 준비의 공백기 없이 ROTC 학군 장교로 임관하여 직업 군인이 되었다. 장교로서의 군 생활도 대학 전공을 살려서 정훈장교 병과를 배정받았다. 신임 장교 계급(소위)으로는 쉽게 갈 수 없다는 육군본부에서 영상 콘텐츠 제작을 하며 군 복무를 하였다. 전역일 다음 날에도 사회생활 걱정은 없었다. 곧장 청와대에 입사하여 콘텐츠 기획 업무의 커리어를 이어갔다. 청와대에서 퇴사 후에는 당시 페이스북 유일의 공인 마케팅 파트너사로 유명했던 마케팅 대행사 취업에 바로 성공했다.

그런 내가 20대에 결혼과 창업까지 했다고 하니 내가 소위 빽(?)이 있거나 금수저를 물고 태어났다고 생각하는 사람도 있었다. 물론 부족함을 모르고 생활했던 나의 20대는 부모님의 영향이 가장 컸다. 하지만 경제적인 기준으로 보면 나는 금수저를 물고 태어나지 않았다. 우리 집은 부유한 집이 아니었다. 오히려 우리 가족은 내가 세 살 때부터 성인이 될 때까지 경제적인 이유로 이사를 스무 번 넘게 다녔다. 내가 대학교에 입학하던 해엔 부모님은 20년 넘게 운영해 오신 가게의 건물이 부도로 넘어가 평생 모아두신 돈을 모두 잃어 어려운 시기를 보내셨다.

하지만 나의 부모님은 단 한 번도 경제적 부족함을 자식들에게 물려주려 하지 않으셨다. 내가 해보고 싶은 것이 있거나 배우고 싶은 것이 있으면 무조건 해보라며 빚을 내서라도 아낌없이 지원해 주시는 분이었다. 본인들이 어려움을 겪어도 자식 교육에는 남부럽지 않게 모든 걸 다 쏟아부으셨다. 나는 부모님의 교육 철학 덕분에 어떤 일이든 해보고자 하는 의지가 생기면 곧장 배워보고 실행에 옮기는 추진력을 갖고 살아왔다. 그래서 20대의 이른 나이에 넉넉하지 않은 여건임에도 불구하고 내가 하고 싶은 창업과 결혼도 할 수 있었다. 나는 이렇게 부모님의 아낌없는 지원으로 학창 시절부터 대학 생활, 직장 생활을 하면서까지 실패와 어려움을 크게 느끼지 못하고 생활해 왔다. 대학 생활은 단 한 번의 휴학도 없이, 졸업 후에는 단 하루의 공백기 없이 장교 생활과 직장 생활로 이어 나간 나의 20대 전부가 스스로, 부모님에게 큰 자랑이자 자부심이었다.

난 스스로 콘텐츠 기획력이 아주 뛰어난 사람인 줄 알았다. 군 생활 중에는 공공기관의 콘텐츠를 색다른 방식으로 제작하여 많은 사람의 관심을 받으면서 여러 영상제에서 상을 받았다. 직장 생활 중에도 재미 삼아 제작했던 영상이 주목받아 뉴스 인터뷰까지 했었다. 난 당시에 세상에서 어렵고 무서울 일이 하나도 없었다. 수중에 모아놓은 돈은 없었지만, 이 정도의 커리어라면 개인 사업을 해서 더 큰돈을 쉽게 만들어 낼 수 있을 것 같았다. 나는 그렇게 창업의 길을 선택했다.

부모님과 당시 여자친구였던 아내는 나의 창업 선택을 진심으로 응원해 주었다. 대학 생활부터 직장 생활까지 모범적으로 잘 해왔으니까, 사업도 잘할 거라는 믿음이 컸을 것이다. 하지만 막상 사업을 시작해 보니 월급을 받던 직장인의 삶과 월급을 챙겨주는 대표의 삶은 완전히 달랐다. 사업은 영상을 제작하는 일보다 회사 경영에 에너지를 쏟아야 하는 일이 많았다. 창의적인 생각을 하는 날보다 회사의 매출을 걱정하는 날이 대부분이었다. 매출이 떨어지는 시기에는 월말마다 찾아오는 직원들의 월급날과 사무실 월세 날이 두려워졌다. 20대에 경험해 보지 못한 어려움과 고난이었다.

하지만 늘 나를 자랑스러워하며 자부심으로 생각해 주었던 부모님과 아내에게 사업의 어려운 상황을 전부 말할 수는 없었다. 지금까지 잘 해왔듯 앞으로도 잘 해내야 한다는 책임감이 오히려 부담감이 되었다. 어려운 일이 있거나 고민이 있어도 혼자 마음으로 삭이는 날들이 많아졌다.

결혼 2년 차 때는 아이가 생겼다. 기쁘고 감동적인 순간이었다. 동시에 내가 앞으로 책임져야 할 사람이 회사 직원들 외에도 한 명 더 늘어난다는 책임감마저 엄습해 왔다. 내가 대표의 역할도 잘 못하는 데 아빠의 역할은 잘할 수 있겠느냐는 막연한 두려움이 커졌다. 누구에게도 나의 고민과 걱정을 속 시원하게 풀어내며 이야기 나눌 사람이 없었다. 나는 그동안 부족함 없이 잘해온 사람이었으니, 사업가로서의 어려움도 내가 잘 극복할 수 있고 스스로 해결해야만 한다고 생각했다.

창업 후 나의 일상은 개인 취미 활동과 여가생활도 없이 늘 회사 고민의 연속이었다. 심지어는 잠이 드는 시간마저 회사 걱정이다 보니 마음의 여유는 없어지고 항상 조급한 마음뿐이었다. 다음 날이 오는 게 두려웠고 사람들과 대화하다 보면 그 잠깐의 시간마저도 아까웠다. 대화의 시간이 길어질수록 내 사업에 방해 요소로만 느껴졌다. 내가 사무실에 있어야만 마음이 편했고, 컴퓨터 앞에 앉아야만 일이 잘 풀릴 것 같았다. 나는 삶의 균형감이라곤 찾아볼 수 없을 만큼 신체적으로, 정신적으로 망가져 있었다.

자존심이 강했던 나는 주변에 도움을 요청할 마음이 전혀 없었고 심지어 가족에게도 나의 마음의 병을 들키고 싶지 않았다. 정신적인 압박감이 점점 심해지던 어느 날, 사무실 엘리베이터에서 누군가 타자, 마치 큰일이라도 날 것 같은 두려움이 찾아왔다. 호흡이 가빠지고 진땀이 흘러내린 적이 있다. 결국 나 혼자 병원을 찾아갔다. 내가 가족들에게 늘 자부심이 되어야 한다는 부담감 그리고 힘든 일은 나 혼자 해결해야 한다는 책임감이 마음을 지치게 했다고 한다. 결국 더할 나위 없이 잘해왔던 나의 20대는 회사 창업과 함께 공황장애를 얻었다.

02

선배 창업자의 1일 1게시글

사업하는 대표들을 보면 회사 규모가 크든 작든 대표의 자리를 유지하고 운영해 나가는 모습이 존경스럽다. 특히 오랜 기간 사업을 유지하며 다양한 경험을 쌓아 온 분들은 더더욱 그렇다. 사업은 항상 롤러코스터를 타는 것처럼 상승세가 있으면 하락세가 있다. 회사를 운영하면서 매일 좋은 일만 있고 매출 성과로만 이어지면 좋겠지만 사업에는 늘 예상 밖의 변수가 있기 마련이다. 또 소규모의 회사를 운영하다 보면 작은 문제가 사업의 존폐를 결정할 만큼 큰 문제로 번질 때도 있다. 그럴 때마다 의연하게 해결해 가고 흔들리지 않는 것이 사업가의 숙명이다. 그런 면에서 초보 사업가인 나는 여전히 사소한 작은 문제조차 넘기 힘든 큰 언덕처럼 느껴졌다.

20년 넘게 가구 사업을 크게 하는 외삼촌이 있다. 내가 학창 시절까지만 해도 외삼촌의 사업 경험담은 늘 허세로만 느껴졌다. 그때 외삼촌은 사업의 성공을 이렇게 정의했다. '사업은 에베레스트산 정상을 여러 번 왔다 갔다 하는 것이고, 거기서 살아남는 사람이 성공한 사업가'라고. 그땐 그 말이 그저 허풍으로만 생각했다.

이제 8년째 사업을 운영하는 입장에서 외삼촌의 말이 공감된다. 사업하는 분들은 마음속으로 에베레스트산을 매일 오르고 내리는 사람들이었다. 그저 외면적으로 평온하고 의연한 모습을 보이고 있을 뿐이다. 그렇다면 성공한 사업가들은 어떻게 그 힘든 과정을 극복할 수 있는 단단함을 가지고 있는 것일까. 새내기 사업가인 나에게 이 질문은 항상 답을 찾고 싶은 질문이자 갈증이었다.

창업 4년 차가 되던 해에 조금씩 사업 규모가 커졌다. 고정 거래처가 점점 늘고 직원들도 10명으로 늘었다. 사업 성장세는 꾸준히 오름세였지만, 그럴수록 정신적 압박감과 부담감은 배가 되어 돌아왔다. 나는 여전히 에베레스트산의 정상에 오르기는커녕 산 중턱에서 주저앉아 괴로워하는 수준이었다. 하지만 사업 초기에 경험했던 공황장애를 다시는 겪고 싶지 않았다. 그래서 퇴근 후에는 매일 SNS에 빠져 살았다. 힘들고 지칠 때마다 개인 SNS에 짧은 넋두리라도 남기면 주변 지인들이 응원

과 격려의 글로 남겨주었다. 그 글들이 유일한 나의 탈출구가
되었다.

어느 날 우연히 SNS에서 눈길이 가는 글을 봤다. 유독 '#나는_
꼰대다' 글자가 눈에 띄는 글이었다. 그분 SNS에 들어가 보니
모든 게시글마다 '나는 꼰대다' 라는 해시태그를 달아놓고 글
을 올리고 있었다. 그것도 매일매일 하루도 빠짐없이. '꼰대라
는 게 무슨 자랑이라고 저렇게 자랑스럽게 글을 올릴까?' 라고
조소하다가 대체 어느 정도의 꼰대일지 궁금해졌다. 매번 SNS
를 열 때마다 그분의 게시물이 자주 눈에 보였다. 문득 만나보
고 싶어졌다. 만나면 '아저씨! 꼰대는 자랑이 아니에요!' 라고
외쳐주고 싶었다. SNS로 메시지를 보내 비즈니스를 핑계 삼아
연락처를 받고 만났다. 그리고 그날, 나는 꼰대 아저씨가 아닌
나를 변화시킨 귀인 한 명을 만났다. 그날부터 4년의 세월이
지난 지금, 그 꼰대 아저씨가 우리 회사 고문 역할을 하고 계시
며 나의 경영에 큰 도움을 주고 있기 때문이다.

우리 회사 고문으로 있는 그때의 꼰대 아저씨는 나보다 20년을
앞서 창업을 한 선배 창업자이자 ROTC 선배 장교이기도 하
다. 선배는 나와 비슷한 나이에 유통 사업을 시작했다. 직원을
스무 명 이상 둘만큼 사업을 키웠었는데, 유통망의 어려움이
생겨 사업이 어려워지기 시작하더니 결국 회사를 부도 처리하

는 경험을 겪었다. 사업을 크게 한 만큼 결국 회사를 정리하는 순간은 아주 힘들었다고 한다. 심지어 본인뿐만 아니라 가족까지 파산 신청까지 했을 만큼 회사 부도의 여파는 컸다. 이 선배야말로 마음속으로 에베레스트산을 수십 번을 다녀온 분이었다. 말로 표현할 수 없을 만큼 힘든 시절을 겪었던 분이다.

현재는 그때의 어려움을 전부 극복하고 여러 사업을 운영하는 사업가이자 재력가이다. 그런 분이 늘 한결같이 해 온 루틴이 한 가지 있었다. 바로 독서와 필사다. 책을 읽고 감명 깊은 구절이나 사업에 적용해 볼 만한 것들이 있으면 수첩을 꺼내 손으로 직접 문구를 그대로 따라 적는다. 그리고 그 필사한 내용을 사진으로 찍어 개인 SNS에 올린다. 이 과정을 매일매일 빠짐없이 하고 있다.

내가 그동안 SNS에서 봐왔던 포스팅은 '나는_꼰대다' 라는 해시태그만이 아닌 독서 필사의 1일 1 게시글이었다. 나는 선배가 책을 읽다 감명 깊은 글귀를 굳이 손으로 옮겨 적고 SNS에 기록하는 이유가 무엇일지 궁금했다. 그것이 어떤 효과가 있길래 매일 행동으로 옮기고 있는 것인지 선배의 일상을 관찰하기로 했다.

선배는 군 장교 출신답게 전역 후에도 개인 일상을 체계적으로 계획하고 있었다. 주말마다 다음 주에 만나야 할 사람들을 미리 정하고 연락을 돌려 약속을 잡는다. 그리고 그날에 만났던 사람과의 활동을 사진으로 남기고 아침 독서 필사한 내용과 엮어서 하루 일기로 글을 완성한다. 필사하는 내용은 매번 달랐고 읽고 있는 책도 달랐다. 어떤 일이 있어도 독서는 놓지 않고 있다는 선배의 말이 인상 깊었다. 하지만 나는 '하루에도 여러 사람을 만나는 것도 벅찬데 독서할 수 있는 시간이 있다고?', '사업이 힘들 때도 책이 눈에 들어올 수 있는 여유가 있다고?' 라는 부정적인 생각이 앞섰다.

선배와 만날수록 왜 본인을 꼰대라고 표현하는지 알 것 같았다. 선배는 내가 사업하며 힘들어할 때마다 20대와 30대 때는 더 많이 부딪혀 보고 쓰러져 봐야 한다고 말했다. 심지어는 더 고생해 봐야 더 성공할 수 있다면서 일부러라도 힘든 일을 찾아서 해보라고 했다. 그 말을 듣자마자 '정말 꼰대가 맞구나' 느껴졌다. 선배는 나의 힘든 상황과 마음을 아는지 모르는지 책을 한 권 추천해 줬다. 하우석 작가의 《내 인생 5년 후》라는 책이었다.

《내 인생 5년 후》는 성공한 사람들은 5년 단위로 인생을 계획한다며 그들의 인생계획을 소개해 주고 있다. 그중 베네피트를 세계적인 화장품 회사로 키워낸 창업자 겸 CEO 진 포드의 이야기가 나온다. "나는 절대로 'NO' 라고 이야기하지 않는다,

'No' 뒤에 'w' 하나만 붙이면 'Now'가 된다. 어떤 일을 줬을 때 'No'라고 말하는 대신 'Now'라고 말하며 행한다면 언젠가 반드시 그 성과를 거둘 수 있다."

책을 읽고 나자, 무언가 마음속에 꿈틀거리는 것이 생겼다. 항상 누군가의 성공담이나 조언을 들으면 부정적인 생각이 앞서고 난 안 될 거라고 한계를 짓던 내 모습이 부끄러워졌다. 5년 전 나는 어떤 계획을 세웠을까 반성도 되고, 앞으로 나의 5년 후 모습을 멋지게 설계하고 싶어졌다. 특히 선배의 추천 독서를 통해 내 마음이 조금씩 변화되고 마음의 변화가 생기자, 일을 대하는 태도가 바뀌기 시작한 것이 신기했다.

나도 선배처럼 독서와 필사를 하며 SNS에 넋두리 대신 내 생각을 정리하고 싶어졌다. 추천해 준 책을 다 읽고 선배에게 고백했다. "저도 선배처럼 필사도 하고 책도 다양하게 읽어보려고요." 선배는 '책을 읽은 습관을 갖고 있으면 회사를 키우는 데 어려움이 없을 거'라며 응원해 줬다. 내 인생에서 독서가 큰 비중을 차지하게 된 순간이었다. 내가 그토록 궁금해 왔던 성공하는 사업가들이 갖고 있는 내면의 단단함 비결은 바로 독서라는 걸 알게 되었다.

03

새벽 5시 미라클모닝은
책으로 시작합니다

독서를 습관화하기 위해 읽을 만한 책들을 나열해 봤다. 인터넷에 독서 초보자를 위한 책 추천을 검색해 보니 편독하지 않고 균형감 있게 다양한 장르의 책을 읽는 것이 중요하다는 의견이 많았다. 그러면서 여러 책을 추천해 줬다. 그래서 처음 독서할 땐 베스트셀러를 위주로 단편소설, 장편소설, 시집 등 여러 장르의 책을 사서 읽기 시작했다. 하지만 막상 책을 읽으려니 소설과 시처럼 문학 위주의 책들은 내용이 눈에 들어오지 않았다. 책을 펼 때마다 석 장을 못 넘기고 쉽게 책을 덮어버렸다. 문학을 접한 적이 거의 없던 나에게는 소설이 마음에 와닿지 않았다. 독서 습관화를 위해 우선 책에 흥미를 갖는 것이 필요했다.

내가 주로 읽고 싶은 책은 내가 하는 일과 관련된 책이거나 자기 계발서였다. 독서의 재미를 먼저 갖기 위해 전략적 편독(?)을 했다. 자기 계발서와 에세이는 문장의 호흡이 짧은 책들이 많다. 내용도 직관적인 것들이 많아 쉽게 읽을 수 있었다. 나에게 자기 계발서는 훌륭한 경영 지침서였다. 나보다 오랜 기간 앞서서 사업을 시작한 선배 창업자들의 이야기이거나 사업에 필요한 마음가짐에 대한 이야기라 눈에 더 잘 들어왔다. 그래서 하루 만에 완독한 책도 있다. 월리스 와틀스의 《부는 어디서 오는가》라는 책은 문장은 간결했지만 울림은 묵직했다. 지금도 여러 번 반복적으로 읽고 또 읽고 있는 책이다. 책에 나온 대로만 하다 보면 나도 부자가 되어 성공한 모습으로 살 수 있을 것 같았다. 독서에 흥미를 느끼게 해 준 첫 책이었다.

자기 계발서를 위주로 읽다 보니 성공한 사람들은 공통적인 습관이 있었다. 바로 책을 늘 곁에 두고 독서하는 습관이다. 단 한 사람도 자기 계발서를 써 내려가며 독서의 이야기를 빠뜨린 사람이 없었다. 항상 책 속에서도 독서의 중요성을 강조하고 있다. 나는 처음 두 달 동안은 독서의 습관을 쉽게 만들지 못했다. 읽기 쉬운 책들만 시간 날 때마다 잠깐 몰입해서 읽을 뿐이었다. 퇴근이 불규칙한 나의 업무 특성상, 조금이라도 바빠지는 날에는 해야 하는 일 중에 독서는 매번 뒷순위로 두었다. 겨우 퇴근해서 책을 읽으려 하는 날엔 이미 사무실에서 업무로 에너지가

방전되어 집에 오자마자 잠에 곯아떨어지곤 했다. 또 마침 집에 일찍 들어가는 날이 있어도 아이와 놀아주다가 또다시 몸이 피곤해져 독서는 뒷전이 되었다. 책은 정신력과 체력 강한 사람만 볼 수 있는 것이라고 자위하며 독서를 매번 미루었다. 그럴수록 '성공한 사람들은 독서를 꾸준히 한다는데 나는 왜 독서를 못 하지? 나는 성공할 자격도 없나 보다' 자책도 했다. 굳은 마음으로 독서를 시작했는데 그것조차 지켜내지 못하는 내가 게을러 보였고 못나 보였다.

독서 습관을 만들기 위해서는 짧은 시간이라도 오직 독서에만 집중할 수 있는 나만의 시간대를 만드는 것이 관건이었다. 나의 일과를 돌이켜보았다. 우선 퇴근 후에는 내가 체력적으로 뒷받침이 안 되었다. 체력이 있다고 해도 저녁 시간에는 야근, 저녁 미팅, 육아 등 다양한 변수들이 많았다. 그래서 독서 습관을 만들기 위해서 내 체력이 충분할 때와 변수가 가장 적은 시간대를 찾아야 했다. 그 시간이 바로 아침 시간이었다. 평소 기상 시간보다 2시간 일찍 일어나서 오로지 나에게 집중할 수 있는 시간을 갖기로 했다. 아침에는 아무도 나를 방해하는 사람도, 독서를 미룰 핑곗거리도 없었다. 오직 독서만 집중할 수 있는 시간, 나는 그렇게 미라클 모닝을 시작해 보기로 했다.

처음 2주간은 녹록지 않았다. 하루아침에 바이오리듬을 바꾸려니 일찍 기상하는 것부터 고역이었다. 잠들기 전에 물을 많이 마셔 새벽에 화장실을 가고 싶어지게 하는 원초적인 방법까지 동원해 봤지만, 아침 일찍 일어나는 계획을 쉽게 이루지 못했다. 매일 목표한 기상 시간보다 1시간씩 지나고서야 일어났다. 어느 날은 알람을 10개씩이나 맞췄는데 결국 와이프와 아들이 일어날 때까지 내가 일어나지 않아 주인공 없는 미라클 모닝을 한 적도 있다. 그러다가 우연히 기상 시간을 입력하면 수면 리듬 순환에 맞춰서 잠들어야 하는 시간대를 알려주는 앱을 찾았다.

플라세보 효과 때문인지 그 앱 덕분에 짧은 수면시간을 가져도 개운하게 일어나고 있다. 미라클 모닝 2주 차가 지나자, 아침에 일찍 일어나는 것이 힘들지 않았다. 침대에서 천근만근 몸을 일으켜 세울 때 쉽게 일어나는 나만의 노하우도 생겼다. 의식적으로 2시간 후의 나의 모습을 상상해 보는 것이다. 책을 다 읽고 나면 그때마다 느껴지는 희열감과 높아진 자존감을 떠올리면 다시 잠들고 싶은 유혹이 사라진다. 이제는 알람이 울리기 전에 눈이 저절로 떠질 만큼 미라클 모닝이 몸에 익숙해졌다. 낮아졌던 나의 자존감도 다시 높아졌다. 그렇게 나는 매일 새벽 5시에 책을 읽으며 하루를 시작하고 있다.

아침마다 꾸준히 책 읽는 것으로 시작하자 자연스럽게 독서가 나의 습관이 되었다. 처음에는 책 읽는 속도가 나지 않았다. 하지만 예전만큼 조급하게 생각하지 않았다. 2시간 일찍 일어난 만큼 시간은 충분했다. 책을 읽다가 눈에 잘 들어오지 않는 날에는 명상으로 대체하기도 했다. 조금씩 책 읽은 시간을 늘려가자, 책 읽는 속도가 점점 빨라지기 시작했다. 책을 다 읽고 남은 자투리 시간이 생기면 내가 하고 싶은 일들을 정리하는 여유도 생겼다. 독서의 습관을 만들기 위해 아침에 일찍 일어났을 뿐인데 새로운 목표와 마음가짐을 만들 수 있는 시간까지 만들어졌다. 매일 아침의 2시간이 즐거웠고 행복했다. 이 순간만큼은 회사 일로 불안해하고 조급해하는 나의 모습을 찾아볼 수 없었기 때문이다.

나는 이제 매일 아침 일어나면 곧장 따뜻한 커피를 내리며 입으로 나에게 사랑한다고 외친다. 커피 한 모금을 마시고 화장실로 들어가 거울을 보며 나 스스로와 하이파이브를 하며 독서하러 서재 방으로 들어간다. 이것이 미라클 모닝 루틴의 시작이다.

이 루틴은 책을 읽으며 만든 루틴이다. 멜 로빈스의 《굿모닝 해빗》에는 하이파이브의 힘을 이야기한다. 하이파이브는 보통 누군가를 응원하고자 할 때 상대에게 나의 에너지를 전달해 주는 간단한 행위이다. 아침마다 거울을 보며 나에게 하이파이브 건

네는 습관을 지니면 내가 나를 응원해 주는 힘과 더불어 자기 가치에 대한 믿음을 강화해 준다는 이야기다. 나는 작가의 말대로 따라 해 보기로 했다. 아침을 나 스스로와의 하이파이브로 시작한다. 늘 새로워지고 점점 더 나아지고 있는 나의 모습을 응원하고 사랑하게 되었다. 나는 하이파이브의 힘을 믿게 되었다. 그래서 나의 아침 루틴으로만 끝내는 것이 아닌 회사에서도 적용하고 있다. 출근하면 직원들과 먼저 하는 루틴이 하이파이브로 인사하기다. 처음에는 쑥스러워하다가 이제는 안 하면 허전할 만큼 회사의 좋은 문화가 되었다. 서로를 더욱 신뢰하게 되었고 그만큼 업무 환경도 예전보다 더욱 좋아졌다. 나의 새벽 5시의 기상은 오직 책을 읽는 시간을 얻기 위해서였다. 짧은 10분이라도, 책 한 권이라도 제대로 읽자는 마음으로 시작한 미라클 모닝이었다. 이렇게 시작한 아침 독서가 나에게 가져다준 변화는 매우 컸다. 나비효과처럼 나의 삶 전체를 송두리째 바꿔놓았다. 독서에 재미가 생기고 좋은 습관들이 만들어지자, 예전에는 느끼지 못하고 보지 못했던 새로운 모습들이 생겼다. 이렇게 훌륭한 분들과 함께 책 쓰기를 하는 나의 모습도 과거의 내가 절대 상상할 수도 없었던 모습이다. 내일의 나는 또 어떤 마음의 변화와 발전이 있을까 스스로 설레는 마음으로 새벽 5시 미라클 모닝을 시작한다.

04

출근 후 10분 독서문화를
실천하다

영상제작업에 일하는 사람들은 영상 촬영, 편집이라는 전문 기술 외에도 다방면을 알아야 한다. 특히 기획 분야에서 일하는 PD는 더욱 그렇다. 고객사와 미팅을 할 때나 PD들과 회의할 때 나누는 이야기 소재들은 다양하다. 예를 들어 AI 관련 회사의 홍보영상을 제작하면 핵심 서비스인 AI를 먼저 이해해야 영상 기획이 가능하다. 그래서 AI와 관련된 딥러닝, 머신러닝 등 전문 지식을 알아두어야 한다. 또 신제품 출시 영상을 제작하면 제품의 장단점을 찾아내고 제품을 찾는 소비자들의 성향을 파악해야 한다. 그래야만 영상의 콘셉트를 기획하고 콘셉트에 맞는 시나리오를 써 내려갈 수 있다.

이렇게 영상 기획업은 다방면으로 지식과 정보를 습득할 수 있는 장점이 있다. 하지만 조금이라도 공부를 소홀히 하면 빠르게 바뀌는 시대의 흐름을 놓쳐서 무한 경쟁에서 쉽게 도태된다는 단점도 있다. 그래서 영상제작자는 평생 공부해야 하는 직업 중의 하나이기도 하다. 기획할 때나 제안서를 쓸 때, 현장에서 연출할 때도 다양한 상황에서 해박한 지식은 물론 시나리오의 논리성을 잘 만들어 가고 전체적인 흐름을 파악하는 능력을 갖추고 있어야 한다. 그렇다 보니 여러 분야를 잘 아는 PD일수록 유능한 PD로 평가받을 수밖에 없다. 일반인들이 쉽게 생각하지 못한 아이디어와 그걸 뒷받침한 정보성을 빠르게 찾아내는 것이 PD들의 숙명이자 능력이기 때문이다.

영상 제작자들은 최신 트렌드가 어떤지 확인하기 위해 끊임없이 다양한 매체를 통해 영상을 챙겨본다. TV와 지하철, 버스에 나오는 영상 광고들은 어떤 영상이 눈길을 끌고 있는지, 유튜브 등 온라인 영상 플랫폼에서는 어떤 영상들이 조회수가 높게 나오는지 수시로 확인한다.

하지만 이미 세상에 나온 영상들만 본다고 트렌드를 앞서는 영상 제작자가 될 수 없다. 수많은 영상물 속에서 우리가 만든 영상으로 시선을 끌어내고 시청자의 마음을 매료시키게 만들려면 이야기가 똑같아서는 안 된다. 영상 편집의 기교가 아닌 영상 속 이야기를 다르게 풀어내는 생각의 폭과 기획력을 키워야만 남들과 다른 영상을 제작할 수 있다.

독서는 영상 제작자가 가져야 할 기획력과 시나리오를 써 내려가는 능력을 기르는 데 큰 도움을 준다. 책은 사물을 다른 관점에서 바라보고 생각하는 힘을 길러준다. 또 다양한 작가의 여러 글을 많이 접하다 보니 전하고자 하는 내용을 다른 사람에게 글로 쉽게 전달할 수 있는 문장력도 향상해 준다.

우리 회사에는 '출근 후 10분 독서' 문화가 있다. 독서의 장점을 영상 PD인 직원들에게도 알려주고 싶어 적용한 사내 문화다. '10분 독서' 방법은 간단하다. 장르와 분야 상관없이 각자 읽고 싶은 책을 선정하여 업무 시작하기 전에 회의실에 모여서 10분 동안 책을 읽는다. 10분 동안은 업무 메일함도, 개인 휴대전화도 열어보지 않고 오로지 독서에만 집중한다. 업무를 10분 늦게 시작한다고 해서 업무에 크게 지장 주는 것도 아니었다. 또 시간의 제한을 걸어두면 독서를 습관화하는데 부담도 적겠다는 생각이었다. 물론 10분이라는 시간이 다독하기에는 짧은 시간이기도 하지만 독서를 습관으로 만드는 데는 충분한 시간이었다. 처음 직원들은 나의 갑작스러운 제안에 의아해하고 어색해했다. 하지만 '출근 후 10분 독서' 문화의 효과는 컸다.
가장 큰 효과는 사무실의 분위기가 긍정적이고 생산적으로 변했다. 회사 출근하자마자 각자 자리에 앉아 컴퓨터만 바라보던 예전과 달리 서로 이야기를 나눌 수 있는 시간이 만들어졌다. 10분이 지나 타이머가 울리면 자연스럽게 책을 덮고, 10분 동안 읽었던 부분에 대해서 짧게 이야기를 나눈다. 서로가 읽었던 부분에 대해 나누면 본인이 읽지 않은 책의 내용도 알게 되는 장점도 있다. 독서를 읽는 것만으로 끝나는 것이 아닌, 책 속의 내용을 스스로 말로 정리해서 상대방에게 전달하는 연습이 되어 말하는 자신감도 높아졌다.

자연스럽게 업무의 효율성 향상에도 도움이 되었다. 보통 영상 기획 PD는 제안서를 만들 때 짧게는 20장 많게는 100장이 넘는 장문의 글을 쓴다. 매일 아침 여러 책으로 글을 접하다 보니 필연적으로 어휘력과 문장력이 향상되었다. 제안서 작업처럼 제한된 분량 내에 고객사에 전달하고 싶은 말을 글로 풀어내는 일을 수월하게 해내고 있다. 10분 독서 시간에 서로 생각을 발표하다 보니 핵심만 명료하게 전달하는 힘이 길러져 커뮤니케이션 능력도 높아졌다. 고객사의 피드백도 긍정적이고, 직원 자신도 자신 있게 이야기할 수 있게 되니 자존감도 크게 향상되었다.

지금은 '출근 후 10분 독서' 문화가 정착되어 내가 출장이나 미팅으로 오전에 사무실을 비우는 동안에도 직원들은 자연스럽게 독서하고 업무를 시작한다. 각자 읽고 있는 책은 다양하다. 재테크에 관련된 책, 자기 계발서, 시집, 에세이 등 장르는 제각각이지만 독서 후에 갖게 되는 마인드는 비슷했다. 독서 습관을 갖게 된 후에 각자 개인 목표들을 설정해 놓고 실천하기 위해 여러 계획들을 세우기 시작했다.

한 직원은 점심시간마다 운동하기 시작하며 건강을 챙겼고, 어떤 직원은 업무로 바쁘다는 핑계로 매년 미뤄왔던 운전면허증 따기를 이뤄냈다. 개인 목표 달성한 소식들을 독서 시간에 회사 사람들과도 공유하고 서로 축하해 준다.

나는 '출근 후 10분 독서'를 회사의 복지 문화 중 하나로 자랑스럽게 이야기하고 다닌다. 회의실 책상에 놓여있는 여러 권의 책들을 보면 사무실로 방문하시는 고객사들도 관심을 두고 물어보신다. 그러면 나는 자랑스럽게 우리의 문화를 소개하곤 한다. 독서 문화가 있는 회사라며 칭찬해 주시고 우리 회사의 역량도 긍정적으로 평가해 준다.

나는 독서를 통해 개인 성장의 기회뿐만 아니라 사업 성장의 즐거움을 함께 누리고 있다. 회사는 대표 혼자가 성장한다고 해서 회사가 성장하는 것이 아니다. 함께 근무하는 직원들이 같이 성장해야 회사가 클 수 있다. 사무실 안에서 독서 습관을 직원들과 함께 만들어 보니 구성원들의 업무 만족도와 함께 업무 능력이 향상되었다. 업무 만족도와 역량 향상은 결국 회사 매출 증대로 이어진다.

나는 '출근 후 10분 독서'의 사례를 통해 독서 습관이 긍정적으로 선한 영향력을 갖고 있다고 믿고 있다. 독서를 꾸준히 하는 것 자체만으로 누군가에게 동기부여가 되어준다고 생각한다. 우리 회사는 단순히 독서 문화를 만든 것에 그치지 않고, 자기 계발서에 소개된 다양한 성공의 법칙과 습관들을 적용해 보고 있다. 앞으로도 꾸준히 독서 문화를 만들어 가며 나의 개인 성장뿐만 아니라 직원들의 성장을 지켜보며 응원해 주는 멋진 회사로 성장시켜 나가고 싶다.

05

나의 삶을 바꿔 준
16가지의 긍정 루틴

"아빠 일어나, 아침이야, 제발 놀자"

내가 아침 독서 습관을 갖기 전에 나의 모닝콜 알람 소리는 핸드폰 벨 소리가 아닌 5살 아들의 목소리였다. 늘 아들의 간절한 목소리를 듣고 나서야 겨우 일어나곤 했다. 그렇게 아이의 손에 겨우 이끌려 일어나면 가장 먼저 떠오르는 생각은 회사 걱정, 돈 걱정이었다. 잠자는 시간을 빼면 내 정신과 마음은 종일 회사로 가있었다. 일찍 출근해서 사무실 PC 앞에 앉아 자판을 두드리고 있어야 몸과 마음이 편했다. 이렇게 매일 불안한 상태로 아침을 맞이하는 것이 괴로웠다. 집에서는 아빠 역할과 남편 역할을 제대로 못 하고, 회사에서는 대표 역할을 못 하는 모습에 스스로 자괴감에 빠져 살았다.

내가 무엇을 위해 이렇게까지 하며 살아야 하나 회의감도 컸다. 하지만 새벽 5시 독서로 아침을 시작한 후로는 나의 삶은 전부 바뀌었다.

처음 미라클 모닝을 시작한 날을 잊을 수가 없다. 미라클 모닝에 성공했을 때 느꼈던 성취감 그리고 독서하는 동안의 고요함과 평화로움이 무척 좋았다. 그 시간만큼은 아무도 나를 방해하는 사람도, 내가 챙겨줘야 할 사람도 없는 오직 나를 위한 시간이었다. '성공한 사업가의 아침 풍경은 이런 것이겠구나' 허세도 부리며 아침에 책을 읽고 있는 나 자신이 대견하고 뿌듯했다. 아침에 책을 읽으며 가장 만족스러웠던 건 아침에 눈을 뜨자마자 나를 괴롭혀 왔던 회사 걱정과 돈 걱정이 말끔히 사라진다는 점이었다.

독서하면서 깨닫게 된 성공 법칙이나 성공한 사람들의 습관을 따라 하다 보니 나만의 여러 루틴이 만들어졌다. 아침에 일어나서 모닝커피 마시기, 거울 보며 나 스스로와 하이파이브하기, 디지털 필사하기, 감사 일기 쓰기, 동기부여 강의 듣기, 직원들과 10분 독서 모임 등 16가지 긍정 루틴을 만들어 매일 실천하고 있다.

전 세계에서 가장 큰 도시락 회사를 운영하는 기업가 김승호 회장이 있다. 김승호 회장이 쓴 《생각의 비밀》 책을 보면 지금의 성공에 이르기까지 했던 방법들을 설명하고 있다. 그 비결 중 하나로 '원하는 것을 소리 내어 하루에 100번씩 100일 동안 내뱉기'가 있다. 자신이 이루고 싶은 목표를 하루도 빠짐없이 100번씩 소리 내어 읽다 보면 반드시 성취할 수 있다는 것이다.

나는 김승호 회장의 책을 통해 배운 성공의 비결을 내 삶과 회사 운영에 적용하고 있다. 습관으로 만들고 있는 16가지의 긍정 루틴들을 나열하여 핸드폰 케이스로 제작했다. 그리고 매일 틈날 때마다 핸드폰 케이스 뒷면을 보며 하나씩 실천해 나갔다. 이렇게 핸드폰 케이스에 새긴 이유는 집에서, 사무실에서, 촬영 현장 등 어디에 있든 몸에 지니고 다니는 것이 핸드폰이기 때문이다. 핸드폰을 잃어버릴 일이 없고 매일 루틴 리스트를 읽다 보면 이른 시간 안에 습관화할 수 있다는 장점이 있다. 16가지의 루틴들을 소리 내어 읽고 하나씩 실행으로 옮기고 나면 핸드폰 케이스를 갈아 끼운다. 또 다른 핸드폰 케이스에는 1년 후 나의 목표, 5년 후의 나의 목표가 적혀있다. 그리고 동일하게 소리 내어 읽는다. 이렇게 여러 핸드폰 케이스들을 만들어 놓다 보니 새로운 핸드폰을 들고 다니는 느낌도 있다. 반복해서 읽으며 이루고 싶은 목표를 내면화했더니 올해 개인 성장을 위한 목표와 사업 성장을 위한 목표들 절반을 올해 초에 모두 이루어 냈다. 이렇게 나는 책을 통해 배운 성공 법칙을 나만의 방법으로 승화시켜 실천하고 있다.

"성공한 사람들의 가장 일반적 습관은 독서다. 무려 88% 이상이 하루에 30분 이상의 독서를 즐긴다. 반면 가난한 사람은 2%만이 독서를 즐긴다."

토머스 콜리의 《부자들의 습관》에 나온 한 구절이다. 내가 독서를 처음 관심을 두게 된 계기를 만들어 준 선배 창업자도 독서를 습관으로 만든 분이었다. 독서를 하는 사람이 모두 성공할 수는 없지만 성공한 대부분의 사람이 독서를 한다는 의미다.

독서는 성공한 사람이든, 가난한 사람이든 누구나 마음만 먹으면 습관으로 만들 수 있다. 독서의 큰 장점은 성공한 사람들의 경험과 이야기를 굳이 시간을 내서 강연을 들으러 갈 필요도 없다는 점이다. 딱히 돈이 많이 들지도 않는다. 부자의 경지에 오른 여러 사람을 책으로 쉽게 만나며 그들의 생활을 간접 경험할 수 있다.

책을 멀리하던 내가 이제는 사업하는 대표들과 독서 모임을 만들어 활동하고 있다. 또 이렇게 글쓰기를 통해 독서의 즐거움과 경험을 전파하고 다닌다. 독서는 초보 사업가인 나를 한 단계 성장시켜 주었고 새로운 지식과 정보를 습득하여 나의 업무 역량을 업그레이드하고 있다. 이제 사업의 어려움이 생겨도 예전처럼 불안하지 않다. 독서를 통해 어떤 문제도 이겨낼 수 있다는 자신감과 내면의 힘이 길러졌다.

내가 사업을 하면서 갖고 있던 편협한 생각의 틀을 깬 것도 책이었다. 월리스 와틀스의《부는 어디서 오는가》는 출간된 지 100년이 넘도록 아마존 베스트셀러 순위에서 내려간 적이 없을 정도로 미국 부자들의 '인생 책' 으로 꼽히는 책이다. 월리스 와틀스는 부를 성취하는 방법으로 '발전적인 생각을 품어서 만나는 모든 사람에게 성장하는 느낌을 주라' 고 말한다. 내가 어떤 일을 하든 다른 사람들이 성장하도록 돕고 상대방도 그 사실을 깨닫게 할 수 있다면 사람들이 나에게 끌릴 것이고 부자가 되는 길에 들어설 수 있다는 것이다.

나는 회사 성장을 위해서는 다른 사람들과의 경쟁에서 이겨야만 한다고 생각해 왔다. 항상 남들보다 앞장서야 했고 남들이 가지지 못한 정보와 기술은 나만 소유하고 있어야 한다고 믿었다. 그것이 회사 성장의 유일한 길이며 직원들에게도 늘 경쟁에서 이기는 방법만을 강조해 왔다. 하지만 월리스 와틀스는 나의 경영 가치관을 바꿔주었다. 나와 직원들은 우리들의 업의 최종적인 목표와 꿈을 공유하고 있다. 그 목표와 꿈을 이루기 위해 함께 할 수 있는 일에 집중하기로 했다. 회사가 개인 성장을 시켜주는 일이야말로 회사 매출 증가의 본질임을 책을 통해서 배웠다.

독서로 시작된 내 삶의 변화는 지금도 현재 진행형이다. '사람을 성장시키는 회사'로 만들기 위한 사업가의 도전도 계속되고 있다. 앞으로의 도전에서도 시행착오는 있을 거고, 크고 작은 실패 경험도 있겠지만 이제는 전혀 두렵지 않다. 독서가 나에게 주는 정보, 지식, 영감들을 내 삶에 적용해 보며 나와 회사를 성장시키는 과정만으로 아주 즐겁고 행복하다. 초보 사업가가 기업가로 성장하는 그날까지! 나는 오늘도 책으로 얻은 나의 16가지 루틴을 실행하며 독서한다.

04

꿈만 꾸던
사람에서
도전하는
삶으로!

이경자

01

책 나눔을 유난히 좋아했던 나

언제부터 나는 시간이 날 때마다 서점에 들러 2-3권의 책을 산다. 사고 싶었던 책이나 누군 가가 권해주었던 책들. 그렇게 사 모은 책들을 읽기도 하지만 때로는 누굴 만나러 갈 때 한 권씩 선물을 주기도 한다. 그 사람 결에 맞게 책을 들고 나가서 건네면 선물을 받는 이는 고마워하고 감동한다.

딸아이 학교 다닐 땐 담임 선생님께 스승의 날 편지 쓴 것과 책을 선물로 보내드렸다. 참 좋아하시곤 했는데… 요즘은 함부로 작은 선물도 못 드리니 늦둥이 아들 선생님께는 마음은 가득하여도 책 한 권 선물을 드리지 못한다. 정이 없는 사회가 되는 것 같아서 아쉬움이 가득하다.

작년에 한 달에 14일씩 새벽 5시에 김미경 강사님 실시간 강의를 듣는 514 챌린지를 했다. 함께 하는 제천 사람들을 처음 대면으로 만날 때 몇 권의 책을 들고 가서 제비뽑기로 책 나눔을 했다. 책은 일일이 포장하였다. 작은 쪽지엔 책 제목과 번호를 쓰고 뒤섞어서 한 장씩 뽑아서 책 번호와 일치한 책을 가져가는 거였다. 색다른 모습이었는지 모두 좋아했다. 읽고 난 책이나 안 읽었던 책들도 가끔씩 책 나눔을 할 생각이다.

조지 허버트의 명언이 생각난다. '선한 삶은 방대한 지식에 맞먹는 가치를 지닌다.' 꼭 많은 물질이 아니어도 누군가에게 도움이 될 만한 책들을 나누면서 오래도록 선한 영향을 주고 싶다.

얼마 전 대구로 출장을 가면서 일 때문에 처음 만나는 분에게 정애리님의 《채우지 않아도 삶에 스며드는 축복》이라는 책을 한 권 선물했다.

"어머나! 얼마 만에 받아보는 책 선물인지 감동입니다."

"책 선물은 처음 만나는 분과 어색하지 않게 자연스레 대화할 수 있는 것 같아서 좋더라고요"

초면이었지만, 책 선물에 감동을 한 분을 보니 덩달아 기분이 좋아졌다. 그동안 출장을 가서 새로 만나는 사람과 짧은 시간이지만 일 외에 딱히 할 말이 없었다. 어색하지만 가볍게 책 애기를 할 수 있어서 좋았다.

누군가에게 책을 나눔 하고 오는 날은 왠지 발걸음도 가볍다. 지인들의 생일날 선물을 뭘 할까 고민하다 보면 그때도 난 책 선물이 부담 없으면서 오래 두고 볼 수 있어서 좋은 것 같다. 책을 그다지 좋아하지 않아도 선물로 받고 보면 한 번쯤 읽어 보는 경우도 있는 것 같다. 그런 계기로 책을 좋아하게 된 경우도 있다고 했다. 그런 얘기를 듣다 보면 뿌듯한 마음이 들기도 한다.

책을 좋아하는 탓에, 작은 꿈 하나가 생겼다. 훗날 작은 서점이나 작은 도서관을 하고 싶다. 누구나 들러서 오가면서 쉬어가고 차도 마시고 책도 보고 대화의 장소로 만들어 보고 싶다. 그런 날이 올까? 올 거라고 하는 긍정적인 생각으로 오늘도 열심히 내 꿈을 향해 일도 하고 책도 읽으면서 내 꿈에 한 발짝씩 다가가고 있다.

주말엔 서점에 나들이 해야겠다. 시골이라 큰 서점이 없어서 아쉽지만 그래도 책 냄새를 맡을 기회이니까. 물론 인터넷으로 주문하면 현관문 앞까지 배송이 되지만 서점에서 직접 사는 소소한 재미도 있어서 좋다. 아이들 키울 때도 전집보다는 낱권으로 아이가 직접 골라서 읽게 하는 것도 좋았다. 책으로 게임도 하고 탑 쌓기, 도미노, 징검다리 놀이도 하였다. 서점 주인이랑 오랜 세월 친분이 있으니 따뜻한 차 한잔하면서 많은 대화를 나눈다. 아이들 키우는 얘기랑 신간들 정보도 듣고 더불어 살아가는 얘기도 나눌 수 있으니 더없이 행복하다.

일월 중에 몇 사람 만날 사람들이 있는데 또 몇 권의 책을 사서 그들에게 나누며 독서의 중요성도 홍보하고 싶다. 봄에 꽃잔디를 심으면 그 이듬해 무한정 번지듯이 가까이에 있는 사람들이 책을 좋아하고 책 읽는 것을 좋아할 때까지 책 나눔을 하고 싶다. 요즘엔 어른이나 아이 할 것 없이 책보다는 영상 매체를 더 많이 보고 익숙해져 있어서 웬만한 습관이 잡혀 있지 않으면 책 보는 일이 쉽진 많다.

내가 책 나눔을 좋아하게 된 계기는 중3 때 담임 선생님 덕분인지도 모르겠다. 참 오래되어서 기억이 가물 거리긴 한데 졸업하고 오랜 시간이 지났지만, 지금도 여전히 연락이 오간다 한 45년 되었을까? 누가 먼저랄 것도 없이 궁금하다 싶으면 연락을 주고받고 서로에게 안부를 전하면서 지낸다. 지금이야 택배라고 하지만 예전엔 소포라고 했다.

어느 날 소포로 선생님이 보내주신 몇 권의 책이 왔다. 그때 책 받던 기쁨이 아직도 너무나 생생하여 감동으로 와 닿는다. 우리가 크던 시절엔 책도 마음 놓고 사 보기가 쉽지 않을 때라 책 선물은 더없이 귀한 선물이었다. 그때부터 나도 누군가에게 책을 선물하면서 기쁨을 주고 싶었다.

책 나눔을 하고 싶게 만든 분이 또 한 분 계신다. 《시크릿 인스타그램》을 쓰셨고, 더조은브랜딩 대표이신 조은 작가님은 지금도 인스타 실시간 방송으로 수시로 책 나눔을 하신다. 그분은 책 나눔 계기가 미국에 살고 계시다가 코로나로 인해서 한국에 급히 들어오시게 되었다고 했다. 그때 많은 책을 다 가져와야 하는 데 배송료도 비싸고 해서 많이 버리고 오셨다고 하셨다. 그래서 이젠 책을 읽고 나면 무조건 책 나눔을 하신다고 하셨다. 그때 당첨 되어서 한번 받아보니 그 기쁨이 정말 컸다. 책을 읽고 쌓아 두는 것도 좋지만 누군가에게 나눴을 때의 기쁨은 안 해 본 사람은 모를 거다.

지금 생각해 보면 책 나누고 싶은 또 다른 이유는 어릴 때 읽고 싶었던 책을 마음껏 사볼 수 없었던 결핍에서 오는 그 마음도 있을 것 같다. 시골에서 책을 한번 사본다는 건 쉽지 않았다. 서점도 흔하지 않았거니와 8남매가 북적거리면서 살다 보니 먹고사는 일이 먼저지 책도 사치스러운 품목이었다고나 할까? 동네에서 제일 부잣집을 가보면 전집부터 만화책 등 너무나 많은 책이 있었다. 그게 부럽게 느껴졌을 그 마음 때문인가 난 지금도 책 사들이는 돈은 가장 아끼지 않은 편이다. 다른 것을 살 때는 몇 번을 망설이지만 책 살 때만큼은 망설임 없이 사버린다.

늦둥이 아들이 어느새 고등학생이 된다. 아들 책도 이것저것 정리해서 가까운 사람들에게 나눠 주어야겠다. 전집이랑 백과사전 학습 만화책이 많다. 사람들은 당근 마켓 같은데 올려서 팔아 보라고 하지만 난 그냥 나누고 싶다. 무언가를 누군가에게 나눔을 할 수 있음에 감사함을 느끼며 또 어떤 책을 나눌까? 하고 행복한 고민을 해본다.

02

조금씩을 읽더라도 꾸준히 읽기

"넉넉한 시간이 주어지면 책을 읽어야지"

"책 읽은 시간이 있어야 책을 읽지"라고 하니까 책 읽기를 마냥 미루게 된다. 일상에서 직장 생활을 하는 워킹맘이라면 그렇게 넉넉한 시간을 만들어 책을 읽는다는 게 쉽진 않다. 그저 짬 나는 대로 책을 손에 들어야 조금씩이라도 자주 읽게 된다. 그 분량들이 쌓여서 한 권 한 권 읽기가 채워지는 것이다.

월간 여성시대 책자를 가져와서 화장실에 있는 미니 책꽂이에 진열해 놓으니 남편도 가끔씩 읽곤 한다. 예전엔 핸드폰을 들고 화장실을 가더니 요즘은 그 책자 읽느라 핸드폰을 안 들고 들어간다. 모든 일이 연습 없이 잘 되는 법은 없는 법 책 읽기도 하루아침에 이루어지지는 않는다.

길상사라는 절에서 출간하는 《맑고 향기롭게》 얇지만 참 유익하고 깨달음을 주는 책이다. 이 땅의 텅 빈 사람들에게 보내는 "법정 스님이 보내는 메시지" 작은 책자들부터 접하면서 책 읽는데 취미를 붙이는 것도 책 읽는 습관을 들이는 좋은 방법이다.

책 한 권을 읽는다는 건 사람 한 사람을 사귀어 가는 것과 다를 게 없다. 책꽂이에서 책 한 권을 꺼낼 때마다 설레기도 한다. 어떤 모습으로 어떤 내용으로 나에게 기쁨과 희망을 줄까 싶어서 말이다. 한 사람과 친해지고 익숙해지기 위해선 차도 마시고 식사도 하고 천천히 알아가듯 독서도 그렇게 조금씩 길들여 가는 것 같다. 은행이나 병원에 가서 기다리는 시간에 책 읽기는 더없이 좋은 기회다.

안구 건조증과 면역질환이 있어서 매주 월요일마다 안과에 간다. 갈 때마다 짧게는 30분 길게는 1시간씩 기다릴 때가 있다. 그럴 때마다 책 읽기는 더없이 좋은 것 같다. 그때 읽었던 책 중에 기억에 남는 책이 있다. 정신분석 전문의 김혜남 님의 책 《만일 내가 인생을 다시 산다면》이다. 그 책에 보면, "산다는 것은 죽을 때까지 멈추지 않는 성장의 과정이다."라는 글귀가 있다. 몸으로 마음으로 성장을 끝없이 해야 하는데 책 읽는 것만큼 성장하기 좋은 방법도 없는 듯하다. 마흔네 살에 늦둥이 출산해서 키우면서 힘들 때마다 아이에게 책 읽어주고 내 책 읽기를 하면서 외로움도 달래고 나를 성장 시키려고 노력했다.

한 번은 남편 고등학교 동창회 부부 동반 모임을 나갔다. 60이 넘어서니 아이들 결혼하고 아니면 군대 가고 집에는 거의 부부만 있는 집이 많았다. 남자들은 아직도 일을 하든가 아니면 퇴사하고 다른 일을 찾아서 하고 여자들은 뭔가를 하고 싶긴 한데 나이에 제한이 있어서 뭘 할 수가 없다고 한다.

"뭐 할 게 있어야지 나이가 걸리고 딱히 자격증도 없으니," 내가 말을 거들었다. "책을 읽으면 좋을 텐데." 뒤이어 이런 말이 들렸다. "눈도 침침하고 습관이 안 되어 있으니 책 읽는 게 쉽지 않다."라고

"20대 때 두고 온 꿈을 떠올려서 하고 싶은 걸 하면 되지 않을까요?" 라고 했더니 "사느라 바빠서 생각해 본 적도 없다."라고 한다.

MKYU 대학의 학장님이자 국민 강사 김미경 강사님 말씀으로는 "50대만큼 공부하기 좋은 나이는 없다."라고 하신다. "아이들도 어느 정도 커서 독립해 나가고 경제적으로도 조금은 여유가 있고 자식에게 썼던 시간도 다 내게로 다시 돌려주었으니 이보다 좋은 기회가 어디 있냐고." 맞는 말씀이다. 내가 살아보

니 건강만 허락한다면 50~60 때가 나를 성장시키기에 딱 좋은 나이인 것 같다.

그러기 위해선 40대부터 아니면 더 일찍부터 미리 준비하고 연습하는 것도 많은 도움이 될 것이다. 40대도 마음만 먹으면 공부도 독서도 마음껏 할 수 있는 나이이기도 하다. 습관만 잘 들이면 나이 더 들기 전에 기억력이 조금이라도 더 좋을 때 시작해야 한다. 아무리 바쁘고 힘들어도 아이들과도 매일 하루 마무리하면서 30분씩만이라도 함께 책 읽는 습관을 들이기만 한다면 온 가족이 함께 책 읽을 수 있는 여유를 가질 것이다.

일전에 내가 책에 관심이 많은 것을 아는 동생에게서 전화가 왔다. "언니 우리 독서모임 하나 만들어서 같이 잭 읽을까?"라고 "그래 좋은 생각이지만 처음이라 두렵기도 하고 잘할 줄 몰라서" 하면서 얼버무렸다. 속으로는 꼭 한번 해보고 싶기도 하다. 기회 만들어 올해는 꼭 독서모임을 만들어 보아야겠다.

매일 출근하면서 정기적으로 사람 만나서 함께 책 읽은 것을 토론하고 하는 일이 쉬워 보이지만 절대 쉽진 않을 것 같다. 혼자 하는 것보다 꾸준히 하기엔 함께 하는 게 오래 유지될 것 같다. 신화라 작가님의 《혼자 읽기를 넘어 같이 읽기의 힘》이라는 책을 보면 "생각을 나누고 함께 걸어가는 성장의 동반자 '책 친구'가 있으신가요?" 하고 질문을 하신다. 그에 대한 대답은 "지금은 딱히 없지만 꼭 '책 친구'를 만들고 싶네요"라고 말하고 싶다.

이 책에 보면 독서 모임에 대해 조목조목 너무나 잘 알려 주셨다. 어떻게 어떤 방식으로 어떤 책으로 등 책 읽는 취미를 들이고 나니 역시 내 생활 방식이 달라졌다. 아주 잠깐의 시간만 주어져도 책을 펼쳐 든다.

얼마 전 남편이 "일을 그만두고 할 수 있는 취미를 만들어 놓아야지 노후를 즐겁게 보내지 않을까?" 하면서 노트북도 선물해 주었다. 직장 다니는 동안 수시로 준비하라고 한다. 주위에서 응원해 주고 후원해 줄 때 부지런히 해야겠다. 그래서 찾은 게 책 읽기와 글쓰기로 정했다. 일주일에 한 번씩 도서관 가서 책도 빌리고 오가는 길에 산책도 하고 나의 영역을 넓히니 또 다른 취미가 생긴다. 책을 항상 구매해서 읽었는데 대여해서 읽는 것도 나름 효과적이다. 책 구입 비용을 줄이기도 하지만 빨리 반납해야 하니 속도를 내기도 쉽다.

여가 시간을 잘 활용하여서 자투리 시간에 조금씩 읽기를 꾸준히 한다면 분명 책을 좋아하게 되고 읽어내는 힘도 생기고 읽는 양도 늘어나게 된다. 책 읽는 것만큼 내공이 쌓이는 공부가 또 있을까?

나이 들면 몸이 늙듯이 뇌도 늙어간다. 그래서 한 살이라도 젊었을 때 더 열심히 읽는 습관을 들여서 나에게 집중하고 풍요로운 나를 만들자. 책 속으로 매일 여행을 떠나는 일상을 만들어서 뿌듯한 나날을 만들면 좋겠다.

03

지식 채우는 독서보다
마음근육 키우는 독서가 먼저

요즘같이 빨리 변화되는 시기에 수많은 책 중에 어떤 책을 읽으면 좋을까? 좋은 책을 골라서 읽기도 쉽진 않다. 모르는 게 있으면 인터넷에 검색해 보거나 책에서 찾아본다. 요즘은 어떻게든 검색해 볼 수 있는 곳들이 넘쳐난다. 따뜻한 인성이나 배려 인간미 이런 것은 하루아침에 이루어지지 않는다. 마음을 가꾸기 위해서, 마음 다스리기에 좋은 책을 읽거나 좋은 사람을 만나서 대화하면서 인성 공부도 해야 한다. 그래야 따뜻한 사람이 될 수 있는 것 같다.

어릴 때부터 엄한 아버지 밑에서 자란 탓일까? 아버지는 딸이 다섯 명이나 되다 보니 늘 염려가 많으셨다. "세상 살면서 양심에 거리낌 없이 살아야 한다."라고 늘 강조하셨다. 어딜 가나 인사성과 예의 바른 모습은 변함이 없다. 지금도 아파트에서나

아는 사람들 만나면 하루에 몇 번을 만나도 인사를 반복한다. 내가 반갑게 인사를 하고 나면 어떤 분은 "잘 모르는데 인사는 왜 하지?" 이런 표정이다. 그런 분을 만나면 때론 정말 서먹하고 멋쩍을 때가 있다.

나는 아직도 어린아이들이나 학생들을 보면 반말을 못 한다. 습관이 참 무섭다. 내 자식 친구들한테도 반말이 잘 안 나온다. 요즘 사람들을 만나보면 아는 것은 정말 많은데 인간미가 참 없는 사람들이 많다. 이기적이다 못해 오로지 자기밖에 모르고 남에 대한 배려는 손톱만큼도 없어 보인다. 인성을 키우기에도 책만큼 좋은 것은 없다.

우리가 먹는 음식도 골고루 먹고 운동도 적당히 해야 몸에 근력도 생기듯이 책도 골고루 읽는 것이 우리의 정신건강이 풍요롭다. 지식을 얻고자 하는 책들만 너무 많이 읽다 보면 아는 것 많아도 정서적으로 풍요롭지 못할 수도 있다. 가끔은 쉼이 필요하듯 마음 근육을 키울 수 있게 나를 돌아보고 내면에 살을 찌울 수 있는 독서가 좋다.

앞으로의 시대는 모든 것이 인공지능이 해결해 줄 것이고 사람 손이 안 가도 그 어떤 것도 해결이 되는 세상이 되고 있다. 어딜 가나 로봇이 일을 하고 장비가 일을 한다. 점점 사람의 손이 필요하지 않은 시대에 살고 있다. 하지만 사람 마음을 다스려

주는 마음 근육은 연습 없이 쉽게 만들어지지 않는다. 그래서 연습이 필요하고 마음을 다스려 줄 책도 필요한 것이다.

중3 아들과 아들 친구네랑 서울 나들이를 간 적이 있었다. 청와대 관람, 경복궁, 삼성 코엑스, 아쿠아리움을 두루두루 다닐 계획이었다. 전철을 탔는데 자리가 많았다. 서울에서 전철이 이렇게 빈자리가 많은 것은 처음 봤다. 모두가 스마트폰을 열심히 하고 있는데 얌전하게 독서하고 있는 어떤 여성분이 눈에 띄었다. 열심히 책 읽는 모습이 보기 좋았다. 지하철에서 책 읽는 사람을 오랜만에 보는 것 같다. 편견일지 모르겠지만, 그분을 보니 속으로 '저분은 마음이 건강할 거야'라는 생각이 들었다.

어느 날 아침 신문 1면에 〈5060 퇴직 남, 우울증에 무너지다.〉 이런 기사가 실려 있었다. 마음이 쿵 하였다. 우리 세대의 남자들이다. 옆도 뒤도 돌아보지도 않고 무작정 달려온 세대 어느 날 직장을 그만두었을 때의 허탈감과 인간관계 모든 부분이 힘들 것 같다. 남편은 중소기업을 운영하고 있으니 아직은 일을 한다. 그런데 남편 친구들은 은퇴한 분들이 많다. 아주 가끔은 알바 좀 시켜 달라고 하는 친구도 있다. 돈을 떠나서 무료한 시간을 보내고 싶어서 하겠다는 분도 계시다.

은퇴를 준비할 때 노후에 무얼 할 건지 계획을 세워야 노후가 외롭지 않고 풍요롭게 보낼 수 있다. 그렇기에 미리미리 준비해야 할 것 같다. 독서나 운동 특히 독서에 취미를 들여서 또 다른 지식을 쌓아 가면 시간 보내기도 좋고 또 다른 도전을 할 밑거름이 되지 않을까 한다. 문득 이런 생각을 해본다. 내가 독서량을 늘려서 책을 출간하면 5060을 위한 좋은 프로그램을 만들어서 여유로운 노후를 보낼 수 있는 생활을 할 수 있게 도움 주고 싶다.

《독서로 말하라》의 저자 노 충 덕 님은 이렇게 서술한다. "남의 정답만 따라갈 것인가, 나만의 정답을 만들어 갈 것인가?" "지금까지 해온 공부로는 살아갈 수 없는 시대 한 번쯤은 모든 것에서 벗어나 혼자만의 책 읽는 시간을 가져라." 독서의 중요성을 아무리 강조해도 과함이 없다.

누구에게나 당당해질 수 있는 지식을 쌓기 위한 독서도 좋지만, 마음 근육 키우는 독서는 더더욱 필요하고 중요하다. 뇌의 근육도 부지런히 키우기 위해서 오늘도 책 한 권을 펼쳐 든다. 법정 스님이 추천한 이 시대에 꼭 읽어야 할 책 50권, 여행할 때 설레듯 책 제목만 봐도 설렌다.

법정 스님의 《내가 사랑한 책들에》서 이렇게 말씀하신다. '우리가 책을 대할 때는 한 장 한 장 넘길 때마다 자신을 읽는 일로 이어져야 하고 잠든 영혼을 일깨워 값있는 삶으로 눈을 떠야 한다.' 고 문득 우리는 얼마나 내 마음 근육을 키우기 위해서 노력하고 있는가? 생각해 본다.

04

인풋이 쌓이자,
문득 작가의 꿈을 꾸게 되다

1년 전, 국민 강사 김미경 학장님이 운영하시는 MKYU 대학에 우연히 등록을 하면서부터 배움의 열기가 시작되었다. 수만 명이 온라인 대학에 입학해서 다양한 공부를 하는 모습이 열정적이었다. 가정주부들은 결혼하고 아이 키우고 정신없이 살다 보니 우울증도 조금씩 오고 힘들어한다. 그러다가 아이들이 어린이집 유치원 갈 때쯤이면 조금씩 늘어나는 자기 시간을 활용해 보려고 한다. 그즈음이 대부분 마흔 살쯤이다. 막상 사회생활을 다시 하려면 특별히 잘하는 것도 없는 것 같고 예전보다 쉽게 들어갈 수 있는 직장이 많지 않다. 그때그때 새로 공부하지 않으면 내가 설 자리는 어디에도 없다.

40대분들과 함께 공부하며, 나의 40대를 잠시 떠 올려 보았다.

큰애가 초등학교 다닐 때쯤 무언가를 배우기도 했다 서예, 수지침, 독서지도 환경연합회 활동 등 그러다가 어쩌다 늦둥이를 가지면서 사회와 단절되는 것 같아서 마음에 힘든 시기가 있었다. 그 시기에 나에게 독서는 많은 위안이 되었다. 화나고 속상하고 우울할 때 처방은 책 읽는 습관이었다.

밤이 되어 어두우면 등불을 켜듯이 마음이 우울할 땐 마음에 등불을 밝혀야 했다. 그래서 임신 요가, 햇살 보며 산책하기, 사진 찍기 좋아하면서 나름의 행복을 느끼곤 했다. 힘겨워도 모두가 미완성인 우리의 인생이기에 조금씩 알찬 시간을 가지려고 노력했다. 가수 이진관님의 〈인생은 미완성〉이라는 노래가 있다.

'인생은 미완성 쓰다가 마는 편지,
그래도 우리는 곱게 써가야 해
사랑은 미완성, 부르다 멎는 노래,
그래도 우리는 아름답게 불러야 해
사람아 사람아,
우린 모두 타향인 걸 외로운 가슴끼리
사슴처럼 기대고 살자.'

배움도 가르침도 함께 나누다 보면 모두에게 더 많은 에너지가 넘쳐나는 것이다.

누구나 쉽게 배움을 시작할 수 있는 것이 온라인 공부이다. 그러다 보니 수만 명이 서로 가르쳐주고 배우고 영차영차 동기부여를 해 주고 선한 영향력을 준다. "혼자 가면 빨리 가지만 함께 가면 멀리 갈 수 있다."라는 말처럼 모두에게 힘이 나게 한다.

특히 22년 1월 1일부터 시작한 굿쩍 새벽 챌린지는 나에게 많은 동기부여가 되었다. 새벽 4시 50분에 일어나 5시부터 하는 김미경 강사님의 실시간 라이브 방송은 매일을 생동감 있게 살아갈 수 있게 하였다. 30분 정도 강의 듣고 자기가 계획한 거 30분, 그것들이 매일 쌓이니까 상당한 자기 발전이 되었다. 요즘 시대는 인블유 〈인스타, 블로그, 유튜브〉는 기본이라고 강조하신 강사님 덕분에 어설프게나마 인스타와 블로그는 조금씩 시도하게 되었다.

내게 배움의 중요성을 알려주신 김미경 강사님은 20대에 두고 온 꿈을 다시 찾고 노력하라고 늘 강조하신다. 강사님은 40대를 '두 번째 스무 살'이라고 했다 그러면서 '꿈에 대한 정의는 내가 나를 사랑할 줄 아는 마음이고 마음에 꿈틀거림이 꿈이라고 꿈틀거리는 마음을 쓰다듬어 주고 기특해할 줄 알아야 하고 실천을 해야 한다.'고 강조했다.

마음만 먹고 실천하지 않으면 그 무엇도 이루기 힘들다. 마음먹었을 때 과감하게 내 꿈을 향해 노력하고 매일 점검하는 일을 반복해야 하고 '버티는 힘'이 있어야 한다는 걸 알게 되었다.

그러던 중, 얼마 되지 않아서 우연히 우희경 작가님의 피드를 보게 되었다. 1인기업〈브랜드미스쿨〉을 운영하시는 분이시다. 이미 저서도 몇 권 있으시고 책 쓰기 코칭을 전문적으로 하시고, 퍼스널브랜드 코칭도 하신다. 언제부턴가 막연하게나마 책을 내고 싶다고 생각했는데 엄두가 나질 않았다.

몇 번을 망설이다가 열정이 생겼을 때 결정해야지 미루면 또 포기할 것 같아서 통화하고는 바로 결정을 하였다. 책을 읽기 전에는 상상도 할 수 없는 일이었다. 책을 읽으면서 생각이 커지게 되었다. 그러면서 선택 앞에서 주저주저하던 내가 '작가'에 도전하게 됐다. 수업받고, 초고를 바로 열심히 썼어야 했는데 면역질환이 조금 더 심해졌다. 코로나 예방접종 받고는 염증 수치가 너무 오르고 백혈구 수치가 떨어져서 힘든 상황이 되어서 모든 여건이 잘 되질 않았다. 직장을 다니면서 글을 쓰고 책을 읽고 한다는 게 결코 쉽진 않다. 이런 악 조건 속에서도 나는 여전히 도전을 하고 있다.

추사 김정희는 "가슴속에 만 권의 책이 들어 있어야 그것이 흘

러 넘쳐서 그림과 글씨가 된다"라고 했다. 책 읽기를 더 중점적으로 해야겠다. 만권의 책을 읽을 때까지

작가 수업 때 대표님이 말씀하신 것 중 기억에 남는 말이 있다. 현대그룹 창업주의 아산 고 정주영 님의 말이었다. '된다고 말한 사람은 방법을 찾고, 안 된다고 말하는 사람은 핑계를 찾기 때문이야' 딱 맞는 말씀이다. 주위를 보면 이루는 사람들은 어떻게든 방법을 찾고 이룬다. 하지만 안 된다고 말한 사람은 안 될 조건만 찾아서 변명을 한다.

그 수업을 들으며 갑자기 윌리엄 셰익스피어의 말이 떠오르기도 했다. "꽃에 향기가 있듯이 사람에게는 품격이 있다. 그러나 신선하지 못한 향기가 있듯 사람도 마음이 밝지 못하면 자신의 품격을 지키기 어렵다. 썩은 백합꽃은 잡초보다 그 냄새가 고약한 법이다."

그의 말처럼, 꽃에 향기가 있듯 사람에게도 자기만의 향기가 있는 것이다. 독서를 통해 나는 자신만의 향기를 내는 사람이 되고 싶은 꿈이 생겼다. 아름다운 글을 쓰면서 나만의 품격을 만들어 가는 멋진 작가가 되는 꿈. 그 꿈은 아직도 현재 진행 중이다.

주저주저하던 내가
도전가가 되었습니다

나는 8남매의 다섯째로 태어났다. 덕분에 언니, 오빠, 남동생, 여동생 누구보다 형제 복은 많아서 행복하다. 많은 형제 속에서 살아가다 보니 각자의 기질과 성격으로 자기 몫을 잘 해낸다. 묵묵히 내 할 일을 하면서 내가 힘든 줄도 모르고 내 영역이 아닌 것도 도와주는 편이다. 그러다 보니 내 몸은 챙길 줄도 모르고 남을 도울 수 있는 그 마음이 행복하고 신이 났다.

늦둥이가 태어나기 전 언젠가 딸이 외동이다 보니 "엄마는 이모들이 많아서 좋겠어요." 그 말에 마음이 짠했다. 그래서인가? 형제·자매의 고마움을 알기에 딸에게도 동생을 선물해 주고 싶었다. 뒤늦게나마 아들을 출산할 수 있어서 딸에게 남동생을 선물해 줄 수 있었다. 지금 생각해도 잘한 일이다.

나는 요즘 사람 같지 않다는 말을 종종 듣는다. 어디에서나 뭐든 열심히 하고 내가 맡은 일이 아니어도 최선을 다해서 도와주고 남에게 주는 것도 아낌없이 주어 버린다. 때로는 내 것을 챙기지 않고 남의 것을 먼저 챙기기도 한다. 뭔가 잘한 일을 하고도 내가 했다고 나서는 편도 아니다. 사람은 쉽게 안 변한다고 했는데 정말 변화되기가 쉽지 않다.

나이가 들수록 조금씩 변하려고 노력한다. "이제는 나를 위해서 좀 살아보자." 실패를 하더라도 뭔가 자꾸 도전해 보려는 마음이 생긴다. 할 거 없어 우울한 것보다 할 일이 너무 많아서 바쁜 게 건강에 훨씬 좋기 때문이다. 그래서 나의 하루는 분주하다. 새벽 6시부터 분주하게 움직여서 하루를 시작하면, 밤 10시는 넘어야 일과가 끝날 수 있다. 하루하루 행복해지는 연습을 하면서 하루 24시간을 48시간처럼 살려고 노력한다.

몇 달 전, 작가들 모임이 서울에서 있었다. 갈까 말까 또 망설이고 있었더니 남편이 "뭘 망설이나요? 가면 되지!" 한다. 옆에 있던 아들도 "과감하게 한번 시작해 보세요. 가면 되죠"라고 말했다. 그래 맞다. 평생 살아도 완벽하게 준비되는 날은 없다. 10퍼센트만 준비되어도 도전을 하라고 하지 않던가.

과감하게 마음먹고 서울 갔던 날 많은 것을 느끼고 깨달았다. 어떤 분은 직장 다니면서 매일 글 쓰시고 벌써 책을 6권이나 출간하고 강의도 하시고 상담하는 일도 하신단다. 또 한 분은 아이가 어린데도 집필 중이었다. 또 다른 한 분은 직장 다니면서 집필도 하시고 개인 사업까지 하고 있었다. 열심히 사는 사람들이 더 많은 일들을 해 내면서 사는 것을 실감했다. 모두가 투 잡은 기본이고 쓰리 잡까지 감동 안 할 수가 없었다. 역시 고민했던 일을 행동으로 옮기니 내가 얻는 것이 더 많았다. 모임에 다녀온 후로 '그래! 고민만 하지 말고, 무조건 시작해 보자.' 라는 자신감이 생겼다. 그 후로 고민만 했던 공저 먼저 글을 쓰기 시작했다. 연이어 개인 저서 쓰기 집필 계획도 세웠다.

지금까지 살면서 누구보다 바삐 열심히 산다고 자부하지만 진취적이지 못하고 도전을 못하니 결과물이 별로 없었다. 그랬던 내가 책을 읽고 나서 변하기 시작했다. 거기에 끝나지 않고 저자들을 만나기 시작하면서 도전하고자 하는 마음은 더 커졌다. 한 발짝씩 내딛는 용기가 생겼다. 긴 터널을 지나야 밝은 빛을 볼 수 있듯 노력의 시간이 긴 만큼 좋은 결과도 주어질 거라는 믿음도 강해졌다.

카네기 멜런 대학의 컴퓨터 공학 교수 랜디 포시님은 이런 명언을 남겼다. "절대 포기하지 마라. 장벽에 부딪히거든, 그것이 절실함을 나에게 물어보는 장치에 불과한 것을 잊지 마라." 그의 말을 마음 깊이 새길 수 있는 것도 예전과는 삶을 대하는 태도가 바뀌었기 때문이다.

얼마 전, 청주 무심천 마라톤을 다녀왔다. 봄비가 조금씩 내리는 우수라 그런가 뺨에 와 닿는 바람이 차지 않았다. 새벽 일찍 서둘러 준비하고 갔는데도 주차할 곳도 마땅치가 않았다. 독서를 통해 도전하고자 하는 마음이 커지자, 취미로 하는 마라톤에서도 더 큰 도전을 하게 꿈꾸게 됐다. 계속 5km 달리다가 요즈음은 10km 도전을 하고 있다. 평소에 산책을 자주 해서인지 그리 힘들진 않다. 무리하지 않으려고 뛰다 걷기를 반복했다. 모두가 얼마나 열심히 뛰는지 달리는 사람들을 바라보고 있노라니 문득 이런 생각이 들었다. '우리가 살아가는 나날의 모습도 마라톤과 조금도 다르지 않다. 뒤처지다 앞서가고 앞서다 뒤처지고 그것의 반복이다. 물론 끝없이 전진하면서 쭉쭉 잘 나가는 사람도 있지만, 그렇지 못한 사람도 많다. 내 페이스를 잘 유지하면서 끝까지 완주하는 게 목표로 삼아야겠구나. "뭐든 버티고 끝까지 해내는 힘이 있어야지 결과물로 연결되는구나!"
도전하고 끝까지 해내는 힘은 하루아침에 생기지 않는다. 꾸준한 독서가 사람을 변화시킬 수 있다. 주저주저하던 내가 도전가가 된 것처럼 말이다.

05

독서모임 리더에서
독서코칭
전문가로 성장하다

김지영

01

육아의 늪에서 허우적대다

딸의 태명은 '노다지'였다. '금맥보다 귀한 아이'라는 뜻으로 남편의 성(姓)을 붙여 '노다지'라고 지었다. 부를 때는 발음하기 편하게 '다찌'라고 불렀다. 다찌는 배 속에 있을 때부터 엄마의 몸과 마음을 편안하게 해 주었던 사랑스러운 아이였다. 아이를 품고 있던 열 달 동안은 홀몸일 때보다 컨디션이 좋아서 계속 임신 중이길 바랄 정도였다. 출산도 참을만했다. '이 정도 고통이면 열 명도 낳겠는데?!'라고 생각하며 여유도 부렸었다. 그때는 몰랐다. 본 게임은 출산 후에 시작된다는 것을.

난관은 산후조리원에서부터 시작됐다. 아기에게 모유를 먹일 수가 없었다. 아기 엄마라면 당연히 젖이 콸콸 쏟아지는 줄 알았는데 젖이 안 나왔다. 조리원에는 모유를 보관하는 공용 냉장고가 있었다. 아기 이름이 적힌 젖병에 모유를 채워 공용 냉장고에 넣어두면, 조리원 선생님들이 신생아실에 있는 아기에게 수유를 해주셨다.

냉장고를 열면, 언제나 우리 아기의 젖병만 비어있다시피 했다. 다른 아기 엄마들에게 쭈뼛쭈뼛 다가가 젖이 잘 나오는 비법을 물었지만 뾰족한 수는 없었다. 그때는 젖병을 모유로 가득 채울 수만 있다면 부끄러울 것이 없었다.

젖도 나오지 않는데 젖몸살은 왜 그다지도 심하게 앓았는지 모르겠다. 진통제를 먹어도 소용이 없었다. 가슴에 불이 붙은 것처럼 화끈거리고 식은땀이 줄줄 흘러내렸다. 젖몸살은 출산의 고통과 맞먹는다고 해도 과언이 아니었다. 그런데도 아기에게 모유를 먹이겠다는 의지는 꺾이지 않았다. 마사지를 받으면 유선이 뚫린다기에 조리원을 나오자마자 모유 마사지 업체부터 알아봤다.

고객 후기를 쭉 읽어보니 마사지 한 번으로도 효과를 경험했다는 사람이 많았다. 안타깝게도 나에게는 해당되지 않는 이야기였다. 다섯 번이 넘게 마사지를 받아봤지만 그때뿐이었다. 유축기*를 젖가슴에 두 시간씩 붙이고 있어도 젖병 눈금은 여

---

*유축기: 젖을 짜내는 데 쓰는 장치.

전히 30ml를 넘기지 못했다.

출산하면서 망가진 관절은 뼈마디를 모조리 뺐다가 다시 제자리에 쑤셔 넣는 것처럼 아팠다. 곧 괜찮아질 줄 알았는데 병원을 일 년이나 다녀야 했다. 특히 무릎관절이 많이 상해서 자고 일어난 후에는 벽을 짚지 않으면 누운 자리에서 일어설 수도 없었다.

그 와중에 아기는 배앓이를 하느라 매일 밤 3시간씩 숨이 넘어가게 울었다. 영아 산통으로 불리는 신생아 배앓이의 대표적인 증상은 한 번에 3시간 이상, 일주일에 3일 이상 아기가 울음을 그치지 않는 것이다.

초보 엄마는 자지러지는 아기를 안고 어찌할 줄을 몰라 애가 타들어 갔다. 응급실도 몇 번이나 가보았지만 신생아 배앓이는 아직 과학적으로 그 원인이 명백히 밝혀진 바가 없고 치료법도 없다고 했다. 대부분은 생후 6개월 이후에 자연스럽게 사라지는 증상이라고 하니 시간이 흐르길 기다리는 수밖에 없었다. 신생아의 5% 정도가 겪는다는데 내 아이가 그 5%에 포함될 줄이야. 총체적 난국이었다.

세상 모든 엄마가 눈에 넣어도 안 아프다는 식의 온갖 찬사를 갓난아기에게 늘어놓을 때는 일종의 죄책감이 싹텄다. 나는 모성애가 없는 걸까. 왜 나만 이렇게 힘들까. 괴로웠다. 잠이 부족 한 건 당연하고 먹기도 싫고 말하기도 싫었다. 오로지 혼자 있고 싶다는 생각뿐이었다. 육아가 이렇게 힘든 것이라고 왜 아무도 나에게 이야기해 주지 않은 걸까. 먼저 아이를 낳아 키우고 있던 지인들을 공연히 원망하기도 했다.

아팠던 곳들이 서서히 회복되면서 비로소 눈에 넣어도 안 아플 나의 '다찌'가 보이기 시작했다. 다찌는 구석구석 예쁘지 않은 데가 없었다. 방귀를 뀌는 것도 귀엽고 똥도 예뻤다. '이렇게 사랑스러운 존재가 어떻게 나에게 오게 되었을까.' 뒤늦게 감격하며 물고 빨았다. 그러나 육아는 그 후로도 첩첩산중이었고 미성숙한 엄마는 두통약을 달고 살았다.

하루 일과는 오로지 아이에게 맞춰졌다. 먹이고 씻기고 재우고 치우고 쓸고 닦고……다시 먹이고 씻기고 재우고 치우고 쓸고 닦고. 머리로는 아이를 키우는 것만큼 대단한 일이 없다는 것을 이해했지만 마음으로는 온전히 받아들이지 못했다. 단순하고 의미 없어 보이는 일들이 끝없이 반복됐다.

아이가 예쁜 것과는 별개로 나는 점점 시들어 갔다. 예쁘다고 힘들지 않은 것은 아니었으니까. 결혼 전에는 아이가 둘 정도 있으면 좋겠다는 야무진 생각을 한 적도 있었다. 육아하면서 얻은 수확(?)이 있다면 내가 아이 둘을 키울 깜냥이 안 되는 인간이라는 것을 깨달은 것이었다. 긍정적이라는 이야기를 듣던 '나'는 사라지고 걸핏하면 짜증을 부리는 '낯선 여자'가 있었다.

하루는 아이가 낮잠을 자지 않고 잠투정을 했다. 안아주고 업어주고 어르고 달래고 아무리 애를 써도 소용이 없었다. 가슴속에서 화가 치밀어 오르는데 차마 아이한테는 화를 낼 수가 없었다. 남편에게 아이와 산책을 좀 다녀오라고 등을 떠밀어 내보냈다. 방으로 들어가 문을 잠그고 허공에다가 있는 대로 괴성을 질러댔다. 살면서 그렇게까지 소리를 질러 본 적이 없었다. 출산할 때도 '악!' 소리 한 번 내지 않았으니, 그날 짐승소리에 가까운 괴성에 가장 놀란 것은 나 자신이었다.

육아는, 아이가 없었다면 죽을 때까지 보지 못했을 '나의 민낯'을 보게 했고 '나의 바닥'이 어디까지인지를 계속해서 확인하게 되는 과정이었다. 아이가 두 돌이 되었을 때 드디어 한계가 왔다. 돌파구를 찾아야 했다. 무엇이 나를 행복하게 만드는지 곰곰이 생각해 보기 시작했다.

나는 어릴 때부터 책 읽기를 좋아했다. 초등학생 때는 밤마다 책을 읽다가 잠이 들었다. 가장 좋아했던 책은 엄마가 사준 50권짜리 《계몽사 세계 명작전집》이었고 처음으로 밤을 지새우게 만든 책은 열 살 무렵에 읽은 권정생 선생님의 《몽실 언니》였다. 눈물로 이불을 적시며 《몽실언니》를 읽다 고개를 들어보니 창가에 새벽빛이 비치던 기억이 지금도 생생하다.

청소년기에는 한국문학에 푹 빠져 한국 단편소설을 닥치는 대로 읽었다. 더불어 여성 작가 트로이카로 불리던 공지영·신경숙·은희경의 작품을 읽으며 감수성을 키웠다. 당시에는 책 대여점이 성업 중이었는데 내 집처럼 드나들던 책 대여점 '책가방' 사장님과의 친분으로 인기 있는 신간을 가장 먼저 대여할 수 있는 특혜를 누리기도 했다.

대학생이 되어서는 학교 도서관을 매일 들락거렸다. 도서관에 있는 책을 다 읽기라도 할 것처럼 서가의 왼쪽 끝에서 오른쪽 끝까지 꽂혀 있는 책을 빠짐없이 읽었다. 책장 한 칸을 다 읽으면 다음 칸으로, 또 다음 칸으로. 도장 깨기를 하는 것처럼 읽어 나갔다. 이것은 혼자서 즐기는 일종의 유희였다.

주로 문학 서적이 공략 대상이었는데 최인호의 《별들의 고향》부터 밀란 쿤데라의 《참을 수 없는 존재의 가벼움》까지 동서양을 가리지 않았다. 통속소설도 좋았고 고전도 좋았다. 도서관 특유의 쿰쿰한 책 냄새를 맡으면 심장이 콩닥거렸다.

그렇게 책을 좋아하던 아이는 졸업 후에 책을 만드는 사람이 되었다. 잡지사에서 취재기자로 근무했는데 책과 글, 사람을 좋아하는 나와는 더할 나위 없이 잘 맞는 일이었다. 돌이켜보니 책은 언제나 나를 행복하게 했다. 육아의 늪에서 허우적거리던 지난 2년 동안 책을 한 줄도 읽지 못했다는 사실을 그때에야 비로소 깨달았다.

02

독서모임 하실 분, 연락 주세요

책을 읽고 싶었지만 혼자 읽기는 싫었다. 남편이 퇴근하기 전까지 아이하고만 지내다 보니 어른의 대화가 그리웠다. 어른의 언어로 어른의 대화를 나누고 싶었다. '친구들에게 연락을 해볼까?' '책 읽기를 좋아하는 친구가 있었나?' 휴대전화를 들고 SNS에 등록된 친구 목록을 한참 훑어봤다.

이 친구는 멀리서 살고 있어서, 이 친구는 아이가 너무 어려서, 이 친구는 직장 생활이 바빠서…… 친구들의 사정을 하나하나 따져보니 모임을 할 수 없는 상황이었다.

다른 방법을 생각하던 끝에 동네 커뮤니티의 문을 두드렸다. 육아 정보를 얻기 위해 종종 이용하던 맘카페였다. 독서모임을 해야 하는 이유를 구구절절 늘어놓고 보니 아무도 읽지 않을 것 같았다. 썼던 글을 모두 지우고 짧고 굵게 다시 썼다.

"독서모임 하실 분, 연락 주세요. 책을 함께 읽고 생각을 나누고자 합니다. 모임 운영 방법은 상의해서 결정할게요. 관심 있으시면 댓글을 달아주세요. 단, 육아서는 제외합니다."

모임에서까지 아이 키우는 이야기를 하고 싶지 않아서 '육아서는 제외'라는 단서를 달았다. 회원 모집 글을 올려놓고 과연 한 명이라도 연락이 올까 싶었는데 생각보다 많은 사람이 참여하고 싶다고 댓글을 달았다. 오랜만에 기대감으로 설레고 흥분됐다.

독서에 대한 목마름이 있는 주부들이 꽤 많았다. 일정을 조율하는 과정에서 신청자 중 일부가 빠지고 최종적으로 일곱 명이 동네 카페에서 처음 만났다. 2014년 겨울, 독서모임은 그렇게 시작됐다.

우리는 모두 같은 동네에 거주하는 주부라는 공통점이 있었다. 과거에는 직업인으로 열심히 일했지만, 지금은 육아에 전념하느라 경력 단절의 길을 걷고 있는 30~40대 주부들이었다.

첫 모임에서는 간단한 자기소개를 하고 모임의 운영방식에 대해 논의했다. 모임 요일과 시간, 발제 순서를 정하고, 각자 읽고 싶은 책을 한 권씩 골라 도서 목록을 만들었다. 매주 금요일 오전 10시, 정해진 책을 읽고 모이면 그날의 발제자가 모임을 진행하는 방식으로 운영해 보기로 했다. 논제를 뽑은 후 인쇄물을 준비하는 것도 발제자의 몫이었다. 처음에 공지한 대로 육아서는 읽지 않기로 했다.

매주 한 권의 책을 읽는 것은 쉽지 않았다. 특히 어린 자녀가 있는 회원들은 자는 시간을 쪼개서 책을 읽어야 했고 자연스럽게 결원이 생겨났다. 완독도 힘든데 발제까지 해야 하니 부담스러웠으리라 짐작됐다.

회원들의 부담을 줄이기 위해 모임 주기를 늘리면 어떻겠냐는 제안을 했다. 뜻밖에도 일주일에 한 권을 읽지 못하면, 한 달에 한 권을 읽어도 힘들기는 마찬가지라는 의견이 다수였다. 회원들 역시 책 읽기는 의지의 문제라고 판단한 것이다.

처음 3개월은 부침이 심했다. 여러 사람이 빠지고 들어오기를 거듭한 후 드디어 다섯 명의 정예 멤버가 꾸려졌다. 인원이 확정되고 투표를 통해서 모임의 이름을 '다독'으로 정했다. '다독'이라는 이름에는 '책으로 마음을 다독인다.' '다 같이 읽는다.' '많이 읽는다.'는 뜻을 담았다.

독서모임을 하면서 비로소 숨통이 트이는 것 같았다. 이토록 격조 있고 지적인 대화가 얼마 만인지 기억도 나지 않을 만큼 까마득했다. 목마른 사람이 우물을 파는 법이고, 아무것도 하지 않으면 아무 일도 일어나지 않는다. 누구도 내 손에 행복을 거저 쥐여주지 않으니 스스로 찾아 나설 수밖에!

생산적인 수다로 두 시간 남짓 충전을 하고 집에 돌아오면 아이를 돌보는 일도 힘들지 않았다. 독서모임은 삶의 활력과 생기를 되찾아줬고 일주일을 버티는 힘이 되어 주었다.

그때부터 나는 독서모임 전도사가 됐다. 당시 나를 만났던 사람 중에 독서모임을 해보라는 말을 듣지 않은 사람이 없었다. '함께 읽기'의 강렬하고 짜릿한 묘미에 빠져 벌써 햇수로 10년째 모임을 이어오고 있다.

이렇게 오랫동안 모임을 할 수 있었던 이유 중 하나는 '사람'이다. 독서모임은 혼자 읽는 것이 아니라 같이 읽는 것이다. 책만큼 중요한 것이 사람인데 '다독'에서 운이 좋게도 좋은 사람들을 만났다.

이미 독서모임 경력이 있던 A는 우리 모임의 방향을 잡아주었다. 그녀는 아이를 키우면서도 책 읽기와 운동을 게을리하지 않고, 취미로는 가구 제작을 할 정도로 에너지가 넘치는 사람이었다. 건강한 사람이 가까이 있으면 건강한 기운이 전염된다.

중학교 교사로 육아휴직 중이었던 B는 남다른 유쾌함으로 좌

중을 뒤흔들었다. 게다가 대화의 깊이는 유머의 깊이와 비례했다. C는 생각의 방향이 나와 다를 때가 많았는데 그래서 더 좋았다. 그녀 덕분에 시야가 확장됐고 함께 읽기의 참맛을 느낄 수 있었다. 같은 책을 읽고도 사람마다 완전히 다르게 받아들일 수 있다는 것을 일찍 알게 된 것은 독서모임을 운영하는 데 큰 도움이 됐다.

나의 첫 번째 독서모임 회원들이 심어준 좋은 기억이 없었다면 아마 지금까지 독서모임을 할 수 없었을 것이다. 세월이 흐르면서 구성원의 변화도 있고 모임의 이름도 바뀌었지만, 책으로 맺어진 인연은 한결같이 끈끈하고 특별했다.

한때는 함께 읽는 것이 미치도록 좋아서 '다독' 외에 모임을 또 만들기도 하고 이미 만들어진 모임에 합류하기도 했다. 정기적으로 참여하는 독서모임만 한 달에 다섯 개였다. 그야말로 책에 푹 빠져 지내던 시절이었다. 지인들은 도대체 왜 그렇게 독서모임에 열정을 쏟는 거냐고 의아해했다.

독서모임의 장점에 대해 말하자면 밤을 새워도 부족하지만 가장 큰 매력은 함께 사유하고 질문하고 답을 찾아가는 과정에서 '나'를 발견할 수 있다는 것이다. 어릴 때부터 책을 읽었지만 '혼자 읽기'만으로는 알 수 없는 것들이었다.

'나'를 아는 것은 삶을 살아가는데 강력한 무기가 된다. 안타깝게도 많은 사람이 자기 자신에 대해서 잘 모르는 채 살아간다. 독서모임은 '나를 만나는 기쁨'을 맛보게 했다. 나의 장단점을 비롯해 내가 인생에서 중요하게 생각하는 가치가 무엇인지, 내 생각의 방향은 어디로 흐르고 있는지를 찬찬히 들여다보게 했다.

혼자라면 읽지 않았을 책을 읽게 되는 것도 독서모임의 매력이다. 독서모임에서 만난 사람들 대부분은 책 취향이 확고하다. 나만 하더라도 문학을 좋아하다 보니 소설에 편향된 독서를 했었다. 어떤 사람은 과학이나 자기 계발서를 읽지 않고, 어떤 사람은 소설을 읽지 않는다. 에세이만 읽는 사람도 있고 추리소설에 빠진 사람도 있다. 특정 작가의 작품을 읽지 않거나 좋아하는 작가의 작품만 읽는 사람도 있다.

독서모임에서는 균형 잡힌 독서 습관을 기를 수 있다. 함께 읽다 보면 개인의 취향을 떠나 모든 분야의 책을 읽을 수밖에 없기 때문이다. 거들떠보지도 않았을 책을 반강제로 읽다가 의외의 감동을 받아 마음속으로 작가에게 사과한 적도 있다. '이렇게 좋은 책을 몰라봐서 미안합니다.'

가끔 돌이켜 생각해 본다. 만약 내가 맘카페에 글을 올리지 않았더라면 지금의 나는 없었을 것이다. 더불어 심심한 감사의 말씀을 전하고 싶은 분들이 있다. "《독서모임 하실 분, 연락 주세요.》에 댓글을 달아주신 열세 분의 주부님들 진심으로 감사합니다."

03

일상이 즐거워지는 비법

매일 밤 9시를 기다렸다. 아이를 재우고 오롯이 혼자 책을 읽는 시간, 하루 종일 기다려 온 나만의 시간이었다. 고요한 거실에서 연필 한 자루를 쥐고 밑줄을 그어가며 책을 읽었다. 한 글자도 놓치고 싶지 않아서 수험생처럼 공부하듯이 읽었다. 독서모임에서 발제를 맡은 책은 평소보다 더 집중해서 읽어야 했다.

도서관에서 읽고 싶었던 책을 빌려 온 날에는 아이를 재우기 전부터 두근거렸다. 책을 읽는 일이 이렇게 좋을 수가 있을까. 헛웃음이 났지만 행복했다.

독서모임에서 만난 책 친구들은 모두 다른 이유로 모임을 시작했다. 나처럼 일상에 활력이 필요해서, 같이 읽으면 재미있을 것 같아서, 책을 좋아하는 사람들을 만나고 싶어서, 혼자서는 완독하기가 힘들어서. 제각각 다른 기대를 하고 모였다.

모임을 시작하고 일 년쯤 지났을 때 독서모임의 활동에 대해 돌아보는 시간을 가졌다. 우리는 약속이라도 한 듯이 입을 모아 '올해 가장 잘한 일이 독서모임을 시작한 일'이라고 했다. 독서모임에서 책을 좋아하는 사람들을 만났고 규칙적으로 책을 읽었으며, 재미와 활력을 찾았다. 나아가 인식의 지평을 넓히는 독서까지 했으니, 각자가 기대한 바를 모두 충족한 것이다.

때로는 책과 나 사이에 권태기가 찾아오기도 했다. 이른바 '책태기'라 불리는 이 시기에는 책을 읽고 싶은 욕구가 사라졌다. 도서관에서 빌린 책을 한 장도 읽지 못하고 그대로 반납하기도 했다. 그때 책과 멀어지지 않도록 이어주는 것도 역시 독서모임이었다. 모임 때문에 숙제하듯이 다시 읽다 보면 어느새 권태기는 사라지고 없었다.

'다독'의 책 읽기는 시간이 흐를수록 무르익었다. 에세이로 시작해서 이듬해에는 고전과 철학을 읽었다. 오랜 시간을 견디고 살아남은 고전에는 인생의 지혜가 응축되어 있었다. 그동안 보이지 않았던 삶의 정수를 발견하는 순간의 짜릿함이란! 멀게만 느껴지던 철학도 함께 읽으니 가깝게 느껴졌다. 철학은 인간다움이란 무엇인가에 대해 고민하게 했다. 어떻게 살아야 할지 길을 잃고 헤맨 날에는 철학책을 펼쳐 읽었다. 함께 읽은 책의 목록이 쌓여갈수록 나와 책 친구들의 배경지식은 풍부해졌고 대화는 깊어졌다.

그리고, 니체를 만났다. 누군가가 나에게 인생을 바꾼 책이 있냐고 묻는다면 니체라고 답하겠다. 니체만큼 꾸준하게 사랑을 받는 철학자가 있을까. 지금도 '니체'라는 이름을 붙인 책들이 잘 팔리는 걸 보면 식지 않는 인기를 실감할 수 있다.

날카로운 통찰력과 촌철살인으로 요즘 태어났더라면 '사이다'라는 별명을 얻었을지도 모르겠다. 명성은 익히 들었으나 만나 본 적 없던 니체를 독서모임을 통해 드디어 만나게 된 것이다.

'다독'에서 《논어》를 읽고 다음에 읽을 책을 정해야 할 때였다. 평소에도 철학에 조예가 깊었던 B가 이번에 동양 철학을 읽었으니, 다음에는 서양 철학을 읽어봐야 하지 않겠냐며, 니체의 《차라투스트라는 이렇게 말했다》를 골랐다.

"지금 이 인생이 완벽하게 동일한 형태로 영원히 반복되어도 좋다는 마음으로 살라." 이 문장을 읽는 순간, 뒤통수를 얻어맞은 것 같았다. 똑같은 인생을 영원히 산다고 가정하면 그것은 비극일까, 축복일까. 정신이 번쩍 들었다. 이 인생을 다시 살아도 좋을 만큼 좋은 삶으로 만들기 위해서는 운명을 개척해야 한다. 삶을 절대적으로 긍정해야 한다. 니체는 나의 세계관을 바꿨다.

"더 기뻐하라. 사소한 일이라도 한껏 기뻐하라. 부끄러워하지 말고 참지 말고 삼가지 말고 마음껏 기뻐하라. 웃어라. 싱글벙글 웃어라. 마음이 이끄는 대로 어린아이처럼 기뻐하라. 기뻐하면 온갖 잡념을 잊을 수 있다. 타인에 대한 혐오와 증오도 옅어진다. 주위 사람들도 덩달아 즐거워할 만큼 기뻐하라. 기뻐하라. 이 인생을 기뻐하라. 즐겁게 살아가라."

《차라투스트라는 이렇게 말했다》를 읽은 후 나는 운명을 긍정하고 더 좋은 삶으로 만들기 위해 노력했다. 어린아이처럼 사소한 일에도 크게 웃고 마음껏 기뻐했다. 세상을 바라보는 방법을 바꾸니 내가 보는 세상도 달라졌다.

독서모임을 하지 않았더라면 과연 이 책을 읽을 수 있었을까. 은유적인 표현으로 가득해서 이해하기 어려운 니체의 책, 그 가운데서도 가장 수수께끼 같은 책이라 불리는 작품이다. 아마 혼자였다면 읽기를 포기했을 것이다. 함께 읽었기 때문에 끝까지 읽을 수 있었다.

《차라투스트라는 이렇게 말했다》를 통해 새로운 마음으로 살게 됐다면 《호밀밭의 파수꾼》은 '좋은 어른'이 되고 싶다는 목표를 갖게 했다. 서가에 꽂힌 책을 전부 읽겠다는 각오로 도서관을 들락거리던 시절이 있었다. 열정이 넘치던 그때에도 읽지 않고 걸렀던 책이 《호밀밭의 파수꾼》이었다. '호밀밭'과 '파수꾼'이라는 단어의 조합이 생경했고 도통 재미라고는 없을 것처럼 느껴졌다.

그랬던 내가 이 책을 읽고 '호밀밭의 파수꾼'이 되어야겠다고 다짐하게 됐다. 호밀밭에서 아이들이 절벽으로 떨어지지 않게 잡아주는 파수꾼처럼 '좋은 어른'이 되고 싶었다. 이후 선택의 순간마다 무엇이 옳은가, 무엇이 더 어른다운 결정인가를 먼저 고민하게 됐다.

《호밀밭의 파수꾼》은 청소년 권장도서지만 한때 미국에서는 금서로 분류됐었다. 그래서인지 독서모임에서도 책에 대한 평가가 극명하게 갈렸다. 주인공 홀든의 치기 어린 방황과 일탈이 불쾌해서 읽는 내내 힘들었다는 의견과 '좋은 어른의 지침서'로 깊은 감명을 받았다는 의견이 팽팽했다.

D는 이 책이 청소년들에게 좋지 않은 영향을 미칠 수 있으니 읽지 않게 하는 것이 좋겠다는 강경한 주장을 펼치기도 했다. 물론 그의 주장에 동의하지는 않았다. 하지만 다양한 의견이 자유롭게 오가는 것은 언제나 즐거운 일이었다. 나와 생각이 다르면 배울 점이 있어서 좋았고 생각이 비슷하면 마음이 맞아

서 좋았다.

책을 읽을 때마다 '이 책을 읽고 책 친구들과 어떤 이야기를 나누게 될까?' 라는 생각을 하면 설거지를 하다가도 빨래를 널다가도 웃음이 새어 나왔다. 책이든 사람이든 가슴 뛰게 하는 존재가 있으니, 일상이 즐거울 수밖에.

사회에서 맺은 인연은 대부분 크고 작은 이해관계로 얽혀있는데 책 친구들은 달랐다. 책 친구들과는 사심이 없는 사이라 좋았다. 우리는 서로에게 생각을 솔직하게 털어놔도 괜찮은 건강하고 다정한 관계를 만들어 갔다.

독서모임을 통해 나는 수많은 스승을 만났다. 프리드리히 니체, 조지 오웰, 레프 톨스토이, 정약용과 율곡 이이……. 나의 스승들은 연약하고 흔들리는 나를 잡아주었고 내가 믿어왔던 것들에 대해 의심하고 질문하게 했으며 겸손함을 가르쳤다.

때로는 호되게 꾸짖고 때로는 따스하게 다독이면서 나를 성장시켰다. 스승들의 한 마디 한 마디가 감동이었고 깨달음이었다. 진실한 책 친구들과 삶의 방향을 알려주는 훌륭한 스승들과의 대화는 나의 내면을 단단하고 평안하게 만들었다. 그들로 인해 내 삶은 나날이 풍요로워졌다.

04

'아님 말고'의 정신으로

"언니, 내가 유튜브 영상 제작 배우고 싶어 했던 거 알지? 이번에 시(市) 지원 사업으로 무료로 배울 좋은 기회가 생겼어."

"어머, 너무 잘됐다."

"그런데 애들을 맡기고 가야 하는 게 문제야. 어떻게 하는 게 좋을까?"

"오래전부터 그 분야에 관해서 공부해 보고 싶다고 했었잖아. 애들을 맡길 데가 없어?"

"시어머니께서 봐주신다고는 하는데 죄송해서 말이야. 3개월 과정이거든. 횟수로 따져보니까 열 번이 넘더라고. 그렇게 신세를 지면서까지 해야 하나 싶기도 하고."

"무슨 소리야. 무조건 해야지. 기회가 아무 때나 오는 게 아니잖아. 돈도 안 들이고 원하는 걸 배울 수 있는데 해야지. 부탁드리고 일단 해봐."

"그렇지? 해봐야겠지? 언니는 그렇게 말할 줄 알았어. 고마워."

친하게 지내는 동생의 전화였다. 공부해 보고 싶던 것을 배울 기회가 생겼는데 아이들 때문에 할 수 없을 것 같아서 망설여진다는 내용이었다. 동생에게는 지지와 확신이 필요했던 모양이다.

"일단 해봐! 아님 말고."

내가 입버릇처럼 하는 말이다. 여기에서 방점은 '아님 말고'가 아니라 '일단 해봐'에 찍어야 한다. 나는 무엇이든 일단 해보는 사람이다. 그렇다고 내가 처음부터 그런 사람은 아니었다. 도전 의식이나 모험심과는 거리가 멀었고 오히려 변화보다는 안정을 추구하는 성향에 가까웠다. 성취를 위해 끈질기게 파고들거나 피나는 노력을 해본 적도 없었다. 그 결과는 생각대로 사는 것이 아니라 사는 대로 생각하게 되는 뼈아픈 대가로 돌아왔다.

변화는 독서모임에서부터 시작됐다. 끊임없이 질문하고 사유하고 성찰하는 능동적인 독서는 생각과 태도의 변화를 가져왔다. 이제 '달라진 나'는 안 되면 될 수 있도록 이리저리 방향을 틀고 방법을 찾는다. 그리고 지인들이 도전하기를 주저하면 일단 해보라고 권하는 사람이 되었다.

'아님 말고' 정신을 이야기할 때 빼놓을 수 없는 인물이 있다. 바로 '조르바'이다. 니코스 카잔차키스의 소설, 《그리스인 조르바》에는 주인공인 '나'와 '조르바'라는 인물이 등장한다. '나'는 소극적인 지식인으로 책벌레이다. 수동적이며 조심스러운 그는 틀 안에 갇혀 나아가지 못한다. 반면 '조르바'는 자유로우며 자신의 감정을 속이지 않는 인물로서 우리가 어떻게 살아야 후회 없는 삶을 살 수 있을지 보여준다.
'조르바'는 춤을 추고 싶을 때는 춤을 춘다. 노래하고 싶을 때는 노래한다. 타인의 시선 따위는 신경 쓰지 않는다. 그는 머뭇거리는 일이 없고 무엇보다 현재에 충실한 삶을 산다.
　"새 길을 닦으려면 새 계획을 세워야지요. 나는 어제 일어난 일은 생각 안 합니다. 내일 일어날 일을 걱정하지도 않아요. 내게 중요한 것은 오늘, 이 순간에 일어나는 일입니다. 나는 나 자신에게 묻지요."
책을 읽으며 나는 주인공 '나'에게서 내 모습을 보았고 적잖이

뜨끔했다. 내가 바라는 것은 '나' 가 아닌 '조르바' 의 삶이었다.

니체의 사상에 영향을 받은 니코스 카잔차키스는 '조르바' 를 통해 니체가 말하는 '위버멘쉬' 를 표현했다. 그러니 자칭 니체 덕후*인 내가 '조르바' 에게 빠지는 것은 당연한 일이었다. '조르바' 로 표현된 '위버멘쉬' 란, 니체가 삶의 목표로 제시한 인간상이다.

모든 것을 있는 그대로 긍정할 줄 알고 고통마저도 자신을 성장시켜 나가는 기회로 받아들이는 인간이다. 외부의 힘이나 절대자에게 의존하기보다 자기 삶에 집중하며, 자신의 가치를 창조해 내는 자이다.

과거도 미래도 아닌 현재를 살며, 고통을 성장의 밑거름으로 받아들이면 두려움은 사라진다. 자신의 가치를 창조하려면 도전은 필연적이다. 마음은 있지만 여러 가지 이유로 도전하기가 망설여질 때는 그냥 해보는 거다. 조르바처럼!

혹여 결과가 좋지 않더라도 시도하는 과정에서 배우는 것이 있으니 손해 볼 것이 없다. 행동하지 않으면 경험을 쌓을 기회는 물론이고, 원하는 일을 해냈을 때 따라오는 기쁨까지 놓치게

---

*덕후: 일본어 오타쿠(御宅)를 한국식으로 발음한 '오덕후' 의 준말이다. 어떤 분야에 몰두해 마니아 이상의 열정과 흥미를 느끼고 있는 사람이라는 긍정적인 의미로도 쓰인다.

되니 손해가 이만저만이 아니다.

잘해야 한다는 부담감에 어깨가 무거울 때는 "아님 말고"를 읊조리면 마음이 가벼워진다. 일을 저지를 수 있는 용기가 솟아나는 마법의 주문이다. 일단 최선을 다해서 해보고 아니면 어쩔 수 없는 거라고 생각하면 무슨 일이든 시작할 수 있다.

책 속에서 다양한 인물을 만나고, 책 친구들과 그들의 삶을 파헤치고 이해하려고 노력하면서 점점 궁금증이 커졌다. 셰익스피어 작품《오셀로》의 악인 '이아고'의 성격적 결함은 어디에서 비롯된 것일까. 허위로 가득한 세상에 반발하면서도 맞서 싸우지 못하고 파멸해 가는《인간 실격》의 '요조'를 어떻게 이해하면 좋을까. 책을 더 잘 읽으려면 인간을 이해하기 위한 공부가 필요했다. 공부가 필요하다면 하는 수밖에.

우선 성격 유형 이론 중의 하나인 에니어그램에 관해 공부했다. 에니어그램은 인간 본성에 대한 통찰을 통해 나와 이웃, 세상을 이해하고자 하는 학문이다. 오늘날 에니어그램은 스토리텔링 산업에서 등장인물의 성격을 설정하는 데에 활발하게 쓰이고 있다. 특히 할리우드의 시나리오 작가는 거의 필수로 배워야 할 정도라고 하니 문학작품 속 캐릭터의 성격 유형을 파악하기에도 알맞은 공부였다. 공부는 깊이를 더해 자격증 취득으로 이어졌다. 이 공부는 독서모임을 할 때도 도움이 됐다. 덕분에 서로 다른 우리를 알고 상대방에 대한 이해의 폭을 넓힐 수 있었다.

책에 관한 공부도 병행해 독서 분야의 자격증을 줄줄이 땄다. 책을 제대로 읽고 싶었고, 인간을 이해하고 싶어서 시작한 공부가 여러 개의 자격증을 취득하는 성과로 나타난 것이다. 자격증을 취득하고 나니 사람들에게 책 읽는 즐거움을 알리고 싶어졌다. 마음이 힘든 사람들이 책을 매개로 힘듦을 극복할 수 있도록 도움을 주고 싶다는 바람도 생겼다. 독서모임에서 비롯된 깊이 있는 책 읽기는 어느새 나를 행동하는 사람으로, 꿈꾸는 사람으로 만들었다.

05

돈 안 되는 일로
돈을 벌고 있습니다

지금 살고 있는 동네에는 도서관이 많다. 쉽게 이 사를 떠날 수 없는 이유이기도 하다. 집에서 도보로 20분 이내 거리에 도서관이 네 개나 있다. 요즘은 도서관에 책만 빌리러 가는 게 아니다. 각종 강연과 문화강좌를 비롯해 영화 상영이 나 어린이 인형극 공연 같은 문화행사까지 있어서 마음만 먹으 면 일주일 내내 양질의 프로그램을 무료로 이용할 수 있다.

수많은 도서관 프로그램 중에서도 독서회가 궁금했다. 다른 독 서모임은 어떤 분위기인지, 어떤 방식으로 꾸리고 있는지 참고 가 될 만한 사례가 필요했다. 우리 독서모임과는 어떤 점이 다 르고 배울 점은 무엇인지 제대로 알아보려면 경험이 풍부한 독 서모임에 가입하는 것이 좋겠다고 판단했다. 자세히 알아보니 거의 모든 공공도서관에서 '성인 독서회'를 운영하고 있었다.

'성인 독서회'는 도서관의 역사와 독서회의 역사가 비슷했다. 집에서 가장 가까운 도서관은 개관한 지 30여 년이 되어가는 도서관인 만큼 독서회의 역사도 깊었다. 도서관 홈페이지에는 한 해 동안 독서회에서 읽을 도서 목록이 게시되어 있었다.

도서 목록에는 읽고 싶은 책이 많았다. 인문학 서적과 고전문학이 주를 이루고 있어 나의 책 취향과도 일치했다. 그런데 회원들의 연령대가 높은 것이 부담스러웠다. 독서회가 처음 생겼을 때부터 함께한 회원들이 많았고 장년층이 대부분이었다. 아무래도 세대 차이가 있을 텐데 재미가 있을까 싶었다. 재미를 느낄 수 없는 독서모임은 꾸준히 참석하기가 어렵다.

차로 10분 거리에 있는 도서관은 개관한 지 2년이 채 안 되는 도서관으로 30~40대 회원들이 주축을 이룬 젊은 독서회였다. 이번에는 독서회에서 선정한 도서 목록이 마음에 들지 않았다. 이런 책을 굳이 독서회에서 함께 읽어야 할까 싶은 킬링타임용 책이 적지 않게 눈에 띄었다.

결국 독서회 가입은 포기했지만, 수확은 있었다. 정보를 얻기 위해 도서관과 홈페이지를 들락거리다가 '그림책 연구회 회원 모집' 홍보지를 발견한 것이다. 때마침 그림책의 매력을 알아가고 있던 시점이었다. 운명처럼 느껴져 독서회 대신 그림책 연구회에 가입했다.

그림책 연구회는 매주 한 권의 그림책을 읽고 감상을 나누며 분석하는 또 다른 독서모임이었다. 그림책 연구회 활동을 통해 내가 꾸리고 있는 모임이 개선해야 할 점과 보완해야 할 점도 발견할 수 있었다.

그림책을 공부하면서 뜻밖에 그림에서 위안을 얻기도 했다. 그림책은 어린이만을 위한 책이 아니었다. 그 안에 숨겨진 철학적인 메시지를 찾아내는 재미도 있었다. 어떤 그림책은 300페이지짜리 책보다도 깊은 의미를 함축적으로 담고 있었다.

독서모임이 늘어난 덕분에 도서관을 문턱이 닳도록 드나들었다. 지인들이 전화를 걸어오면 도서관에 있거나 독서모임을 하거나 책을 읽는 중일 때가 많았다. 책이 삶이 되어버린 것이다. 가장 많이 들었던 말은 "돈도 안 되는 일을 왜 그렇게 열심히 하니?"였다.

더구나 주로 읽는 책이 부동산이나 주식투자, 재테크에 관한 책도 아니고 고전이나 문학, 철학, 그림책이라고 하니 다들 이해할 수 없다는 반응이었다. 사는 게 팍팍해질수록 사람들이 '돈이 되는 일'만 하려고 한다. 돈이 되지 않는 일에 시간을 쏟는 사람을 순진하고 어리석다고 생각한다. 내가 어떤 일을 지속할 수 있는 힘은 돈보다 재미와 즐거움에서 나온다. 그 힘으로 10년이나 독서모임을 할 수 있었다. 무슨 일이든 오랫동안 하다 보면 어떤 식으로든 열매를 맺게 된다.

돈도 안 되는 책을 열심히 읽으러 다니던 나는 지금, 좋아하는 책을 읽으며 돈을 벌고 있다. 책과 관련된 공부가 이어져 몇 년 전부터 독서코칭 전문강사로 활동하고 있다. 사람들과 책을 읽고 생각을 나누는 일을 직업으로 삼은 것이다. 말하자면, 돈 안 되는 일로 돈을 벌고 있는 셈이다.

그동안 꾸준히 해왔던 독서모임이 자양분이 됐다. 어린 학생들과는 그림책을, 청소년과 성인 수업에서는 고전문학을 함께 읽는다. 그저 신명 나게 독서모임을 했을 뿐인데 어느새 경력 단절의 사슬을 끊고 독서코칭 전문가가 되었다.

잡지사에서 일하던 시절에는 매월 한 권의 책이 결과물로 나오는 것이 뿌듯했고, 이제는 나를 만난 사람들이 성장하는 모습을 볼 때 보람을 느낀다. 책을 읽고 생각을 나누다 보면 상대방의 마음이 보인다. 마음을 읽어주는 사람이 곁에 있으면 아이뿐만 아니라 성인도 변화하고 성장한다. 누군가의 성장을 가까이에서 지켜보는 것은 큰 기쁨이다.

최근에는 독서 모임을 다양하게 변주하고 확장하는 일에도 관심을 쏟고 있다. 특히 올해 시작한 낭독 모임으로 인해 요즘 나의 일상은 활력이 넘친다. 언젠가 낭독에 관한 책을 읽었는데, '낭독은 누워있는 글자에 숨을 불어넣는 일'이라고 했다. 그 말이 잊히지 않아서 모임을 만들었다. 어떻게 하면 더 재미있게 꾸려볼까 고민하는 시간마저 행복하다.

낭독 모임의 회원들은 인스타그램에서 만났다. 인스타그램에 서평을 쓰기 시작한 지 3년이 됐다. 기록의 필요성을 느끼고 시작한 일이다. 읽은 책에 대해서는 어떤 형식으로든 기록을 남겨야 한다. 기록하지 않으면 감상이 휘발되어 날아가 버린다. 분명히 읽은 책인데 기억이 희미해지고, 마음에 새기고 싶었던 구절도 잊힌다.

책과 관련된 내용의 게시물을 주로 올리는 계정을 북스타그램이라고 한다. 북스타그램을 통해서 수많은 책 친구를 만났다. 책을 좋아하는 것을 넘어 사랑하는 사람들이다. 대부분 북스타그래머인데 일반 독자도 있고, 책방 주인, 출판사 홍보팀, 편집자, 출판 마케터, 작가 등 다양한 사람들을 알게 됐다. 그들은 어떤 책을 읽는지, 출판 트렌드는 무엇인지 파악하는 재미도 쏠쏠하다. 팔로워* 숫자가 늘어나면 출판사에서 신간의 서평을 부탁하는 일도 잦아진다.

어딘가에 있을 나와 같은 책 덕후들은 아마 오늘도 지인에게 핀잔을 들었을 것이다. 돈도 안 되는 일을 왜 그렇게 열심히 하느냐고. 돈도 안 되는 무용한 일을 한다는 것은 내가 뭘 좋아하는지 정확히 아는 것이다. 무용한 일을 열심히 하는 사람들은 쉽게 휘둘리지 않는다.

남들이 뭐라고 하든지 좋아하는 일을 하며 자기 삶의 주인공으로 사는 사람들이다. 반복되는 하루하루를 의미 있고 풍성하게 사는 사람들이다. 돈도 안 되는 일을 즐기는 독서가들은 이제부터 당당하게 외쳐도 좋다. "돈도 안 되는 일 한 번 해봐, 사는 게 얼마나 재밌어지는데!"

십 년 뒤 내가 어디에서 무엇을 하고 있을지는 나도 모르겠다. 확실한 것은 그때도 여전히 책을 읽고 있을 거라는 것이다. 삶은 결국 내가 한 무수한 선택으로 이루어진다. 어제 내가 한 작은 선택들이 오늘의 나를 만든다.

나는 책으로 인해 더 나은 선택을 할 수 있었다. 다시 직업이 생겼고 이제는 읽는 사람에서 쓰는 사람이 되었다. 이 모든 것은 '돈 안 되는' 독서모임에서부터 시작됐다.

＊팔로워: SNS에서 특정한 사람이나 업체의 계정을 즐겨 찾고 따르는 사람을 이르는 말.

06

독서로
나를
'리부트' 하다

김광자

01

어릴 적 내 친구는 빨강머리 앤

산동네 맨 끝, 단층 연립주택 옥상에 두 명의 남자아이와 두 명의 여자아이가 서 있다.

여자아이가 "너 여기서 뛰어내릴 수 있어?"라고 남자아이에게 묻자 "응." 이라고 대답한다. "그럼 뛰어내려." 머뭇거리는 남자아이에게 "그것도 못 해!" 라고 말한다. 곧이어 남자아이는 "그럼 네가 뛰어 내려봐." 라고, 반격한다. 그러자 여자아이는 호기롭게 옥상 난간 끝에 발을 디디고 선다. 아래를 내려다본 순간 움찔한다. 이내 눈을 찔끔 감고 힘차게 뛰어내린다. 입고 있던 치마가 뒤집어져 팬티가 다 보인다는 것도 모른 채. 아뿔싸!, 발이 아닌!~ 엉덩이로 착지하다니! 그때의 만용 덕분에 허리가 아파 고생이 이만저만이 아니었다는 그 여자아이가 바로 나다. 이 대목만 보면 내가 '말괄량이 삐삐' 처럼 보일 것이다.

사실 나는 초등학교 때까지, 좀 더 자세히 말하면 내 친구 '앤'을 만나기 전까진 내성적이고 말도 별로 없었다. 같은 반 아이들조차도 이런 애가 있었나? 할 정도로 존재감이 없는 아이였다. 그런데 저런 골목대장 포스가 어떻게 나오게 된 걸까? 그건 다 어릴 적 책에서 만난 친구 덕분이다.

초등학교 4학년 때인가. 책꽂이에 꽂혀있던 '세계명작전집' 중 유독 눈에 들어온 한 권이 있었다. 《빨강머리 앤》은 내용도 궁금했지만 '앤'이라는 이름이 맘에 들어 읽게 되었다. 삽시간에 엉뚱 발랄 유쾌한 앤의 세계로 빠져들었다. 어느 때는 앤과 영원한 우정을 맹세한 다이애나를 부러워하기도 하고, 어느 때는 마치 앤이 된 듯 상상의 나래를 펼치기도 했다. 친구가 없던 시절, 앤이 내게로 와 친구가 돼주었다.

앤에 대해 맨 처음 알게 된 사실은 그녀가 고아라는 거다. 그런데 조금도 불행해 보이지 않았다. 오히려 "아! 이렇게 좋은 날이 있을까. 이런 날에 살아 있다는 사실만으로도 행복하지 않니?"라고 말할 정도이다. '행복은 스스로 창조하고 획득하는 것'이라는 듯. 그런 면에서 앤은 탁월한 '행복창조능력'의 소유자임이 분명하다.

내가 닮고 싶었던 앤의 첫 번째 장점은 '초긍정 마인드'이다. 자신을 입양할 집에서 마중 나오기로 한 사람이 한참이나 나타나지 않는다면 어떤 심정이 될까? 꽤 늦게 도착한 매슈 아저씨에게 앤이 한 말은 예상을 뛰어넘는다. "만약 아저씨가 데리러 오지 않는다면 오늘 밤은 저 큰 벚나무 위에서 있을 생각이었어요. 하얀 벚꽃이 핀 나무 위에서 달빛을 받으며 자는 건 멋진 일이잖아요. 대리석이 깔린 넓은 방에서 묵는다고 상상할 수도 있고요. 오늘 밤에 못 오셔도 내일 아침엔 꼭 오실 거라고 생각했거든요"라고 재잘거리니 말이다.

긍정 마인드에 두 번째로 닮고 싶었던 '상상력'이 더해지니, 이런 멋진 발상이 나오나 보다. 나이가 들어갈수록 긍정 마인드와 상상력이 살아가는 기쁨을 만드는 원천임을 실감하게 된다. 살다 보면 생각지도 못한 상황에 놓일 때가 있다. 그럴 땐 마법사가 주문을 외우듯, 앤이 한 말을 되새겨보는 거다. '앞으로 알아낼 것이 많다는 것은 참 좋은 일 같아요! 만약 이것저것 다 알고 있다면 무슨 재미가 있겠어요? 그럼 상상할 일도 없잖아요.'라고. 그러면 아무리 안 좋은 일도 마법처럼 술술 풀릴 것 같은 희망이 생긴다.

언제부터인가 나에겐 통과의례가 하나 생겼다. 어떤 일을 시작할 때, 그 프로젝트나 사물에 상상과 소망을 담은 이름을 붙이는 버릇이다. 아마도 앤이 아치 모양의 사과나무 가로수 길을 '기쁨의 하얀 길'이라고 이름 붙인 것을 보고 따라 하게 된 것 같다. 이 의식을 거치면 사소함이 소중함으로, 평범함이 특별함으로 자리매김하게 된다. 그러면 일과 사람, 사물을 대하는 태도도 달라지게 된다. 이를 통해 세상은 한 가지 색이 아니라 상상하고, 이름 붙이고, 의미를 부여하기에 따라 일곱 색깔 무지개로 빛난다는 것을 알게 되었다.

곰곰이 생각해본다. 어릴 적 왜 그렇게 내성적이고, 자존감 낮고, 용기 없는 아이였을까?

아마도 나의 탄생에 얽힌 웃기고도 슬픈 에피소드에서 비롯되었을 것이다. 아버지는 자식에 대한 애착심이 무척 컸다. 특히 아들을 갖겠다는 열망이 누구보다도 강한 분이었다. 첫딸이 태어나고 2년 뒤, 둘째는 아들이라는 의사 말을 철석같이 믿고 곧 태어날 '아들인 나'를 무척이나 기다렸단다. 그 기대를 무참히 깨버린 내 첫 울음소리가 세상에 울리던 날, 아버지의 탄식 소리도 덩달아 높아졌다. 급기야 다음엔 남동생을 보라고 내 이름에 '아들 자' 자를 넣어 '광자'로 작명해 버렸다. 2년 뒤 남동생이 태어나기 전까지 '빡빡머리에 남자 옷'만 입혔다나. 딸을 선호하는 요즘 세태와 비교하면 격세지감인 옛날이야기다. 어쨌든 아래로는 남동생 두 명에다 위로는 공주 대접받는 언니 틈에 낀 둘째 딸이라는 피할 수 없는 멍에를 지니게 되었다. 당연히 가족 내 서열도 뒤지고, 위아래로 치여 불만이 쌓이고, 기가 죽어 있었다. 공부도 잘하지 못했으니 더 그럴 수밖에. 그러니 나와 전혀 다른 앤의 당당함과 초긍정 마인드, 재기발랄한 상상력을 좋아하지 않을 수 없었던 거다.

친구 따라 강남 간다고 했던가. 앤을 만나면서부터 '따라 하고 싶은 앤', '되고 싶은 나'를 상상하며 조금씩 변해갔다. 덩달아 성적도 우수해졌다. 그런 변화에 정점을 찍은 사건이 발생한 건 중학교 1학년 때다. 난생처음 교복을 입고 등교한 첫날, 자기 소개하는 시간이 있었다. 단상 앞으로 나간 아이들은 짧게 이름만 말하고 들어왔다. 콩닥거리는 가슴을 누르며 순서를 기다리는데, 갑자기 남들과 다르게 나를 표현하고 싶다는 욕망이 솟구쳤다. 드디어 내 차례가 되었다. 그런데 이게 웬일인가. 부끄럼이 많아 수업 시간에 발표라곤 해 본 적이 없던 내가 "내 이름은 김광자, 빛나는 아들입니다.", "나는 연극을 좋아합니다."라고 당당한 일성을 발하고 있으니 말이다. 이어서 뜬금없이 TV에서 봤던 '이수일과 심순애' 코믹 버전 한 장면을 재연하고 있는 것이 아닌가! 그날부터 뜻하지 않게 반에서 '핵인싸'가 되었다. 교실에 들어서면 친구들이 나를 보고 웃었다. 한동안은 매주 화요일 내 자리엔 한 무리가 형성되었다. 당시 TV에서 인기리에 방영 중이던 '들장미 소녀 캔디'를 본방 사수 하고, 다음 날 등교하자마자 친구들에게 재연했기 때문이다. 리

얼한 감정이입이 일품인 이 공연은 나름대로 인기 있었다. 내 곁에 친구들이 자연스레 모였고, 몇몇 친구들과는 지금까지도 오랜 우정을 이어오고 있다. 아무튼 그 사건이 내 인생을 크게 변화시킨 분수령이 된 건 분명하다.

사람은 살면서 크게 변할 때가 몇 번 있다고 한다. 나에게 있어 첫 번째 변화는 앤 이라는 친구를 만나면서부터라고 할 수 있다. 그녀를 통해 불운마저 행운으로 바꾸는 '마음의 마법' 을 조금씩 알게 된 덕분이다. 요즘 성격유형검사로 MBTI가 유행이다. 사람이 가진 성격의 기본 틀은 쉽게 변하지 않는다고 한다. 그러나 어떤 대상을 만나느냐에 따라 기본 틀의 경계를 넘나들며 다양해질 수도 있다는 생각이 든다. 장점을 극대화하고, 단점마저 조화를 이루는 방향으로 얼마든지 변화가 가능하단 것을 체험했기 때문이다. 그 대상이 어린 시절 나에겐 책 속 친구가 된 셈이다. 닮고 싶은 친구 앤이 없었다면, 180도 달라진 나도 분명히 없었을 것이다. '한 권의 양서는 위대한 교사를 만난 것과 같다' 는 말대로이다. 그래서 앤을 만나게 해 준 작가와 책에 감사한 마음이다. 지금 달라지고 싶은가? 그러면 가장 먼저 "양서를 펼쳐라." 라고 말하고 싶다.

02

아버지가 내게 준 정신적 유산

　내 삶에 큰 영향을 준 친구 '빨강머리 앤'은 어떻게 나와 만나게 되었을까? 여기에는 아버지의 공이 크다. 제주도에서 태어난 아버지는 재일교포로, 어머니와 결혼하면서 혈혈단신 고국 땅을 밟았다. 이곳에서 정착을 위해 시작한 버스 운전이 평생의 밥벌이가 될 줄은 모르셨겠지. 근면, 성실하셨지만 4남매를 키우기가 여간 힘들었나 보다. 자주 돌아가신 할아버지 영정 앞에서 "아버지! 아버지!"라며 깊은 한숨을 토하며 그리워했다. 아버지에게 할아버지는 엄마 이상의 존재다. 일찍 돌아가신 엄마 몫까지 홀로 감당하면서 키워주었기에. 할아버지를 일본 땅에 묻고, 홀로 돌아온 고국이 이국땅처럼 낯설고 고독했을 것이다. 어린 날 나처럼 친구도 없었을 테지. 그 고독감이 아버지가 책을 가까이한 이유였을까? 운전이 2교대 근무라, 낮에 집에 있는 날엔 책을 읽거나 노트에 뭔가 적는 모습을 종종 보았다. (나중에 이것이 일기라는 것을 알게 되었다) 독서를 좋아하니, 자식들에게 책 읽는 환경을 만들어 주겠다는 마음도 크셨으리라. 그렇다고 책 읽으란 잔소리를 한 적은 한 번도 없었지만 말이다.

어느 날 학교에서 돌아오니, 엄마의 화난 목소리가 집안 전체에 메아리치고 있었다.

"아니 우리 형편에 떡하니 전집을 사들이면 어쩌자는 거예요!"

아버지는 옆으로 돌아앉아 고개를 떨구고 계셨다. 나는 애처로운 아버지를 뒤로한 채 "전집이라고?" 하며, 냉큼 건너 방문을 열어젖혔다. 그 순간 '오, 놀라워라~.' 책상 위에 노란색 표지의 '세계문학전집'이 일렬로 꽂혀 있는 게 아닌가! 일촉즉발 분위기에 아랑곳없이 설렘 가득 찬 표정으로 연방 헤죽거렸다. 지금까지 '국민서관'이라는 출판사 이름을 기억하는 걸 보면, 그 당시 내게는 두 번째쯤 기뻤던 일이다. 첫 번째는 부모님의 고생 끝에 방 2칸짜리 집을 사서 이사한 것이다.

당시는 책 외판원이 있었다. 마침 아버지가 밤 근무라 낮에 집에 계실 때, 외판원이 찾아왔던 모양이다. 수완이 좋았던지 아버지는 엄마 말대로 우리 형편에 맞지 않게 30권짜리 전집을 들여놓고 말았다. 그것도 할부로 말이다. 아무튼 그날 아버지가 엄마의 '야단 폭격'에 장렬히 전사할 결심으로 들여놓은 '세계문학전집' 덕분에 언니와 나는 책을 가까이하게 되었다. 학급문고에 있던 《이솝우화》와는 달리 삽화도 많고, 고급스러워 빨리 읽고 싶게 만드는 책이었다. 전집은 《플루타르크 영웅전》을 1권으로 시작했다. 방학 땐 책을 읽느라 바빴다. 어느 날은 소공녀의 다락방에 찾아갔고, 어느 날은 알프스 소녀 하이디와 함께 들판을 뛰어다녔다. 톰 소여와는 뗏목을 타고 미시시피강을 건너 모험의 세계로 떠났다. 그중에 내 친구가 된 빨강머리 앤이 있었음은 물론이다.

엄마에게 혼쭐이 난 아버지가 그 뒤 전집류 사들이는 것을 그만두었을까? 아니다. 아버지는 얼마 지나지 않아 하늘색으로 된 전집을 또 사들였다. 예상과 달리 엄마는 아무런 잔소리도 하지 않았다. 우리가 열심히 책을 읽는 모습에 본전은 뽑았다고 생각했던 걸까?

하늘색 전집 중 《작은 아씨들》을 먼저 읽은 건 순전히 언니의 부추김 때문이다. "너는 《작은 아씨들》의 '조'랑 닮은 점이 있어. 조처럼 작가가 되어도 좋을 것 같아."라고 말한 것이다. 갑자기 조라는 인물이 궁금해져 책을 꺼내 들었다. 역시 네 자매중 둘째 딸 조의 매력에 푹 빠져들었다. 얼마 지나지 않아 조와 같이 작가가 되는 상상을 하게 되었다. 살면서 처음으로 무엇이 되고 싶다는 열망이 생긴 순간이다. 종종 '좋은 바람잡이' 역할을 해준 언니는 독서량이 엄청났다. 이에 질세라 언니가 읽는 책은 무엇이든 다 읽으려 했다. 그러다 잘 읽히질 않아 덮어둔 책도 한두 권이 아니다. 얼마쯤 시간이 흐른 후, 그 책을 다시 펼치면 술술 읽히는 묘미가 더욱 독서 세계로 빠져들게 했다. '삼총사'의 우정에 감동해서 친구들과 영원한 우정을 약속했고, 작은 별에 사는 '어린왕자'에게 위로받는 청소년 시절을 보냈다. 생각해 보면 나의 '감수성과 상상력'을 만든 것은 어린 시절에 만난 책 속 인물이 8할이고, 나머지 2할은 어릴 적 맘껏 뛰놀던 북한산 자락이 선물한 자연이다.

아버지의 전집 사랑은 꽤 늦게 구입한 《대망》전집을 마지막으로 끝났다. 그 후론 종종 청계천에 가서 필요한 물건들과 함께 몇 권의 책을 사 오셨다. 《대망》전집은 나도 한참이나 뜸 들이다 대학생이 되어서야 읽었다. 아버지가 자란 일본의 역사, 그 시대를 풍미한 다채로운 인물을 알아가는 재미가 쏠쏠했다. 특히 '와카'의 절제미에 매료되었다. 여기까지가 책과 관련해 떠오르는 아버지와의 추억이다. '집에 책이 없는 것은 인간에게 혼이 없는 것과 같다'는 말에 비추어 보면, 아버지는 자식들에게 풍부한 혼을 불어넣어 주신 셈이다.

아이는 부모의 뒷모습을 보고 자란다고 한다. 말이 아닌 부모의 행동이야말로 최고의 교육일 것이다. 이 사실을 증명하는 이가 있다. 바로 미국 사상가이자 시인인 에머슨이다. 에머슨이 여덟 살 때 아버지가 돌아가셔서, 어머니는 홀로 네 명의 자식을 키워야 했다. 아이들이 외투 한 벌을 돌려가며 입을 정도로 살림살이는 궁핍했다. 그러나 에머슨의 어머니는 절대 좌절하지 않고 자식들을 열심히 공부시켜 네 명 모두 하버드대에 진학시켰다. 에머슨이 어린 날 마음에 새긴 것은 무엇일까? 아무리 바빠도 늘 책 읽는 어머니의 모습이었다고 한다. "어머니는 매일 시간을 내어 중요하다고 생각되는 책을 읽었습니다. 저도 다른 형제들도 모두 그런 모습을 존경했습니다."라고 술회하고 있다. 에머슨도 책 읽는 어머니의 모습을 보고, 평생 독서하는 습관을 몸에 익혔으리라.

자식들에게 독서의 존귀함과 기쁨을 행동으로 가르친 에머슨의 어머니와 내 아버지가 오버랩된다. 비록 내가 에머슨처럼 유명한 사람은 아니지만 말이다. 아버지는 많이 배우지 못했고, 돈을 많이 벌지도 못했다. 평생을 구두쇠처럼 살았지만, 책을 대할 때만큼은 후하셨다. 어려운 가정 형편에도 자식들이 마음껏 읽을 책을 사주었고, 자신도 항상 책을 가까이하셨다. 그뿐 아니라 세상 떠나기 직전까지 일기를 쓰셨다. 2011년 초, 돌아가신 아버지가 쓰던 물건들을 정리하다가 쓰기가 중단된 일기장 한 권을 발견했다. 태우지 않고 유일하게 집으로 가져 온 유품이다. 때때로 이 일기장을 보며 아버지가 할아버지를 그리워했듯이 나도 아버지를 그리워한다. 그리움 너머로 '독서 습관'이라는 정신적 유산을 물려준 아버지를 향한 경애심이 출렁인다. 나는 오늘도 이 유산 덕분에 책을 읽으며 '독서의 즐거움'에 빠져든다. 인터넷에 밀려 '활자문화'가 쇠퇴하고 있는 지금이야말로 더욱 가치를 발할 위대한 유산이다.

03

낙관주의 강철 멘탈이 되었습니다

최근 심금을 울린 말 중에 '그렇지! 진짜 그렇지!' 라며 마음을 끄덕이게 한 구절이 있다.

'인생을 살면서 고생을 해보지 않은 사람은 진정한 인간이 아니다. 인간의 허상이다. 단지 인생을 통과했을 뿐, 살지 않았던 사람이다.'라고 한 브라질 시인 프란시스코 오타비아노의 말이다. 이 당연한 진리가 마음 깊이 공명음을 내기까지는 수많은 고난의 날을 끝까지 살아내야 할 것이다.

돌이켜보면 내 인생 항해 길에도 크고 작은 고난의 파도가 끊임없이 밀려왔다. 때론 암초에 부딪히기도 했고, 때론 해일을 만나기도 했다. 지금은 잔잔한 바다를 항해 중이지만, 언제 또다시 장해와 맞닥뜨리게 될지 알 수 없다. 그러나 지금은 '고난의 파도여, 올 테면 와봐라!'는 태세이다.

내가 본래부터 강철 멘탈의 사람이었는가 하면 그렇지 않다. 오히려 프라시스코의 말처럼, 고생하면서 점점 강해진 케이스다. 이렇게 만들어준 고난이라는 파도는 언제 어떻게 휘몰아쳤을까? 일일이 다 열거할 순 없지만, 굳이 두 번을 꼽자면 삼사십 대의 일이다. 다행인 것은 고난의 파도를 잘 타고 넘으면, 반드시 기쁨의 파도가 기다리고 있다는 것이다. 슬픔 너머 기쁨의 길로 나를 인도해 준 것 중 하나가 '시' 다. 시가 내게로 와서, 위로하고 일어설 힘을 주었다. 용기 내어 앞으로 한 걸음씩 걸을 때마다 조금씩 강해졌다 '행복뿐인 행복이 없듯이, 불행뿐인 불행도 없다.' 는 것을 이제는 알 것 같다.

삼십 대 초반 감당키 어려운 인생의 파도가 휘몰아쳤다. 대학 졸업 후 들어간 첫 직장에서 전혀 예기치 못한 일로 퇴사하게 된 것이다. 회사가 추구하는 목표와 비전은 20대의 혼에 강한 정열을 불태우게 했다. 불면불휴의 날들이 이어졌지만, 전혀 힘들지 않았다. 오히려 사명의식을 가지고 즐겁게 일했다. 입사 5년 차 되던 해, 회사 전체에 마녀 재판식 광풍이 휘몰아쳤다. 그 대상이 된 사람들은 다 어이없이 쓰러져갔다. 나도 곧바로 지사로 발령받았다. 억울함이 심신을 갉아먹었지만, 보란 듯 2년을 버텼다. 진실을 증명하고 싶은 일종의 항거였다. 어떤 방법도 통하지 않는다고 판단될 즈음 사표를 냈다. 97년 가

을날이다.

그때 심정을 한 단어로 표현하긴 어렵다. 영화 '헤어질 결심'에서 주인공 '서래'의 살인 범죄를 눈감아준 형사 '해준'이 울부짖듯 했던 말인 '붕괴'라고 할 수 있을까? 나는 대인기피증이 생길 정도로 '붕괴'의 극심한 후유증을 앓았다. 상처투성이가 되어 폐허의 어둠 속에 홀로 널브러져 있었다. 이때였다. 박노해 시가 어둠을 가르며 나를 찾아온 것은.

《참된 시작》이란 시집에 실린 '그리운 사람'이라는 시를 만났다. 이 시는 내 아픔을 글자로 드러내서 위로해 주었다. 읽고 또 읽던 어느 순간, 마음속에 한 줄기 희망의 빛이 솟아올랐다.

『그래 울지 말자 오늘은 통곡할지라도
자신을 버리지는 말자 포기하지는 말자
시퍼런 슬픔의 심연 끝 바닥에 다다르면
그래 나는 다시 서서히 솟아오를 수 있을 것이야
허허로운 눈빛으로 다시 솟아오를 수 있을 것이야』

시에 사람을 따뜻하게 품어 일으키는 '넉넉한 품'이 있다는 것은 얼마나 찬탄할 일인가! 그때 시는 내게 이렇게 말하는 것 같았다. "너 많이 힘들구나! 그래도 포기하지 마, 다시 시작할 수 있어."라고. 덕분에 용기 내어 인생이라는 전쟁터에 다시 설 수 있었다. 어둠 끝에서 '참된 시작'을 할 수 있었다. 이때부터 박노해 시인을 좋아하게 되었다. 삶과 유리되지 않고, 고난 속에서도 희망을 퍼 올리는 그의 시가 좋았다고 해야 하나. 아무튼 나의 '시 사랑'은 현재진행형이다. 두루 많은 시인의 시를 좋아한다. 교보문고에 가면 제일 먼저 들르는 곳이 '시 코너'일 정도이다. 그것은 시를 향한 '경애심'의 표현이자, 정신을 고무시킬 '한 줄'을 찾아 나서는 나만의 즐거운 여정인지도 모른다.

사십 대의 인생 파도는 엄청난 해일을 동반했다. 잊을 수 없는 2011년 8월 15일이다. 이날은 엄마가 불의의 교통사고로 갑자기 세상을 떠난 날이다. 아버지가 신장암으로 돌아가신 지 7개월도 안 돼서 일이다. 늦은 저녁 막냇동생 전화를 받았다. 전화기 너머로 "누나 엄마가 돌아가셨어. 교통사고로 흑흑." 그 순간부터 한동안 인생의 암전이 시작되었다. 급작스레 닥친 황당무참한 엄마의 죽음을 인정할 수 없어 나는 통곡하고 또 통곡했다. 그 슬픔을 온전히 표현할 이 세상 언어는 없으리라. 다만 슬픔 속으로 뚜벅뚜벅 걸어와 함께 울어준 시가 있다는 것에 감사할 뿐이다. 이번에도 박노해의 시가 내게로 왔다. 빨간색 시집 커버에 선명하게 써진 《그러니까 그대 사라지지 말아라》는 제목 자체가 너무나 강렬했다. 삶의 의지가 약해진 그 순간에, "끝까지 살아야 해. 절대 사라지지 마!"라며, 영혼을 건져 올려준 시가 곁에 있었다는 건 불행 중 만난 행운이다.

『어둠이 이토록 무겁고 두텁고 무서운 것이었던가
추위와 탈진으로 주저앉아 죽음의 공포가 엄습할 때
신기루인가 멀리 만년설 봉우리 사이로
희미한 불빛 하나

산 것이다

삶은 기적이다
인간은 신비이다
희망은 불멸이다

그대, 희미한 불빛만 살아 있다면

그러니 그대 사라지지 말아라』

작년에 읽은 류시화 시인의 《마음 챙김의 시》라는 시집 제목처럼, 시는 항상 내 마음을 챙겨주고 변화시켰다. 아픔을 견뎌낸 만큼 강하게 단련된 것은 '시로 영혼을 담금질' 한 덕분일 것이다. 인생을 행복하게 잘 살자면 저마다의 방식으로 마음을 담금질하는 게 필요하리라. 존 듀이가 '가장 불행한 속에서도 행복을 찾아낼 수 있는 사람은 낙관주의 사람'이라고 말했다. '불행은 행복의 이면'임을 알기에, 그 무엇도 두렵지 않게 된 지금이야말로 "낙관주의 강철 멘탈이 되었습니다."라고 말할 수 있지 않을까!

04

자기답게 일하고, 자기답게 살자

"김 실장님 이거 어떻게 해요?" "김 실장님 바꿔
주세요." "김 실장만 믿어." 오늘도 대치동 김 실장은 바쁘다.
퇴사 후 나는 공인중개사 시험을 준비해 합격했다. 2000년 대
치동에 새로 오픈하는 공인중개사사무소에서 동업 형태로 일
하게 되었다. 그때 직함이 '실장'이다. 당시 대치동 빌라촌은
건설의 망치 소리가 드높았다. 70년대 영동 개발이 한창일 때,
논밭이던 이곳에 단독주택 단지가 조성되었다. 90년대엔 반지
하가 있는 다가구주택지로 변모하더니, 2000년대엔 1층이 필
로티 구조인 다세대 지역으로 탈바꿈이 한창이었기 때문이다.
강남 진입 관문으로 택하는 곳, '맹모삼천지교'의 학부모들이
전국에서 모여드는 강남 8학군 지역이 내가 일하던 대치4동 주
택가였다. 그때는 일요일도 없을 만큼 바빴지만, '물 들어올 때

노 젓자.' 며 열심히 일했다. 조직 생활에 염증을 느꼈던 내게 이곳 생활은 미지의 해방구 같았다.

실무경험이 많지 않았기에 현장답사 못지않게 부동산 분야 책을 많이 읽었다. 이 분야에서 성공한 여자 공인중개사의 중개 노하우를 담은 책을 읽고, 실무에 접목해 갔다. 연초에 발간되는 그해 부동산 시장을 전망하는 책도 빠뜨리지 않고 읽었다. 전천후 공인중개사가 되고자 그다지 중개 건수가 많지 않던 '토지 분야'의 책도 두루 섭렵했다. 나중엔 부동산 경매에 관심이 생겨 건국대학교 경매 과정을 수료했다. 《송 사무장의 경매 기술》등 다수의 관련 책을 열심히 공부했음은 물론이다. '아무리 생소한 분야라도 관련된 책을 몇십 권 읽으면, 그 분야에 눈 뜰 수 있다'고 한 말을 실감했다. 책을 통해 새로운 것을 알아가는 재미와 더불어 폭넓은 지식을 함양할 수 있었다. 이렇게 지식이 축적될수록 주위 사람들의 신뢰도 두터워졌다. 역시 공부는 학교 다닐 때만 하는 것이 아니다. 사회에 나오니 생활학문으로서 공부해야 할 것이 더 많아졌다. 배우지 않는 것은 '무기 없이 인생이라는 전쟁터에 나가는 것'과 같다. 경험상 가장 쉬운 배움의 방법은 역시 독서다. 책을 통해 몇천 년 전 현자의 지혜도, 앞서간 선배의 노하우도 내 것으로 할 수 있으니 말이다.

그 당시 베스트셀러는 단연코 로버트 기요사키의 《부자 아빠, 가난한 아빠》다. 부자 아빠가 왜 더 부자가 되었는지, 가난한 아빠는 왜 여전히 가난할 수밖에 없는지가 선명한 대비를 이룬다. 특히 부자 아빠가 "나는 돈을 위해 일하지 않는다. 돈이 나를 위해 일한다!"며, 그 법을 공부하라고 가르친 것이 매우 인상적이었다. 이렇게 일찌감치 부자 되는 가이드 책을 공부한 나는 과연 부자가 되었을까? 작년에 20주년 특별 기념판 《RICH DAD》가 발간되었지만, 나는 여전히 부자가 아니다. 책은 좋은 방향을 제시해 줄 수는 있어도, 그것을 현실화하는 것은 각자의 실행력임을 인정하지 않을 수 없다. 그래도 남은 건 있다고 위안 삼아본다. 부동산 분야 전문가가 되겠다며 두루 공부해 놓은 까닭에, 지금도 지인들 부동산 관련 상담을 하고 있으니 말이다.

대치동 시대가 평생 갈 거로 생각했지만, 사람 일이란 알 수 없다. 어떤 계기로 지금 회사로 이직한 걸 보면 말이다. 입사 이래 총무, 인사, 정책마케팅 부서를 거쳐 법무팀에서만 9년째 근무 중이다.(법무팀이라야 나 혼자지만) 원래 법무팀이 따로 있진 않았다. 2015년 다발적인 분쟁 및 소송이 생기면서, 법학을 전공한 내가 그 일을 도맡게 되었다. 5년여간 계속되던 소송이 잘 마무리되어 회사가 안정을 찾아갈 즈음, 90년대생들 신규 채용이 부쩍 늘었다. 통통 튀는 젊음이 매력적이었다. 익숙하게 접하던 70~80년대생 들과는 확실히 결이 달랐다. 지극히 개인주의적 성향이 선배들에게 신선한 자극도 되었지만, 때때로 팀워크를 방해하기도 했다. 자칫 꼰대로 불리기 쉬운 팀장들의 벙어리 냉가슴식 시름도 쌓여갔다. '나 때는 말이야. (Latte is horse)' 라는 유행어가 그런 분위기를 더 부추겼는지도 모른다. 그때 마침 나온 책이 임홍택의 《90년대생이 온다》였다. 당장 그 책을 사서 읽었다. 그들에 대해 궁금해서다. '워라밸' 을 중요시하는 등 그 세대 특성을 조금 알고 나니, 이해의 탄력성이 늘었다. 내 기준으로 판단할 게 아니라, 있는 그대로 받아들이는 것이 소통의 첫걸음이라 생각하게 되었다. 덕분에 '차이를 인정한다, 경청한다. 조화를 돕는다' 는 마음가짐을 정할 수 있었다.

작년에는 최명화의 《나답게 일한다는 것》에서 많은 인사이트를 얻었다. 읽어보라고 선물한 사람도 꽤 된다. 저자의 맥킨지 시절 일화를 통해, 나답게 일하기 위한 필수 조건은 '남과 비교하며, 밖으로 향하던 시선을 내 안으로 향하게 하는 것' 임을 알았다. 이 책에서 오래도록 마음을 잡아끈 구절은 바로 '성공은 남을 통해서만 가능하다.' 는 것이다. 저자가 상무 시절 이끌던 팀이 유례없이 좋은 결과를 냈던 해가 있었다. 그런데 웬일인지 그해에 함께 일한 팀원들이 연말 부서 간 이동 희망 신청을 가장 많이 했다고 한다. 충격을 받은 저자는 선배가 했던 이 조언을 떠올리게 된다.

> "명화야, 너 성공하고 싶지? 그럼 이 말을 기억해. Success is
> only through other."

여기서 명화라는 이름을 나로 바꾼다면 이 한마디는 지금 내게 꼭 필요한 조언이 된다. '일의 진정한 성공'은 나의 재능보다도, 나와 함께 일하는 사람의 '마음'을 얻을 때 비로소 가능한 것이리라. 또 한 가지가 있다면 '내 주위에 나의 성공을 바라는 사람의 숫자가 내가 얼마나 성공할 수 있는지 가늠해 주는 예상치'라는 구절이다. 이 말이 계속해서 내 마음을 치댔다. 그만큼 그동안 함께 일했던 모든 사람에게 감사한 마음도 깊어졌다. 한 사람이 그 자리에 있기까지는 많은 사람의 '응원과 헌신의 레일을 밟고 왔다는 것을 잊지 말자'고 다짐해 본다.

'격려의 달인'이 되고 싶다는 바람대로 후배들이 자주 찾아와 일과 인생에 대한 고민을 이야기한다. 그녀들은 많은 능력을 갖추었음에도 종종 자기 비하에 빠지거나, 업무와 인간관계 고민을 토로한다. 작년에는 《나답게 일한다는 것》외에 여러 책을 추천해 함께 읽고 대화하니, 공감과 변화의 폭이 훨씬 다양해졌다. 책을 읽은 후배들 건의로 올해 회사 워크숍에 최명화 작가를 초청해 강연을 들었다. 강연이 끝난 후 이구동성으로 당장 '자뻑 일기'를 쓰겠다는 이들에게 "너 자신의 빅팬 1호가 되자."며 응원을 보냈다.

돌이켜보면 나도 30여 년 사회생활 하는 동안 수없이 남과 비교하고 좌절했다. 그 과정을 견뎌낸 만큼 성장했고, 사람과 세상을 대하는 태도도 많이 달라졌다. 좋은 책이 보다 나은 길로 인도해 준 덕분이기도 하다. 그중에서도 이께다 다이시쿠의 《인생좌표》중 '앵매도리(櫻梅桃梨: 벚꽃은 벚꽃답게, 매화는 매화답게, 복숭아꽃은 복숭아꽃답게, 자두꽃은 자두꽃답게)라는 말이 큰 버팀목이 되었다. '매화가 벚꽃을 부러워하여 벚꽃이 되려고 해도, 아무런 의미가 없다. 매화는 매화답게 자신의 꽃을 피우는 것이 옳은 길이고, 그것이 행복이다.' 라는 구절을 보면 용기가 절로 난다. 행복해지는 길이 너무나 간단명료하지 않은가! 누구랑 비교해 위축되지 말고, 자기 길을 자기 속도로, 자기답게 꿋꿋이 걸어가면 될 일이다.

05

지금부터 나를 '리부트' 하며 산다

어느 날 TV 프로 '트롯 어워즈 2020'에서 가수 이미자가 노래하는 모습을 보았다. '나 슬픔 속에서도 살아갈 이유 있음은. 음~ 내 안에 가득 사랑이, 내 안에 가득 노래가 있음이라.'는 클라이맥스에서 나도 모르게 감동의 눈물이 주르륵 흘렀다. 처음 들은 이 노래는 '내 삶의 이유 있음은'이다. 당시 80여 세 고령임에도 전국투어콘서트를 한다는 그녀는 '트로트 100년 대상'을 수상했다. 요즘은 트로트가 대세지만, 외면의 긴 시간을 견디며 트로트를 불러 영광스러운 그 자리에 섰다는 것은, 그녀 안에 노래가 가득했기 때문이리라.

노래 가사마다 가수 이미자 인생이 오버랩되며, 감정이 증폭된 이유는 무얼까? 내 삶의 이유와 방향을 다시 한번 점검해야 할 나이에 접어들어서였을 것이다. 50세가 되니 '에엥~' 하고 몸

여기저기에 경고 사이렌이 울리는가 싶더니, 마음에는 더 요란한 경고 사이렌이 울렸다. 공자님 말씀이 무색하게 50세가 지나서도 '지천명'은 고사하고 '불혹'하지도 못한 채 흔들리고 있던 나. 잘살고 있는 건지?, 정년퇴직 후엔 무얼 하지?, 이렇게 혼자 늙고 죽는 것인가. 이런 고뇌가 가까운 현실문제로 훅 다가왔다. 아, 나는 이미자처럼 "내 안에 노래가 있어요."라고 자신 있게 말할 '한 방'도 없는데… UN에서 정한 청년의 나이가 65세라지만, 무언가 시작하기엔 늦었다는 '불안 터널'에 꼼짝없이 갇히고 만 시기였다.

그때 사이토 다카시 교수의 《50부터는 인생관을 바꿔야 산다》는 책이 눈에 들어왔다. 아니 '50부터'라는 단어에 더 끌렸는지도 모른다. 용케도 이 책에서 'No music, No life'라는 한 구절을 건져 올리며, 지천명은 아니더라도 '나'에 대해 한 가지는 분명히 알게 되었다.

저자는 대형 음반 판매장에 'No music, No life'라는 광고 문구가 걸려 있는 것을 보고 생각했다. 이 말은 '음악이 없으면 살 수 없다는 뜻이 아닐까?'라고. 그러면서 'Music'에 해당하는 것을 다른 말로 대체해 보라고 했다. '이것만 있으면 사는데 별문제 없다.', '다른 것은 아무것도 필요치 않다'는 것이 있다면 세상사는 보람이 생긴다고. 인생 후반전에 이런 대상이 있다는 것은 젊었을 때보다 훨씬 중요하다고 강조했다.

이 대목을 읽으며, 나에게 있어 'No OO,~' 은 무얼까? 곰곰이 생각해 보았다. 나는 무엇을 할 때 가장 행복하며, 시간 가는 줄 모르고 즐거워할까? 골몰히 생각하던 어느 순간, "아, 바로 그거야! 글을 쓸 때잖아. 무언가 쓰기 시작하면 무아지경에 빠지잖아!"라며 유레카를 외쳤다. 정말 그렇다. 나는 글을 쓰고 있노라면 세상 부러울 게 없다. 즐거워 밤늦도록 지루할 틈이 없다. '몰입의 행복감'을 느끼는 모양이다. 이쯤 되면 'No writing, No life'라고 말해도 되지 않을까?

이때가 부모님이 돌아가신 지 10년쯤 될 무렵이다. 그동안 쌓였던 부모님에 대한 그리움과 고독감이 10년 주기를 맞아 봉인 해제된 듯 터져 나와, 한동안 힘든 날들이 이어졌다. 생전에 부모님은 결혼도 안 하고, 혼자 사는 나를 많이 걱정했다. 그때마다 "결혼한다고 행복한 것도 아니고, 결혼 안 한다고 불행한 것도 아니야. 나는 이대로 좋아."라며 부모님을 안심시켰더랬다. 이제껏 별일 없이 잘 살아왔는데, 갑자기 새삼스레 밀려드는 이 고독감은 도대체 무엇이란 말인가! 후배 몇 명은 벌써 비혼을 선언한 터다. 후배들과 달리 나는 '어쩌다 비혼'이라서 그런 건가? 전에 없던 내 모습에 오래전 결혼한 친구가 "야, 혼자이면서 고독한 게 낫지. 둘이면서 고독한 게 더 힘들어."라고 말했지만, 별 위로가 되지 않았다. 인간의 근원적 고독감은 결혼 등으로 해결되는 게 아니라는 것을 잘 알면서도, 마음은 점점 우울해졌다.

이런 내 맘을 들킨 걸까? 언니가 "한비야가 결혼해서 책을 냈데. 읽어봐."라며 따끈한 소식을 전해주었다. "정말?" 나는 믿을 수 없었다. 《함께 걸어갈 사람이 생겼습니다》라는 신간을 확인하기 전까지는 말이다. 한비야는 오래전부터 내 선망의 대상이었다. 《바람의 딸 걸어서 지구를 세 바퀴 반》, 《지도 밖으로 행군하라》를 읽으며 사십 대를 보낸 나는 그녀에게 열광했다. 거기엔 언니뻘 되는 그녀가 나와 같은 미혼이라는 동질감과 자기만의 방식으로 인생을 개척해 간 독특한 이력이 한몫했다. 그런데도 그 당시 그녀 나이를 감안할 때, 결혼은 쉽게 연상되지 않았다. 늦도록 혼자였던 그녀가 도대체 어떤 사람을 만나 결혼했을까? 궁금해서 단숨에 책을 읽어 내려갔다. '함께 하는 시간은 행복하고, 혼자 있는 시간은 충분히 자유로운 자발적 장거리 부부의 실험적 에세이' 라는 글귀가 먼저 눈에 들어왔다. 1년 중 3개월은 남편의 나라 네덜란드에서, 3개월은 한국에서 '같이' 지내고, 나머지 6개월은 '따로' 보낸다는 '333타임' 은 너무나 신박한 결혼생활 방식이다. 그녀가 여전히 내 선망의 대상임이 분명해지는 순간이었다. '우리는 60대에 만나

30년을 잘살아 보기로 했다.'는 선언 역시 그녀답다. '그래, 결혼 여부에 얽매일 필요도, 나이에 얽매일 필요도 없어. 이 굴레에서 나를 해방하자. 나답게 행복하게 사는 거다. 인생은 언제나 열린 결말로!' 이렇게 마음을 정하자, 갑자기 몰려온 우울한 그림자가 말끔히 사라졌다. 더할 나위 없이 소중한 자유를 만끽하고 있는 요즘, 톨스토이의 명언이 눈에 들어왔다. '서둘러 결혼할 필요는 없다. 결혼은 과일과 달라서 아무리 늦어도 제철을 놓쳤다거나 하는 경우는 없다.'는 것이다. 내 주변엔 유독 사십 대 미혼 여성 후배가 많다. 이들의 고민 중 하나는 역시 '결혼'이다. 한비야와 톨스토이의 말을 들려주니, 그녀들의 눈이 희망으로 반짝인다. 흔들리던 시기, 독서로 이런 사색의 시간을 갖지 않았다면 어떻게 되었을까? 아마 지금도 내가 무엇을 가장 좋아하는지, 어떤 모습으로 인생 후반전을 살고 싶은지도 모른 채 헤매고 있을 것이다. 책에서 본 한 구절이, 책에서 만난 어떤 삶이, 이 인생의 터닝 포인트가 되었다. 책은 이렇게 보물 같은 선물을 아낌없이 내게 주었다.

그즈음 전 세계가 코로나로 요동쳤다. 마스크 행렬이 거리를 뒤덮는 암울한 시간이 계속되었다. 온 세상을 단절시킬 기세로 위협하던 코로나에 맞선 회복 탄력성 높은 인류는 더 빨리, 더 넓게 세상과 사람을 연결해내고 말았다. 이에 따라 386세대인 나는 네이버, 유튜브 시대를 거쳐 가상 세계 시대를 급속도로 맞게 되었다. 디지털 세상이 아무리 빠르게 변해도, 나는 "아날로그 감성은 소중한 거야."라며 느리게 최소한으로 변화해 왔다. 그래도 큰 불편함 없이 지금껏 잘 살아왔던 터다. 그러나 코로나로 인해 재편되고 있는 세상은 지극히 아날로그적인 일상에 큰 파문을 일으켰다. 변화에 그리 민감하지 않던 내가, 이제는 일상생활에서 디지털을 적극 활용하지 않으면 잘 살아가기는 힘들겠단 생각을 하기에 이른 것이다.

그때 코로나라는 커다란 시대 위기를 오히려 성공 기회로 만들었다는 김미경 대표가 궁금해져 《김미경의 리부트》라는 책을 읽었다. 사람 이름 뒤에 컴퓨터 용어로 익숙한 '리부트'란 단어가 붙어 있어 호기심이 유발되기도 했다. '리부트'라는 말의 어원은 부팅을 다시 시작하는 것, 즉 에러 등이 있을 때 '컴퓨터를 껐다가 다시 켜는 것'을 말한다. 영화 등 시리즈로 만들어진 창작물 경우에는 '그 연속성을 단절시키고 처음부터 다시 만드는 것'을 말하기도 한다. 할리우드의 '배트맨 비긴즈'는 죽어가던 배트맨을 기사회생시켜 흥행 돌풍을 몰고 온 대표적인 리부트 영화다. 한 사람 인생을 한 편의 영화라고 한다면, 이 책은 제목부터 '이제까지 살아왔던 삶의 연속성을 단절시키고 처음부터 다시 시작하겠다.'는 저자의 강한 변혁 의지가 느껴진다. 저자는 자기 경험을 바탕으로 모든 사람의 빠른 변화를 재촉했다. '4가지 리부트 공식'으로 구체적 방향성을 제시해 주면서 말이다. 하지만 내 호기심은 '딱' 거기서 멈추고 말았다. 무언가를 시작하기엔 이미 늦었다는 '추격 콤플렉스'에 빠진 걸까? '평범한 사람들의 가장 평범한 두려움은 바로 남들보다 늦었다는 불안감'이라 했다. 낯선 세계로 나가고픈 작은 불씨는 이 불안감에 압도당해 버렸다. 저자는 나 같은 사람이 '추격 콤플렉스'를 이겨내려면 '늦었지만 그러나 나는 출발한다.'라는 '그러나 정신'이 꼭 필요하다고 격려했다. 하지만 사그라진 불씨는 좀처럼 다시 살아나지 않았다. 계속 주춤거리던 내게 롭 무어는 《결단》에서 이렇게 뼈 때리는 말을 했다. '일단 시작하고, 나중에 완벽해져라'라고. 어느 날 드디어 오랜 망설임에 마침표를 찍었다. 우선 '4가지 리부트 공식' 중 첫 번째인 '언택트를 넘어 온택트로 세상과 연결하라.'를 실천해 보기로 한 거다. 우선 세상과 소통할 통로로 '블로그'를 해보기로 했다. 블로그에 난생처음 글을 써서 올릴 때는 워드 친 것을 옮겨 붙이는 수준이었지만, 차츰 여러 기능을 습득해 적용했다. 이렇게 내가 좋아하는 글쓰기를 하며, '온택트'의 문을 하나씩 열어갔다.

지금도 여전히 아날로그 감성을 가지고, 4차 산업혁명 시대를 항해 중이다.

디지털 바다에 '나'라는 배를 띄우고, 새로운 항해법을 하나씩 배워가면서. 물론 앞선 항해자에 비하면 엄청 뒤늦은 출발이다. 그러나 새로운 세상을 향한 나의 '리부트'는 나만의 속도로 계속될 것이다. 좋은 책에서 '현자의 지혜'를 빌리면서.

07

책이 선물한
긍정적
스토리텔링

김진희

01

긍정의 신호 보내기

차를 타고 길을 찾아가다 보면 "경로를 이탈하였습니다." "경로를 이탈하였습니다." 반복되는 메시지를 곧잘 들을 수 있다. 그럴 때면 누구나 조바심을 낸다. 하지만 잘 못 들어선 길이라도 무한 재탐색해 주는 내비게이션만 있으면 걱정하지 않는다. 제아무리 길치라도 목적지에 잘 도착한다.

되돌아보면 내 인생 경로는 늘 가시밭길이었다. 네비게이션과 같은 친절한 조력자도 없었다. 홀로 버티기. 날마다 서러웠다. 철들 무렵 《나의 라임 오렌지 나무》를 읽었던 날이 아직도 선명하게 기억난다. 책을 읽는 내내 가슴이 미어져서 하염없이 눈물을 흘렸다.

어린 소년 제제를 떠올리면 지금도 가슴이 먹먹해진다. 제제는 비밀 친구 뽀르뚜가 아저씨를 떠나보낼 수 있었을까? 친구가 되어준 라임 오렌지 나무도 그립지 않았을까? 나는 철들어 가는 동안 그 책을 자주 꺼내 보았고, 계속 제제의 마음을 헤아려 보았다. 마치 나인 것 같던 제제가 늘 안쓰러웠다.

키가 자라는 만큼 나이가 더해질 때마다 다시 읽는 책은 디자인 싱킹의 묘한 매력이 있다. 감동을 주는 명작동화는 읽을 때마다 다른 감흥을 준다. 가령 《어린왕자》나 《나의 라임오렌지 나무》 그리고 전혀 다른 부류인 《삼국지》 같은 역사소설을 읽을 때도.

어릴 적 내가 기억하는 나는 늘 성당에 있는 성모 당 앞에 무릎 꿇고 기도하던 모습이다. 기도하며 빌었던 내 소원은 둘 중 하나였다. "천국이 있다면 하루빨리 죽어서 평안해지게 해 주세요!" 아니라면 "제발 어른이 될 수 있도록 빨리 자라게 해 주세요!" 그 당시 나는 흔한 운도 따라주지 않던 삶을 치열하게 버텨내는 중이었다.

만석꾼 집안의 귀한 늦둥이로 태어난 아버지는 시청 공무원이셨다. 60년대 청년기를 보낸 부친은 테니스와 색소폰을 즐기던 한량이기도 했다. 만능 재주꾼인 아버지는 서른세 살까지 독신주의 삶을 누리고 있었다. 어머니 또한 맞선을 200번 넘게 보며 퇴짜 놓기 바빴던 콧대 높은 스물아홉 살 노처녀 아가씨였다. 당시 유복한 두 집안의 노총각과 노처녀의 결혼식은 마을 축제였다고 한다.

여느 동화처럼 "그 후로 그들은 오랫동안 행복하게 잘 살았습니다." 그렇게 이상적인 결혼생활을 하셨다면 좋았을 텐데… 그랬다면 어쩌면 내 삶도 평탄했을 것이다. 해피엔딩일 것만 같았던 부모님의 결혼생활은 기대와 달랐다. 아버지가 마흔 초반이 되던 어느 날 갑자기 건강에 이상 신호가 찾아온 후 불행이 시작됐다. 어처구니없게도 불운한 아버지는 의료사고로 끝내 건강을 회복하지 못했고, 이후로 직장생활도 하지 못했다. 추측하듯 그 후로 본인의 처지를 비관한 부친은 폭군이 되었다.

나는 언제부터 철이 들었던 걸까? 힘겹던 어머니는 한풀이였던 넋두리를 매일 두세 시간씩 내게 했다. 모모처럼! 꼬마였던 나는 내 가슴에 멍이 드는 줄도 모르고 그저 듣고 있었다.

자라면서 그나마 다행이었던 것은 내가 살았던 진해는 봄마다 벚꽃이 피었는데, 매년 아름드리 피는 벚꽃은 나를 위로해 주기에 충분했다. 만개한 벚꽃이 져서 아쉽게 흩날리던 어느 날. 내게도 작은 기적이 찾아왔다. 평생 장사를 했던 엄마는 해마다 군항제 기간이면 더욱 바빴는데, '해군의 어머니상'을 받을 정도로 인맥이 넓었다. 그 덕분에, 당시 아주 귀했던 세계 명작 어린이 그림책 전집을 구해오셨다. 그때 나는 초등학교 고학년 이었지만, 가장 소중한 친구를 꼽으라면 단연코 내 책장에 있던 그림책 전집이었다. 모든 그림책이 내게 말을 건네는 것 같아 고독함을 달랠 수 있었던 것 같다. 그래서 무척 아꼈는데, 마침 대학교에 다니던 사촌 언니도 그림책을 좋아한 탓에 엄마 가게에 아르바이트한다는 핑계로 방학 때마다 놀러 오곤 했다. 값진 물건이 집에 들어오니 좋은 사람도 덩달아 왔다. 사촌 언니는 재미있는 대학 생활 이야기와 많은 조언을 해주었다. 덕분에 내게도 꿈이 찾아왔고 그나마 숨통이 트였다.

그림책은 상상 초월 에피소드와 모험 이야기들로 가득하다. 특히 대부분의 주인공은 하루아침에 신분이 상승하여 오랫동안 행복하게 잘 살았다든가. 값진 보물을 얻어 벼락부자가 되어 평생 행복하게 살았다든가. 그런 이야기들로 가득해서인지 대리만족이 되었다. 아마도 이솝우화와 명작동화를 읽었던 어린 시절의 나는 잠시나마 현실에서 탈피하여 행복감을 느꼈던 것 같다. 동심의 마음에 희망으로 가득 찬 다른 세상은 꿈을 꾸게 하는 멋진 일임이 틀림없었다.

곰곰이 생각해 보면 '이·생·망' 인생이라 생각했던 내게 올바른 어른으로 성장할 수 있게 한 동력이 있다. 그토록 싫어했던 아버지의 배포와 재주를 물려받은 것이다. 특히 색채 감각이 뛰어나 미술적인 소질이 있었던 나는 학창 시절 손재주가 남달랐다. 미술 선생님과 가정 실과 선생님들은 내성적이고 위축되어 있던 내게 관심을 보이며 용기를 주셨다. 내 작품은 매년 학교에서 열리는 작품전시회 정중앙에 놓이곤 했다. 그건 동정심에서 우러난 선택이 아니라 내 실력으로 얻어낸 성취였으므로 자신감 형성에도 도움이 되었다.

이제껏 살면서 내내 아쉬운 것은 어려운 가정형편으로 미술학원에 보내 달라는 말도 미술학과에 진학하고 싶다는 말도 못 한 것이다. 눈치가 빨해 옷 투정 반찬 투정 한 번 해본 적 없던 나였다. 그 당시 고생하는 엄마에게 힘이 되어 드릴 생각뿐이었다. 착한 딸이어야만 했으니깐. 그래서 집에서 다닐 수 있는 근거리 대학 중에 전문직으로 돈벌이를 할 수 있는 간호학과에 진학했다. 다행히 나는 말한 대로 특출난 손재주와 눈치가 있다. 뭐든지 빠르게 습득하고 멀티가 가능해서 간호사 일은 천직이다. 하지만 아직도 화가가 되지 못한 것이 못내 아쉽다.

그림에 관심이 많은 덕택에 나는 틈 만 나면 혼자서라도 미술관에 놀러 갔다. 작품을 감상하는 일은 몇 안 되는 즐거운 놀이이고 행복한 취미활동이다. 사회 초년생부터 고흐의 해바라기 작품을 특히 좋아하는데, 이글거리는 태양처럼 뜨겁고 격정적인 해바라기는 내 삶과 닮아있다는 생각이 든다. 고흐가 짧은 생을 불꽃처럼 살다 간 점도 마음에 들었다. 늦은 나이에 화가가 되었지만, 예민하고 섬세함으로 그림에 대한 열정이 드높았던 점도 좋았다. 농민이나 약자를 주로 그리며 그들의 삶을 이해하고 있는 듯해서 괴팍한 고흐였지만 매료되기에 충분했다. 나도 이해받고 있는 듯해서 동화되었다.

이후 그림책의 영향 탓인지 학창 시절 나는 비현실적이며 유머 있고 통쾌한 만화책을 좋아하게 되었다. 어른이 되어서도 내내 만화책을 끼고 살았다. 공상에 빠트리게 하고 스트레스를 풀어주는 만화책은 절대 질리지 않는다. 평소 주변에서 내게 창의성이 높고 문제해결력이 좋다는 칭찬을 곧잘 하는데, 내 생각에는 아마도 만화책의 영향이 큰 것 같기도 하다. 만화책에 담긴 작가들의 다채로운 그림들이 늘 흥미롭다. 더구나 만화 주인공들의 감정선이 담긴 짧은 글이 더해지면 이보다 완벽한 장르는 없는 것 같다. 현실에서 잠시나마 탈피하여 유연해지는 것 같기도 하고… 내게 매번 긍정의 신호를 보내고 있는 만화책은 아낌없이 주는 나무인 것 같아 만족스럽다.

02

서른 즈음의 버퍼링

드디어 그토록 바라던 어른이 되었다. '이젠 비참한 현실에서 도피할 수 있다! 다행이다!' 나는 안도의 한숨을 쉬며 최대한 집에서 먼 곳으로 도망쳤다. 이후 남편을 기타 동아리에서 강사와 수강생으로 만났다. 그 당시 남편은 건축설계 사무소에 다니고 있었는데, 직장인 기타 동아리에서 봉사하고 있었다.

기타 강좌가 끝나는 날 문득 남편이 독립문 공원 근처에 있는 내 병원기숙사까지 데려다주겠다고 한다. 배웅이 끝나기 전에 "형! 아직 기타를 잘 치지 못하는데 어쩌죠?" "3교대 근무라서 시간이 안 맞아 다시는 기타를 배우지 못할 것 같아요." "아쉬워요…" 했다. 이윽고 남편은 "괜찮아! 앞으로 평생 내가 네 곁에서 기타 쳐 주면 되지…" 그렇게 우리들의 연애는 시작되었다. 연애하는 2년 동안 남편은 상처투성이인 나를 잘 다독여 줬고 사랑받는 기쁨을 알게 해 줬다.

우리 부부는 책 읽고 토론하는 것을 즐겨한다. 둘은 독서 취향이 완전히 달라서 이야기를 시작하면 밤을 새우기 일쑤다. 나는 한 가지 주제에 관심이 생기면 그 관심이 다른 관심을 낳아, 꼬리에 꼬리를 무는 독서 습관이 있다. 그러나 남편은 한 분야의 책을 정독하며 탐구하듯이 읽는다.

독서가 취미였던 우리는 중고책방을 특히 좋아해서 남편과 함께 중고 서점에 가는 날은 늘 설렜다. 마치 보물창고에 가는 호사를 누리는 것 같았다. 삐뚤삐뚤 아무렇게나 꽂혀있는 책을 보면 흥분된다. 어렸을 때 동네 친구들과 전봇대를 사이에 놓고 해가 질 때까지 놀아서 엄마에게 혼났던 때와 같다. 왼 종일 구미가 당기는 책을 꺼내 읽고 있으면 시간 가는 줄 모른다.

이렇게 다르지만, 잘 맞는 우리 부부는 결혼생활을 시작할 때 최소 10분 만이라도 잠들기 전에 책을 읽자고 했다. 좋은 글귀가 있으면 서로 낭독해 주고 공감해 주기로… 책은 나에게 아주 특별한 의미가 있었기 때문에 독서를 통해 남편과 함께 성장하고 싶었다. 그러나 잠들기 전에 매일 독서를 통해 소통하겠다던 약속은 고단한 육아와 직장 일로 잘 지키지 못했다.

책을 손에서 놓치고 싶지 않았던 이유는 무수히 많다. 그중에서 가장 큰 이유를 꼽자면 나에게 있어 책은 가장 소중한 깐부라는 것. 어린 시절 원망 가득한 삶을 살았지만, 성당에 있던 작은 도서관으로 달려가서 책을 읽을 때면 시름을 덜 수 있었다. 내 독서 습관으로 《톰 소여의 모험》을 읽고 《허클베리 핀의 모험》을 읽은 후 《보물섬》을 읽었다. 특히 《허클베리 핀의 모험》에서 호크의 활약 부분을 읽을 때는 흥분되었다. 지금도 가장 아끼는 책 목록 중의 하나이다.

어릴 때 읽던 책의 의미는 현실 속에 갇혀 있던 내가 책 속의 주인공과 호흡을 같이 한다는 것이다. 마치 책 속의 주인공과 같은 생각과 같은 행동을 하며 같은 공간에 있는 듯한 동질감을 느끼게 해 준다. 한창 인기 있었던 텔레비전 만화 《말괄량이 삐삐》를 볼 때 내 친구 삐삐와 함께 세상을 누비며 모험하는 것 같아 즐거웠던 것처럼.

여러 책을 쌓아두고 읽는 습관이 있는 나는 마음에 드는 구절이 눈에 뜨이면 포스트잇으로 표식을 남긴다. 특히 《어린 왕자》의 여러 구절을 좋아했는데, "사막이 아름다운 이유는 어딘가에 우물이 숨어있기 때문이야" 명언을 읽고 줄을 긋고 가슴에 새기고 있다. 당시 내 삶은 끝이 보이지 않는 열대 사하라 사막쯤 된다고 생각했는데… 내게도 어딘가에 우물이 숨어 있기에 살아갈 이유가 있다고 생각해서 힘을 얻었다. 독서 할 때면 충분히 보상받고 있는 느낌이 들어 행복하다.

결혼생활을 시작할 때 누구나 그렇겠지만, 특히 연봉이 괜찮았던 나는 나름대로 장밋빛 마스터플랜이 있었다. 하지만 남편은 운동을 하겠다며 직장을 그만두었다. 그런 남편을 왜 만류하지 않았을까? 그때는 죽어라 일하는데 고생만 하던 울 엄마. 공평하지 못한 세상에 대한 원망이 컸던 탓일까? 세상이 조금 바뀌었으면 좋겠다고 생각했었다. 그 당시 내린 결정으로 늘 어둡고 쓸쓸한 출구 없는 터널을 지나는 듯했다.

그러나 다행인지. 내게는 요상한 잠금장치가 있다. 어린 시절 비관적인 나날을 보낸 탓에 열등감이 심했던 내게 주신 신의 축복이었을까? 만능열쇠와 요상한 서랍 칸! 내 머릿속에는 만능열쇠로 채워진 요상한 서랍 칸이 있다. 복잡하고 힘겨운 근심은 서랍 칸 속에. 제아무리 얼룩진 상처와 슬픔이 밀려와도 서랍 칸에 꾹꾹 눌러 담아 만능열쇠로 잠그면 그만이다. 그렇게 만능열쇠가 있어 다행이라고 생각했다.

그래서인지 중고등학교 학창 시절이 전혀 기억나지 않는다. 몇 반이었는지도 친구 아무개 누가 있었는지도 모르겠다. 그저 불행했던 학창 시절을 늘 혼자 감당하기엔 힘겨웠으니까. 기억회로를 차단하며 요상한 서랍 칸을 만능열쇠로 잠근 것이다.

만능열쇠로 채워진 마음속 서랍 칸은 판도라의 상자일까. 아니면 치유해야 할 목록일까.

이후 어른이 된 후로도 오랫동안 억지로 닫아두었던 서랍 칸은 불쑥불쑥 슬그머니 열려 나를 곤혹스럽게 할 때가 있다. 그런 날에는 어김없이 우울함이 밀려들었다. 그렇게 '슬픔' 이라는 무게가 나를 짓누를 때면 손에 잡히는 대로 책을 읽었다. 일기장과 낙서장에 허다하게 책 속의 좋은 글귀들을 다짐처럼 쓴다. 내면을 똑바로 응시하며 나의 감정을 고스란히 갈겨쓰고 해소해 본다.

요즘 '어른이' 라는 신조어처럼 막상 어른이 된 젊은 나는 성숙하지 못했다. 부모에게서 독립하고 내가 선택한 결혼을 하게 되면 꿈같은 미래가 펼쳐질 줄 알았는데… 알에서 깨기 위해 고군분투하며 애쓰는 날들을 보내야 했다. 어느 날 문득 '아! 이제 드디어 그토록 바라던 어른이 되었잖아.' '원망과 좌절에 굴복해서 인생을 허비하지 말아야지'. 생각이 들어 책을 통해 마음 성장 훈련을 해야겠다고 다짐했다.

이때 서른 즈음의 버퍼링을 거친 후 마흔으로 접어들던 때였는데, 자아정체성을 찾기 위한 도전적인 과제로 박경리 작가의 《토지》 읽기 완결을 결심했다. 3교대 근무와 육아로 피곤한 나날을 보내던 내게 20권 분량의 《토지》는 과업처럼 느껴졌다. 하지만 《토지》 소설을 나의 마음 성장 훈련을 위한 책으로 선택한 이유는 숱하게 많았다. 우선 박경리 작가의 26년간의 집필에서 느껴지는 인간승리에 대한 경외심이다. 20권인 《토지》는 600명 정도의 인물이 등장하는데, 한 명 한 명 창조해 낸 등장인물들의 말에는 힘이 있다. 그 말들이 내게 살아갈 힘을 주고 살아내라고 독려하는 것 같아 감동을 준다.

인물들은 각기 다른 생각과 모습을 하고 있지만, 애달프고 간절하게 그리고 안간힘을 쓰며 살아내는 모습을 보여준다. 한 권의 소설책이 내게 긍정적인 성찰을 해야 한다고 알려주고 있다. 자꾸 채근한다. 그래서 힘을 내어본다.

'도시 인간들이 이룩한 것은 무엇인가?" 백팔번뇌, 끝이 없구나, 세사 한 귀퉁이에 비루한 마음 걸어놓고 훨훨 껍데기 벗어 던지며 떠나지 못하는 것이 한탄스럽다. 소멸의 시기는 눈앞으로 다가오는데 삶의 의미는 멀고도 멀어 너무나 아득하다.'

박경리, 2005. 「토지」 서문 중

03

독서는 나의 교육관을 만든 장본인

　　큰아들의 초등학교 입학통지서를 우편으로 받던 날은 학부모가 된다는 기대와 걱정으로 알쏭달쏭했던 감격의 순간이었다. 우리 부부는 매달 가족회의를 하고 독서토론을 하는 가풍을 만들기로 했다. 당장 집에 있던 텔레비전을 치우고 거실에 책장과 책상을 놓아 작은 도서관을 만들었다.

"엄마! 이번에 마법 천자문 살게요" 어이없게도 초등학교 3학년이던 큰아들은 매번 만화책을 사겠다고 한다. 나는 아이들 성장기에 '책 읽는 아이' '탐구하는 아이'로 자랄 수 있도록 하기 위해 갖은 애를 썼다. 애석하게도 큰아들은 3학년이 될 때까지 레고와 프라 모델에 푹 빠져 있었다. 지금 와서 돌이켜보면 어쩌면 아들이 초등학교 입학한 이후부터 학년마다 추천 필독서를 읽히고 독후감을 쓰게 했는데, 책 읽는 재미를 알기 전에 질려버렸던 것은 아니었을까.

그 당시 별도리가 없어서 나도 아이들도 만화책을 무진장 읽어 댔다. 수많은 만화책을 탐닉하던 아이들. 키득키득 유쾌하게 웃던 천진난만한 우리 새끼들. 얼마나 좋던지.

내게는 특별히 애정하는 만화책 리스트가 있다. 그중에 가나출판사의 《그리스로마 신화》 만화 시리즈를 특별히 아끼고 이제껏 소장하고 있다. 서영 작가님의 그림은 더없이 깔끔하고 수려하다. 대학에서 섬유공예를 공부한 것도 디자인 일을 한 이력도 특이했다. 더군다나 그림책이 좋아져서 작가의 길로 들어섰다고 한다. 나도 언젠가는 그림 그리는 화가나 그림 작가가 되고 싶어서 대리만족이 되는 것 같아 작가님을 좋아한다. 지금도 늘 응원하고 있다. 재작년에 서영 작가님이 글과 그림을 발간했던 《여행 가는 날》이 《제2회 쓰타야 대상》 8위 작품으로 선정되었다는 기쁜 소식을 접했다.

《여행 가는 날》은 밝은 톤의 색감으로 포근하고 편안한 느낌을 주는 그림책이다. 더욱 마음에 와닿는 것은 '죽음'이 두렵고 무서운 것이 아니라는 메시지다. 그리웠던 사람들을 만나고 또 다른 행복을 찾을 수 있는 새로운 여정을 잘 표현하고 있어서 마음이 찡했다.

만화책에 심취해 있던 녀석들을 위해 여러 궁리 끝에 새해가 시작될 때마다 나는 아이들과 독서 나무 포스터를 직접 꾸미고 만들었다. 자신들이 만든 포스터에 책 한 권 읽을 때마다 스티커를 차례로 붙여나가고 미션을 완수하면 소원을 들어주거나 책을 사주었다. 대신 만화책이나 그림책은 스티커 한 장. 동화책이나 문학책은 스티커 두세 장. 그렇게 동화책과 문학책을 읽는 재미를 느끼게 해주고 싶어 착안한 궁여지책이었다.

이 시기 우리 집은 보라매공원 근처에 살고 있었는데, 조금만 눈길을 돌려도 시립도서관과 서점들이 즐비해 있었다. 아이들은 주로 청소년 수련관이나 구민체육센터에서 방과 후 활동을 했다. 그곳에는 대부분 책이 갖춰져 있었다.

집과 센터를 가로지르면 우리들이 좋아하던 참새 방앗간이었던 대형서점이 있다. 이렇게 집의 거실 책장과 도서관 그리고 센터와 서점을 오가며 책 읽기가 매일 계속되었다. 다행히 서울은 교통이 편리해서 어린이 도서관이나 교보문고, 파주출판단지 같은 곳이 지척에 있다. 아이들과 함께 주말과 방학마다 도시락을 싸서 도서관 탐방을 했는데, 도서관을 놀이터 삼아 왼 종일 책을 읽고 놀았다.

"반드시 동화책 1권을 읽어야 만화책 2권을 읽을 수 있어" "자! 약속하는 거야" 매번 만화책을 우선으로 가지고 왔던 아이들에게 책 읽기 규칙을 정해 주었다. 처음에는 만화책을 빨리 읽고 싶어서 동화책을 건성으로 읽던 아이들이 초등학교 고학년이 되던 어느 순간부터 동화책과 문학책만 가져오게 되었다. 드디어 그토록 바라던 책 읽는 재미를 느끼기 시작한 것이다.

"지금 읽으려고 하는 책의 글밥이 너무 많지 않아?" "요즘에는 왜 만화책을 읽지 않니?" "동화책이 더 재밌어진 거야?" 아들에게 물었다.

아들은 집에 있는 위인전을 단계별로 읽었던 경험을 말해주었다. 처음에 그림책으로 읽었는데, 자세하게 알고 싶어서 동화책을 읽었다고 한다. 그런데 너무 재밌었다는 것이다. 더 궁금해져서 중학교 수준의 글밥 많은 높은 단계의 위인전을 읽는 순간 흥미진진해서 시간 가는 줄 모르게 되더라는 거다. 심지어 엄마 몰래 이불을 뒤집어쓰고 밤새 읽은 적도 있단다. 책 읽기를 통해 지적 성장은 물론 독서가 가풍이 되도록 노력했는데, 결실을 본 것 같아 뿌듯했다. 인생을 살다 보면 노력이 헛되지 않은 순간이 반드시 온다.

가족 독서 풍토를 만들기까지 나는 네 명 가족의 도서 대출증을 모두 만들어 동작구 도서관과 관악구 도서관 그리고 작은 마을도서관으로 사방팔방 책을 대출해 배낭에 담아 와서 책을 읽혔다. 그리고 우리 부부가 아이들 앞에서 더 신경 쓴 부분은 책 읽는 모습을 보여주는 것이었다.

아이들이 고학년이 되었을 때 해리포터 시리즈가 돌풍을 일으켰다. 이내 기발한 해리포터 작품을 창조해 낸 작가 J.K.롤링에 나는 완전히 매료되었다. 문득 작가라는 직업은 과히 범접할 수 없고 대단하다는 생각마저 들었다. 해리포터 시리즈 내내 펼쳐진 다양한 에피소드는 박진감이 넘쳤고, 소위 말하는 저세상 느낌이 들었다. 전 권을 재미있게 읽으면서 작가의 무궁한 상상력과 필력에 감탄했다. 그래서 원서 그대로 읽고 싶은 충동이 생겨 영어 공부를 다시 시작한 계기가 되었다.

시대를 지날 때마다 우리 사회는 크고 작은 주요한 관심사가 있어 왔다. 이 시기의 이슈는… 글로벌 리더였다. '리더십' '좋은 성품' '글로벌 인재 양성'과 관련해서 한창 열을 올리던 때였다. 큰아들은 초등학교 4학년 때 같은 반 친구 부모님이 리더십 센터를 운영하고 있어서 방과 후 글로벌 리더십 센터에 다니게 되었다. 이곳의 교육방침은 아이들을 지덕체를 갖춘 글로벌 리더로 성장시킨다는 것이다.

센터에서의 주요 일과는 매일 독서하며 글쓰기 훈련을 하고 토론을 통해 말하기 능력과 자신감을 키우는 것이 기본 과정이었다. 부모들 역시 매주 한 번씩 독서토론회에 참가해야 했다. 나는 중고등학교 때 문예반 활동을 했고 대학교에서는 독서 세미나를 계속했기 때문에 또래 친구 엄마들과 하는 책 모임이 무척 반가웠다.

그 당시 리더십 센터에서 선정한 책은 우리나라와 마찬가지로 교육 열풍이 심각한 중국의 1% 인재들 이야기였다. 한창 아이들의 두뇌 발달과 창의력 향상에 관심이 많았던 터라 국가에 이바지하는 1%의 영재로 키워낸 부모의 교육철학을 배우며 내 자녀에게 접목할 수 있어서 좋았다. 3년간 매주 꾸준하게 독서 모임을 하면서 나는 나의 내면을 바라보는 훈련을 했고 성찰하게 되어 마음이 단단해져 가고 있었다.

책이 내게 특별한 의미가 있는 만큼 아이들 역시 책을 통해 인생 여정에서 친구로, 스승으로, 지혜를 쌓아 성장하고, 때때로 쉼과 위로를 받기를 간절히 바란다.

04

책, 희망의 소나타

그토록 바라던 어른이 된 나는 어떤 모습인가? 질문을 툭 던져 본다. 언제나 어김없이 스스로 내리는 답변은 아등바등 애쓰며 안쓰럽게 버티는 초라한 나였다. 부정할 수 없는 자문자답이라 생각하며 살고 있던 참이었다.

그러던 어느 날 성인이 된 자녀들이 엄마인 내게 위로를 건네며 조언한 날이 있었다. 이제껏 세상 불행을 다 끌어안고 살았던 나는 자녀들에게조차 조언을 들어야 하나 생각하며 초라한 마음마저 들었다. 타인에게는 감출 수도 있겠지만, 가족에게는 적나라하게 드러난 나의 본모습일까? 그동안 꾹꾹 눌러두었던 내 잠긴 서랍 칸을 가족들이 애써 여는 것 같아 불편했다. 시일이 걸리겠지만, '모르는 척해 주면 나 스스로 극복할 수 있을 텐데.' 생각하고 있던 참이었다. 하지만 아이들이 자라면서 엄마에게 충분한 사랑을 받았지만, 때로는 힘들었다고 말하는 것이다. 그러면서 엄마 자신을 스스로 사랑해야 우리도 편하다고 한다. 진심으로 사랑해 주고 위로해 주는 자녀들의 말을 듣고 고마우면서도 서운한 감정이 들었다. 왠지 억울하며 울컥한 마음도 들었다. 힘든 논쟁을 거치며 스스로 깨달음에 한 발짝 다가서 본다. 앞으로는 절대 쓸데없이 나 스스로 불행해지지 않기.

삶을 더 현명하게 살아내기 위해 그동안 목표와 속도에만 집중했던 나를 되돌아보았다. 올바른 방향 설정이 무엇보다 중요한 걸 알면서도 그동안 N극과 S극이 뒤죽박죽이었던 내 나침판을 다시 꼼꼼히 살펴 제대로 맞춰야 한다는 생각이 들었다.

미국의 성공철학자 짐론은 "운명을 하룻밤에 바꾸는 건 불가능하지만 나아가는 방향을 바꾸는 건 하룻밤에도 가능하다."라고 하였다. 철학자의 말을 굳이 빌리지 않아도 잘못된 방향으로 설정된 인생 경로는 실패를 부르고 망하는 지름길임이 틀림없다.

이제 더 이상 나 스스로 망가지지 않고 자존감을 회복하기 위해 '나의 내면을 똑바로 응시하자.' '이제는 외면하지 말아야 한다.' 결심했다. 나의 생애 설계를 전폭적으로 수정해야 할 단계로 접어든 것이다. 지금부터 차근차근 과거를 분석적으로 회상하기. 다음으로 나의 내면을 들여다보며 깊숙한 울림에 집중하여 통찰의 시간 가지기. 이어 희망찬 미래를 스스럼없이 맞이하기.

이 과정에서 단 하나 풀지 못한 오래된 과제가 있다는 것을 깨달았다. 어린 시절 모모였던 나. 목에 걸린 가시처럼 꽉 박혀있는 엄마와 복잡하게 얽힌 감정의 실타래. 고민이 거듭되던 때에 신경숙 작가의 소설 《엄마를 부탁해》를 읽게 되었다. 이내 복잡한 생각이 거치며 해방되는 느낌이 들었다. 소설을 읽고 "뭣이 중헌디"의 마음으로 새롭게 각성되었다.

'어머니 당신이 베풀어 주신 은혜에 무한한 감사와 존경을 표합니다. 사랑합니다.' 더 이상 무슨 말이 필요할까. 장녀였던 나는 커가는 동안 장녀의 책임감 때문인지 표현력이 아주 부족했던 탓에 엄마에게 충분히 마음 껴안기를 해주지 못했다. 나에게조차 마음 내어주기가 인색했으니깐.

> "아무도 당신이 내 인생에 있었다고 알지 못해도 당신은 급물살 때마다 뗏목을 가져와 내가 그 물을 건너게 해주는 이었재"
> "행복할 때보다 불안할 때 당신을 찾아갈 수 있어서 나는 내 인생을 건너올 수 있었다는 그 말을 하려고 왔소. (중략)…… 나는 이제 갈라요.

책 속에는 수많은 에피소드가 있다. 《엄마를 부탁해》 소설은 필력이 좋은 작가 덕분에 책 속의 화자와 내가 일치되는 경이로운 느낌을 경험하기도 한다. 소설 속 화자의 고백이 나에게 완벽하게 투영되어 아직도 애잔한 여운으로 남아있다. 신경숙 작가의 유려한 문체와 뛰어난 묘사는 가독성이 좋다. 그렇지만 장면마다 표현된 내면묘사가 내내 통곡을 불러와 글 읽기를 멈추게 한다. 갈피에 새겨져 있는 가슴 먹먹한 이야기는 읽는 동안 눈물이 멈추지 않게 한다.

"오늘의 우리들 뒤에서 빈껍데기가 되어 서 있는 우리 어머니들이 이루어 낸 것들을 어찌 다 헤아릴 수 있을까." 작가의 말에 뜨겁게 반성하며 눈물을 쏟아낸다.

아직도 사랑할 시간이 남아있음을 깨닫게 해 주었던 《엄마를 부탁해》 소설은 딸의 친구 엄마들과 하는 독서 모임에서 함께 읽고 자유롭게 견해를 주고받았던 작품이다. 당시 딸과 친구들은 자녀를 키우느라 경력 단절되어 있던 엄마들이 번갈아 가며 재능기부로 운영된 북아트 독서 모임을 했다. 다행히 유치원 정교사의 경력이 있던 딸 친구 엄마가 독서 모임을 흥미롭게 진행해 주었다. 아이들이 무척 좋아해서 3년 넘게 북아트 모임을 진행할 수 있었다.

엄마들도 함께 성장해야 한다는 의견이 모여 '보라 모임' 이라는 이름으로 결성된 엄마들의 독서 모임도 일주일에 한 번씩 꾸준히 진행되었다. 지금은 어떤 책으로 세미나를 했는지 기억이 가물거리지만, 주로 엄마들의 성장에 필요한 자기개발서와 자녀들의 교육에 관련된 책을 읽고 토론했던 것 같다. 재미 요소를 위해 소설책도 병행해서 자유롭게 읽고 의견을 나누었다. 여러 독서 모임을 경험하면서 공통으로 느끼는 감정은 철학적인 사고를 함께하게 되어 동지애가 생긴다는 것이다. 관계가 끈끈해지고 실력이 쌓이는 느낌이 든다. 독서 모임을 하면 형식에 얽매이지 않고 자유롭게 의견을 나눠도 수많은 책을 탐독하는 과정에서 사고의 확장을 도울 수 있다. 사색하는 습관은 곧 배움의 즐거움을 알게 해 주어서 수준이 높아지고 교양이 쌓이게 되는 것 같다. 그렇게 즐겁게 독서 모임을 하던 중에 몇 년 뒤《마당을 나온 암탉》애니메이션이 방영되었다. 나는 만화책을 좋아하므로 애니메이션 영화도 마찬가지로 짬 내서 즐겨 본다. 이 작품은 모성으로 선택한 안타까운 암탉의 죽음이 새드엔딩으로 잘 표현된 아리고 슬픈 감정으로 여운이 남는 작품이다. "그래, 달라. 그게 뭐 어때서? 서로 달라도 얼마든지 사랑할 수 있는 거야" "그래, 날 먹어. 네 아가가 배고프지 않게." 진한 감동을 주는 명품 만화인 것 같다.

학창 시절의 나는 감정 소모가 싫어 에세이보다는 탐정소설이나 스릴러 장르의 책 읽기를 더 선호했는데, 지금은 공감을 키워드로 하는 수필집이나 소설책을 더 많이 읽고 있다. 서른 즈음 버퍼링을 거치며 만화책과 탐정소설을 즐겨 읽던 내게 찾아온 변화이다. 에세이를 읽기 시작한 것은 나와 타인의 삶에 대한 관심이 높아지고 통찰에 도움 되어서인 듯하다.

그간 애벌레에서 나비로 탈피하기 위해 애써왔던 나는 책을 탐독하면서 더욱 성장 된 나와 마주하게 된다. 그리고 다독을 하는 것은 확실히 글 읽기 수준이 높아지는 것 같다. 지적 호기심과 배움의 욕구도 강렬해져서 내 경우 만학도로 대학원에 진학하였다. 무엇보다 문해력이 높아지니 공부가 재미있어지는 경험을 하고 있다.

05

마음 근육을 단단히 하고

　　내가 꿈꾸는 마흔 이후의 삶은 더욱 농밀하고 성
숙한 나와 마주하기를 바랐다. 그래서인지 나는 서른아홉 살에
서 마흔 살이 되던 해에 사춘기 열병을 앓는 것처럼 유난히 마
음이 헛헛하고 불안감으로 초조했다. 위기의 순간을 어떻게 극
복할 것인가?
세상 어떤 유혹에도 흔들리지 않는다는 불혹의 나이 마흔. 이
때의 나는 무척 심약했다. 다른 사람들의 눈치를 살피는 나. 상
대와 의견이 다르거나 미운 감정이 생기면 안절부절못하는 나.
사소한 사건도 확대 재생산되어 마음이 몹시도 괴로운 나. 일
상이 스트레스의 연속이었고 화만 났다. 화가 난 이유도 모
른 채 불편하고 우울한 감정이 지속됐다.
그때쯤, 가시미이치로 고가후미 타케의 《미움받을 용기》가 더

욱 와닿았다. 나는 마흔이 될 때까지 미움받을 용기가 없었다. 저자의 말처럼 그 누구도 거울 속의 내 얼굴을 나만큼 오래 들여다본 사람은 없지 않은가. 살다 보면 누군가 반드시 나를 미워하고 싫어하는 사람이 있기 마련이다. 그런데 나조차도 나를 사랑하지 못하는데, 미움받는 것을 두려워한다는 것은 어불성설일 것이다. 늘 나는 나의 가치를 정하는 것조차 다른 누군가에게 내맡겼다. 저자는 나 같은 사람을 의존적이라고 하며 행복한 삶이 어디에 있는지 명확한 답을 내리라고 한다.

위기의 순간을 어떻게 견뎌야 할까. 어떻게 하면 극복할 수 있을까. 독서하는 내내 우문현답이라도 찾고 싶은 마음에 해답을 찾기 위해 전념해 왔다. 수많은 질문 속에 내가 찾은 중심 화두는. '어떤 새로운 세상을 만들어 낼 것인가?' 에 집중하는 것이었다. '나다움' 을 찾기 위해 시작된 물음표는 항상 닫혀 있는 미지의 세상 속에서 방황하는 내게서 멈추었다. 숱한 사색의 과정을 거치고 내가 내디뎠던 발자국에 긍정적인 성찰이 덧대어지니 비로소 빗장을 열고 세상 밖으로 당당히 나오는 나를 발견하게 된다. 살아오면서 나는 내가 정말 싫었다. 나를 볼 때 형편없는 사람이라서 진짜 별로라고 생각했다. 내 안의 결핍과 삶에 지친 나에게 성취를 불러오는 자기 관리 기술이 필요했던 것인데. 브라이언 트레이시의 자기 관리 기술이 담긴 지혜서인 《잠들어 있는 성공시스템을 깨워라.》를 여러 번 읽으면서 마음이 요동쳤다. 먼저 삶의 목적과 방향감각에 대해 다시 고심해 보는 계기가 되었다.

이제까지 성공 경험이 없던 나는 한 번뿐인 인생을 제대로 사는 법이 무엇인지 곱씹어 보았다. 곧 성공한 인생을 살기 위한 해답은 독서에 있다는 것을 깨달았고, 책 읽기에 매진했다. 《잠들어 있는 성공시스템을 깨워라.》책을 시발점으로 나는 지혜로운 삶을 위한 인문학과 고전 읽기를 다시 시작했다. 자기 계발과 마인드 셋을 위한 독서를 병행했는데, 무딘 마음을 단근질할 수 있었다.

이때부터 줄곧 독서를 관성이나 습관처럼 조급하게 읽고 해치우는 것이 아니라, 즐기며 사색하는 법을 염두에 두며 읽었다. 전략적인 책 읽기가 가능해진 것이다. 독서하면서 쌓여가는 책의 높이만큼 자존감도 차츰 높아져 가는 것이 느껴졌다. 더 효과적인 책 읽기와 습관 들이기를 위해 그동안 해왔던 좋은 글귀 밑줄 긋기와 자기 확언 글쓰기도 매일 해나갔다.

헤지 펀드의 대부 레오 달리오의 《원칙》을 읽을 때 나만의 일기 쓰기도 함께했다. 고백하자면 《원칙》은 온전하게 이해하고 깊이 사색하기 위해 네다섯 번은 더 읽어야 했다. 읽으면 읽을수록 저자의 조언은 정말로 감명 깊다. 뭐랄까. 담담하지만 우뚝

솟은 삶으로 이끄는 잠언집인 《채근담》을 읽었을 때 느꼈던 감흥과 비슷하다. 작가의 조언대로만 잘 따라 하면 인생이 순탄하지 않을까 생각해 본다.

《원칙》은 다양한 질문 속에 정답을 추론해 내는 일을 내 몫으로 남겨두었다. 여러 번 읽을 때마다 저절로 다른 관점에서 사색하게 된다. 가장 마음에 와닿는 구절은 나만의 원칙을 발견하고 습관화하는 것이 중요하다고 강조한 대목이다.

최고급 인생 성공학책을 접한 이후 1년에 최소 50권 이상 책 읽기를 다짐하였고, 이제껏 1,000권 이상의 책을 읽은 듯하다. 독서할수록 책 읽는 즐거움과 문해력이 향상되어 무엇보다 자신감이 높아졌다.

그렇게 마흔을 보내는 내내 책 읽기를 통해 차츰 마음이 순화되었고, 내 안의 결핍을 똑바로 마주하게 되면서 나를 발견하게 되었다. 이 시기에 읽었던 고전과 자기계발서는 내 생각이 저자의 견해에 투영되어 독서 할때면 평온해지고 낙관적인 생각이 들게 했다.

내 프로필에는 늘 '격동의 불혹' '김 사임당으로 살아가기' 두 개의 키워드가 새겨져 있다. 자기계발서는 두 개의 키워드를 잘 수행할 수 있도록 안내해 주는 참고서 같은 존재다. 작가의 시선에 맞추어 의식의 흐름대로 따라가다 보면 나는 작가의 조언에 자연스럽게 귀 기울이며 동참한다.

무라카미 하루키는 《상실의 시대》에서 '인생의 목적은 사랑받는 사람이 되는 것이 아니라 자기 자신이 되는 거' 라고 했다. 나는 이제껏 왜 그토록 사랑받는 사람이 되는 것에 집착하며 갈망했을까. '나다움'은 다른 누구도 아닌 나에게서 온전하게 채울 수 있다. 세상에 나는 오로지 나 하나뿐이지 않은가. 존재 자체로 귀중한 나를 위풍당당하게 마주하자. 긍정적인 의지와 나에 대한 확신으로 용기 낸다면 기쁘게 살아갈 수 있다.

한창 비틀즈의 노래에 심취하여 노르웨이의 숲을 듣고 《상실의 시대》를 탐독하였는데, 이야기 속 주인공의 새드 앤딩은 여운으로 깊게 남아있다. 하루키 작가가 전해주는 담백한 명언은 울림을 준다. '비스킷 통에는 여러 가지 비스킷이 가득 들어 있는데, 거기엔 좋아하는 것과 그다지 좋아하지 않는 것도 있잖아?' '먼저 좋아하는 것만 자꾸 먹어버리면, 나중엔 그다지 좋아하지 않는 것만 남게 되거든.' 괴로운 일이 생길 때 지금 이걸 겪어두면 나중에 편해진다고 한 작가의 말에 안심이 되었다. 무엇보다 인생을 비스킷 통에 비유한 작가의 시선이 좋았다.

《상실의 시대》에서 말하는 인생의 비스킷 통은 누군가 말한 질량 총량의 법칙과 유사하다. 책을 덮을 때 청소년기까지 내가 미리 겪어 둔 불운이 희망이 되는 반전의 순간을 맞이했다. 이제부터는 남아있는 맛있는 비스킷만 먹을 수 있으니깐 앞으로 남은 인생은 참 기똥차게 즐겁지 않을까.

삶을 살아가다 보면 내 통제 밖의 상황은 언제나 힘들기 마련이다. 비스킷 통의 교훈과 같이 이탈리아 젊은 두 철학자가 쓴 인생의 지혜서인 《모든 삶은 빛난다.》에 정답을 찾을 수 있는 힌트가 있다. 힘든 상황 속에 놓인 삶은 반드시 방향 전환이 필요하다고 한다. 이 책은 스스로 운명을 환하게 바꾸는 삶을 위한 철학이 담겨있다.

'이 세상에 태어난 순간, 우리는 모두 싹을 틔우고 뿌리를 내리며 자신만의 꽃봉오리를 반드시 피워낸다.' 소제목에 작성된 문구를 지금 다시 새겨본다. '어떻게 하면 내 존재 자체로 빛날까? 언제 내 존재를 꽃피울 수 있을까.' 책을 읽고 사색을 거듭할수록 내게도 꽃봉오리가 있다는 것을 알게 된다. 내 인생도 희망의 소나타가 반주곡으로 흐르고 있다.

위대한 예술가 미켈란젤로는 유언에서 '나는 아직 배우고 있다.' 라고 했다. 책 읽기를 통해 단순히 활자를 보는 것이 아니라 저자가 제시하는 메시지를 깊이 있게 사색하고 통찰하여 무한한 나의 역량은 점점 더 커지고 있다.

08

독서로
나를
디자인하라

강로하

01

바쁜 삶에 '쉼'을 알려준 독서

이십 대 초반 미술을 전공한 나는 특강을 해 주셨던 외래 교수님에 눈에 띄어 졸업 후 패션과 뷰티 분야로 진출했다. 그렇게 내가 가진 첫 직업은 메이크업 아티스트와 패션 스타일리스트였다. 지금은 워낙 다양한 직업의 분야와 아이돌, 연예인, 유튜버, K뷰티의 유명세로 인기 있는 직업 중에 하나이다. 하지만. 그 당시만 하더라도 일인 다역으로 스타일링만 하는 게 하니라 광고주와 스튜디오팀과 브랜드 콘셉트 회의, 홍보 의상 픽업부터 컨셉에 필요한 소품이 없을때는 직접 제작도 했다. 트렌드 메이크업이나 헤어스타일링을 다루면 아티스트들과의 소통과 작업물의 컬리티가 올라갈수 있었다.

살고 있는 집이 인천이던 나는 압구정 청담동으로 출퇴근을 했었다. 해도 안 보이는 새벽에 일어나 첫차인 버스와 지하철 두 번을 갈아타고 사무실로 출근해 업무를 마치면 막차가 끊긴 적도 있었다. 넘치는 열정으로 가득한 사람들만이 버틸 수 있는 그런 세계였다.

한창 스타일리스트일에 빠져있을무렵 《악마는프라다를 입는다》라는 영화가 개봉했다. 영화 속 여 주인공 앤디(앤 헤서웨이)는 오늘도 양손에 가득 패션 의상을 들고 분주하게 뉴욕 거리를 활보하고 있다. 20대의 가장 핫 한 청춘을 나도 그녀처럼 브랜드 패션 의상과 협찬받은 주얼리를 들고 압구정 갤러리아와 청담동 일대 스튜디오를 누비고 있다. 주인공 앤디와 나는 패션 매거진 비서와 패션 스타일리스트라는 직업은 다르지만 누구보다 열정적으로 바쁘게 뛰었다. 유명한 패션 잡지인 엘르 보그지에 나오는 브랜드 화보와 브랜드를 광고하는 모델들을 빛내기 위해 메이크업과 패션 스타일링을 하는 일이 너무 즐거웠다. 때로는 촬영이 쉽게 끝나지 않아 예정 시간 보다 늦어져 자정을 훌쩍 넘길 때도 많았다.

패션 잡지의 화보 촬영은 브랜드의 퀄리티를 최대한 증폭시키는 작업이었다. 완성된 작품하나를 위해 멋지게 카메라로 담아내는 포토그래퍼와 스텝들. 그들과 함께 그렇게 광고주들이 만족할 때까지 브랜딩을 위해 완성되는 화보 한 장을 위해 모두는 식사시간을 놓치는 일도 기꺼이 감수했다.

모든 작업이 끝나 집으로 돌아가는 몸은 천근만근이었지만 마음은 피곤함이 느껴지지 않을 정도로 가벼웠다. 지금은 아주 핫한 스타가 된 그들과 함께하는 작업은 어린 그때 너무도 멋지다고 느껴졌던 듯하다. 지금도 함께 화보 촬영을 진행했던 멋진 스타들을 티비에서 만날 때면 나도 모르게 어깨가 으쓱해진다.

적어도 그녀가 힘들게 하기 전까진...

스타일리스트라는 직업을 갖게 된 건 이 업계에 이름만 대면 다 알 정도로 유명했던 아티스트 교수님께 스카우트 제의를 받아 졸업하자마자 취업을 하게 된 것이었는데 교수님은 나를 유독 잘 챙겨 주셨었다. 그래서 더 열정으로 일을 하지 않았을까. 함께 일을 하게 된 같은 팀의 언니가 있었는데. 똑같은 일을 해도 꼭 힘들게 돌아가게끔 만들곤 했었다. 교수님께 예쁨을 받았던 게 싫었던 모양이다. 지금이야 멘탈이 단단해져 질투하는 좁은 속이 더 탓을거라며 그럴 수도 있지.. 라고 넘기지만 어린 나이에는 속상했던 기억이 있다.

그렇게 마음이 상했던 날이면 어깨가 축 쳐진채 퇴근을 했다. 그리고는 시집을 꺼냈다. 출퇴근하며 가방에 챙겨 다니던 시집은 류시화 시인의 《외눈박이이 물고기의 사랑》이었다. 시집 안에 보면 들풀이라는 시 구절이 너무 좋았다.

비바람도 이겨내고 꿋꿋하게 자라는 잡초 같은 느낌에서 일까...

지금 다시 류시화 시인의 시를 보노라면 심오한 내면의 작가의 의도까지 생각해 보겠지만 20대의난 직관적으로 느껴지는 단단한 마음에 들풀이라는 시를 좋아했다,

들 풀을 잠시소개하고 싶다.

들 풀

류시화

들풀처럼 살라

마음 가득 바람이 부는

무한 허공의 세상

맨 몸으로 눕고

맨 몸으로 일어서라

함께 있되 홀로 존재하라

과거를 기억하지 말고

미래를 갈망하지 말고

오직 현재에 머물라

언제나 빈 마음으로 남으라

슬픔은 슬픔대로 오게 하고

기쁨은 기쁨대로 가게 하라

그리고는 침묵하라

다만 무언의 언어로

누래부르라

언제나 들풀처럼

무소유한 영혼으로 남으라

학창시절엔 책을 좋아하는 제법 모범생 이었다. 역사를 너무 좋아해서 《조선왕조실록》, 《삼국지》등 역사서를 끼고 살았다. 하지만 20대초반의 독서는 유일하게 위로가 되던 '시' 읽기였다. 벌써 15년도 훨씬 지난 그때이지만 어쩌다 쉬는 날이 돌아오면 미술 전시회를 보거나 예술 체험을 다니기 바빴다. 그나마 그림을 좋아해서 시집과 함께 두꺼운 《서양 미술사》는 너무도 애정한 책이다. 사회초년생 정말 독서를 많이 해야 했지만 일이 바빠서 활동할 시간 잠잘 시간도 부족할 때었다. 몸으로 느끼고 몸으로 부딪히고 감각이 중요했다. 책 대신 엘르, 보그,

바자등 트렌드 잡지를 들고 살아야 했으며 감각을 익히기 위해 패션쇼장을 자주 갔었다. 책 대신 패션위크 티켓이 내 손에 쥐어져 있었다. 패션쇼장에서 화려한 패션 의상과 무대 위 스타일링을 보는 내 눈의 감각에 취해 있었다. 런웨이를 누비는 모델의 멋진 카리스마와 패션쇼장의 리드믹 컬한 음악이 내 심장의 리듬마저 지배하기 이미 충분했다.

화려한 모델들의 퍼펙트 한 모습들은 무대 뒤 많은 아티스트들과 스텝들의 노력도 한가득이라는 것을 같은 일을 하고 있는 아티스트로서의 공감과 자부심이었을지도 모르겠다. 그때의 나는 철저하게 이미지와 비주얼에 포커스 온 되어있는 눈만을 갖고 있었다. 그런 내가 책 읽기와 공부가 평생 업(業)인 강사가 될 줄이야.

지금의 나는 교육이 업(業)이다. 대학교 항공운항과 비서학과에서 메이크업과 헤어어피(승무원업스타일)를 가르치는 이미지메이킹 교과 과목을 맡으면서 시작된 강의가 벌써 기업교육 15년차이다. 크고 작은 기업들 각종 공·사기관에서 스트레스관리 및 힐링테라피 강의를 하고 서양미술사 인문학을 바탕으로한 소통과 색채심리 강의를 한다. 또 직무를 살려 사람의 강점을 발견하여 개인 컨설팅을 하며 이미지브랜딩을 돕고 있다. 교육생을 만나며 심리진단이나 상담을 통해 진정한 내면을 들여다보고 이미지를 찾아 자존감을 업 시켜 드릴 때면 좋아하는 그 모습에 나 역시 큰 보람을 갖는다.

강사들은 전국이 교육장이다. 서울을 거점으로 연수원 등이 도심 외곽에 있고 지방기업에서도 교육 의뢰가 참 많다. 그럴 때마다 거리 불문하고 "감사합니다"를 외쳤다. 무조건 난 의뢰를 주시는 기업에 감사하며 마다하지 않았다. 평일이면 강의 스케줄이 바빴고, 주말엔 강사 커뮤니티에서 유명한 연사를 모시며 교육 운영도 했다. 배움을 위해 늘 공부하며 자기 계발적 교육 일정을 만들었다. 쉬는 날이 거의 없었기 때문에 멀리 가는 강의 여행은 정말 나에게 힐링 되는 코스이기도 했다.

그중 바다가 있는 제주도, 부산, 강원도를 좋아했다. 바닷가 태생도 아닌 내가 처음 프리랜서 강사가 되고 나서 캐리어를 끌고 제주도 출장을 떠날 때의 기분이란 뭐랄까. 이미 제주도에 도착해서 감귤농장에 가 있거나 올레길을 걷고 있는 느낌이랄까. 일 때문이 아니라 마치 해외여행을 가는듯한 설렘이 가득 담긴 여정의 시작이었으리라. 바다 내음 가득한 이 지역에 강의 의뢰가 올 때면 일부러 일정을 조절하거나 해서 꼭 힐링하는 시간을 갖고 오고는 했다.

내가 가질 수 있는 작은 여유의 시간.

교육 전후로 바다가 보이는 카페에 앉아 바다의 푸른색과 부서지는 파도의 하얀색을 보고 있노라면 마음까지 청량해지는 기분이 들곤 했다.

이번엔 강원도 지역에 있는 공공기관의 교육 요청이 들어왔다. 여성 리더들에게 리더십을 살리면서 당당하고 멋진 이미지 메이킹을 해달라고 하셨다. 퍼스널 컬러를 활용한 메이크업과 패션 컨설팅을 하기 위해 양손엔 진단천 드레이프와 무거운 메이크업 박스를 들고 가지만 발걸음은 가벼웠다.

'와 오랜만에 바다를 보러 가는구나'

그렇게 콧노래를 부르며 바다가 보이는 숙소를 잡고 전날 늦은 일정을 마치자마자 강원도로 출발했다. 가는 길은 운전하는 시간조차 지루하지 않았다. 도착하니 시간이 늦어 어둠밖에 보이지 않았다. 강릉 바다의 파도 소리가 너무도 크게 들리는 바닷가 바로 앞 숙소 체크인을 하였다.

빠르게 강의 준비 체크까지 완료하고 기분 좋은 음악을 들으며 나만의 힐링 호캉스를 이어갔다. 장거리 운전이 피곤했지만 지금 이 순간을 즐겨야 한다며 버티다가 노곤노곤해진 몸은 파도 소리의 리듬에 맞춰 이내 침대로 가 기절하듯이 잠이 들어 버렸다.

'아 내 소중한 시간이여…'

다음날 아침 맞추어놓은 알람 소리가 없어도 자동기상.

창으로 바로 들어오는 동해의 일출은 어서 빨리 일어나 나를 바라보라며 강력한 햇살에 감고 있는 내 눈을 뜨게 했다.

강의는 오후 시작이기 때문에 여유를 부릴 수가 있었다.

침대 위에서 보는 소나무, 그리고 바다의 어우러진 풍경, 평온한 경포대의 모습은 침대 속 늘어짐을 설명하기엔 충분했다.

누워 있지만 머릿속엔 강릉에 계신 여성 리더들을 만나기 전에 무슨 말씀을 더 드려야 유익하면서도 재미있을까를 고민했다.

그토록 아름다운 자연은 잠자던 개그 본능까지 자꾸 살아 숨 쉬게 했다. 강의의 주제는 같을지라도 교육 대상은 늘 다르니까 하면서 침대에서 일어나는 찰나 갑자기 내가 누워 있는 숙소 안의 공간이 마치 회전공 안처럼 느껴지며 빙글빙글 돌아가는 게 아닌가.

귀도 먹먹해지며 일어나려고 하는데 털썩, 몸이 일으켜지지를 않았다. 누가 나를 일어나지 못하게 누르고 있는 느낌을 받았다.

'이게 뭐지? 내 몸이 왜 이러지?'

무서웠다. 한참을 누워 있은 후에야 몸을 일으킬 수 있었다. 또 어지러움이 찾아올까 봐 서둘러 교육 장소로 이동하며 입으로는 주문 외우듯, 강의 오프닝 멘트를 주절 거렸다. 다행히도 교육은 반응이 좋았고 즐겁게 무사히 두 시간 강의를 마칠 수 있었다. 나의 강의 여행은 두려움이 가득한 여정의 마무리였다. 빨리빨리를 주문 걸 듯 그렇게 서울로 향했다.

운전을 하고 오며 급한 데로 생각나는 친한 의사 오빠에게 전화를 걸어 증상을 얘기했다.

"오빠! 오랜만이야, 나 출장 왔다가 자고 일어나는데 너무 어지러워 한참 동안 일어나지를 못하겠어, 이거 모야?? 나 왜 이러지? 이미지 이외 스트레스 강의를 하던 난 내 몸의 균형 감각을 의심했다.

"이석증이나 메니에르 증상 같은데 빨리 병원에 가서 검사해 봐"

이비인후과 전문의인 오빠는 어서 빨리 병원부터 가보라고 다그쳤다.

"메니에르?? 그게 뭐야?"

다음날 아침 근거리에 위치한 나는 나름 유명한 전문의가 여러 상주한 이비인후과 전문 병원에 내원했다. 의사 선생님께 일어났던 어제의 상황과 어지러움과 메스꺼운 증상을 얘기했다. 그러자 눈에 해녀용 물안경 같은걸 씌우더니 이리저리 나를 흔들어댔다. 전정기능 검사 및 여러 가지 검사도 하고 물리치료 라는 것도 하였다.

"메니에르 증상인 듯하네요. 요즘 스트레스받고 계시거나 크게 아픈 데가 있으신가요?"

의사의 소견이었다.

"제가 메니에르 증후군이라고요? 아니 왜요?"

내 목소리가 다급하면서도 겁에 질린 듯 모기 소리처럼 작게 나왔다.

"메니에르 질환은 정확히 밝혀진 건 아니지만 스트레스 담당 호르몬과 면역세포 관련해서 생기기도 해요. 인구 1000명당 두 명 정도 발생하게 됩니다. 달팽이관 쪽 질환인데 달팽이관 내에 혈액과 같은 내 림프액의 림프관이 좁아지거나 림프의 압력이 증가하면서 어지러움을 동반한 이명이나 난청이 오기도 해요. 환자분은 아직 이명 난청 증상까지는 없으니 치료받고 약 드시면 좋아지실 거예요."

도통 이게 왜 나에게 나타나는 건지 의사 선생님의 설명을 듣고도 '아니 왜?' 라는 생각만 들고 이해가 가지 않았다. 선생님은 충분한 휴식과 안정을 권유하시며. 병원을 꾸준히 나와 물리치료도 받고 증상이 심해지면 약물치료도 받아야 한다고 말씀하셨다. 운전도 위험하다고 해 두 손 가득 약봉지를 들고 집에 오는 택시 안에서 내내 생각했다.

이건 분명 내 몸의 신호다. '강로하 더 이상 일하면 고장 나. 조금 쉬어가.' 라는 내 몸의 메시지를 받은 느낌이었다.

'매번 교육장에서 번 아웃이 오기 전에 스트레스 관리를 강조하며 강의하는 스트레스 강사에게 스트레스가 원인인 병이라니…' 실소가 나왔다.

그 뒤로 난 메니에르라는 병에 대해 논문부터 책을 뒤졌다. 마틴 샐리그만 《긍정심리학》, 브루스 멕쿠엔의 《스트레스의 종말》, 캘리 맥고니컬 《스트레스의힘》등 건강 서적부터 심리학책까지 열심히 공부했다.

뇌 과학자들의 연구에 따르면 사람은 스트레스를 받는 상황에서 스트레스 호르몬인 코티솔과 에피네프린이 분비되며 그와 함께 행복 호르몬이라 불리우는 도파민과 옥시토신도 분비가 된다. 나쁜 호르몬의 작용을 좋은 호르몬으로 전환시킬 수 있다는 것이다.

로체스터대학의 제러미 제이미슨 박사는 실험과 연구를 통해 스트레스가 나쁘지 않다는 사실을 인지하는 것만으로도 좋은 호르몬이 분비된다는 사실도 발견했다. 사람은 인지학습을 통해 스트레스 상황에 분비되는 호르몬 조차 바꾸어 놓을수 있다니... 모든 것은 마음먹기에 달렸다는 말이정답이었다.

긍정적 마인드와 힐링!!!! 그것이다!!

그 후, 병원을 다니며 진료를 받고 나에게 휴식을 주기 위해 난 따뜻한 보라카이행 비행기에 몸을 실었다. 그때 비행기 안 내 손엔 제일 좋아하는 책인 서양미술사와 그리스로마 신화 책이 들려 있었다.

02

독서가 힐링이 되는 순간

나에게 휴식이 필요한 순간, 내가 나를 위해 할 수 있는 일은 여행지에서 책을 읽는 것이었다. 따사로운 바람을 맞으며 그리스, 로마신화와 서양미술사 책을 한 장 한 장 읽으며 느끼는 여유로움이란 이루 말할 수 없는 평온함 그 자체였다. 굳이 바닷속에서 물놀이를 하지 않아도 탁 트인 바다를 바라보는 것만으로 내 마음은 청량감으로 물들었다. 어지러움증은 온데간데 없고, 신화를 바탕으로 한 명화 이야기에 푹 빠져 버렸다. 책을 한참 읽은 후에 바라보는 눈앞의 풍경은 한 폭 한 폭의 명화를 보는 느낌이었다.

파아란 하늘 그 위로 솜사탕 같은 모양의 구름 사이로 미켈란젤로의 천지창조가 그려졌다. 넓고 푸른빛 바다 위에는 마치 지중해 한가운데서 탄생한 그리스 미의 여신 아프로디테가 떠오를 것만 같았다. 아프로디테는 우리가 잘 아는 비너스를 말한다. 거품을 뜻하는 '아프로스(aprhros)'와 유래를 나타내는 여성 접미사 '디테(dite)'가 합쳐진 것으로 거품에서 태어난 여자라는 뜻이다. 〈비너스의 탄생〉이라는 르네상스의 화가 산드로 보티첼리의 그림을 본 적이 있는가.

에메랄드빛 바다 위에 거품에서 태어난 비너스에게 서풍의 신 제피로스는 비너스가 편안하게 해안가로 닿을 수 있도록 따뜻한 바람을 불어 보내주고 있다. 비너스 옆에는 계절의 여신 호라이가 환영하는 얼굴로 비너스에게 꽃으로 수놓은 옷을 입혀주려 한다. 이렇게 평화롭기도 아름답기도 한 그림인 보티첼리의 〈비너스의 탄생〉은 이탈리아 르네상스 시대 대표작 중 하나로 문화 예술의 상징으로 자리 잡았다.

그도 그 옛날 이 그림을 그릴 때 아름다운 바다를 바라보며 나처럼 상상하지 않았을까? 산드로 보티첼리는 15~17세기 이탈리아 피렌체를 아우르던 유력한 메디치가의 주문으로 이 작품을 그렸다. 당시에 메디치 가문은 인문학의 지대한 관심으로 많은 예술가들을 후원했었다. 우리가 잘 알고 있는 미켈란젤로, 레오나르도 다빈치, 산드로 보티첼리 등 많은 예술가들이 명작을 남길 수 있는 경제적 지지를 자처했다. 또한 플라톤 아카데미를 만들어 학문과 예술의 발달에 많은 기여를 했다. 아카데미에서는 철학자, 인문학자, 예술가들이 모였으며, 많은 책들을 수집하고 보급해 문예 부흥과 독서를 장려했다.

보티첼리는 메디치 가문의 후원으로 〈비너스의 탄생〉, 〈라 프리마베라〉등 큰 성과를 내고 탄탄대로 소위 잘 나가는 화가의 반열에 올랐다. 이런 보티첼리 또한 플라톤 아카데미를 통해 독서 인문 활동을 즐겼다. 특히 호메로스의 서사시 〈일리아스〉와 〈오딧세이아〉를 좋아했는데 이를 고대 그리스·로마신화의 종교적 시점이 아닌 예술적 상상력과 미학적 관점으로 재해석하여 멋진 예술적 대작을 완성했다. 르네상스 시대 유명한 화가조차도 독서활동이 밑바탕이 되어 있었다는 것이 많은 깨달음을 주었다.

독서는 예술적 활동의 영감에 기본이 되는 산물이기도 하다. 르네상스 시대에도 작가는 독서 활동을 하며 바다를 보고 상상하고 예술 활동에 영감을 받은 것이다. 힐링도 되었을 것이고 독서로 영감이 더욱더 풍부해졌을 것이다. 그 보티첼리가 바라보던 바다와 내가 바라보는 바다의 기분이 비슷하지 않았을까 생각해 본다. 내 손에 들린 《그리스·로마신화》와 《서양미술사》 책이 더욱더 생동감 있게 읽혔다.

평온하고 따뜻했던 쉼터에서의 독서는 나를 어지러운 아픔에서 제법 빨리 회복시켜 주었고 새로운 도전의 원동력이 될 만큼 또 다른 에너지가 차오르고 있었다.

긴 휴식을 취하고, 한국으로 돌아온 나는 곧 일상으로의 복귀를 하였다. 휴가를 쓴 며칠조차 아까울 만큼 미루어둔 강의가 줄줄이 나를 기다리고 있었다. 여행지에서 읽은 책들이 나의 서양미술사 강의 콘텐츠에도 활용할 수 있는 풍부한 자료가 되었다. 아이디어가 퐁퐁 샘솟았다. 힐링을 넘어 책을 통해 바라보는 시야의 확장까지 이루어졌다.

여행을 다녀온 후, 일과 삶의 균형에 대해 더 생각하게 되었다. 그 후로 일과 적당히 여유 있는 쉼 사이에서의 조율을 해가며 일하기 위해 이탈리아 여행을 예약했다. 내가 읽었던 책 속의 지중해 바다와 보티첼리의 〈비너스의 탄생〉이 있는 우피치 미술관에 있는 수많은 명화들을 직접 보고 싶었기 때문이다. 이탈리아 여행을 하며 읽는 책은 또 얼마나 재미있을까. 벌써부터 두근두근 설레는 기분이 든다.

스트레스로 꽉 차 있어 건강에 이상 신호가 왔던 내 몸은 언제 그랬냐는 듯이 활기차지고 또 밝아졌다. 우리에게 어떠한 감정이나 스트레스를 동반한 문제에 직면하여 상황에 닥쳐 있을 때 책이 들려주는 이야기에 빠져 공감하다 보면 우리는 책을 통해 힐링하는 짜릿함을 맛볼 수 있을 것이다. 그리고는 내 문제에도 차분하게 대처 할 수 있는 단단한 마음 근육도 생길 것이 분명하다. 바로 나처럼.

03

새벽 6시 북클럽 책읽기 ON

"안녕하세요. 한 주 동안 잘 지내셨어요?"

매주 새벽 6시. 같은 루틴이 반복된다. 모니터를 보며 반갑다고 손을 흔들기 바쁘다. 우리는 그렇게 서로 먼저랄 것 없이 인사를 한다. 서울에서, 인천에서, 저 멀리 경남 부산에서, 온라인 줌으로 그렇게 모인 우리는 온라인 독서 모임 〈블링미 북클럽〉이다. 한 달에 한 권씩 혹은 두 권씩 읽고 싶은 책을 투표로 선정해 나눠 읽고, 일주일에 한 번씩 온라인 창을 켜고 만나고 있다. 개인적으로 만나 본 적이 없는 분들도 있지만 온라인에서, 단톡방 안에서 서로 책 이야기도 하고, 일상적인 소소한 이야기들과 더불어 좋은 글귀도 함께 공유한다. 그래서인지 더 친숙하다.

북클럽 모임이 있는 날이면 리더를 정해 돌아가면서 진행을 한다. 오프닝을 하면서 책 소개와 근황 이야기도 나눈다. 그리고 나면 곧 소그룹으로 나누어 책에 대해 조금 더 심도 깊은 이야기를 나눈다. 그렇게 같은 책을 읽고 소감을 나누며 이야기꽃을 피우다 보면 새벽 한 시간이 훌쩍 사라져 버린다.

'시간 순삭'이란 말이 딱이다. 소그룹에서 늘 아쉬워하며 다시 메인화면으로 소환이 된다. 각 소그룹에서 나누었던 이야기들을 소그룹 리더가 다시 한번 전체 회원들에게 요약해서 발표를 한다. 한 사람만 일방적으로 발표를 하거나 이야기를 하는 식이 아니고 모두가 발표를 할 수 있는 기회가 주어진다.

처음엔 어색해하시는 분들이 모임의 횟수가 지날수록 차분한 말투와 진행이 매끄럽다. 강사의 눈으로 볼 때 정말 모두가 책모임 리더를 하셔도 될 것 같다는 생각이 든다. 우리는 같은 제목의 책을 읽었지만 서로가 와닿는 느낌이 다른 부분에 대해서 깊이 사색하며, 나와 같은 느낌에는 깊이 공감하게 된다. 그리고 이제는 헤어질 시간. 서로 작별 인사를 하면 출근하는 직장인, 육아하는 아이 엄마, 각자의 자리에서 인생 여정의 하루가 시작된다. 독서 모임을 마친 후에는 뿌듯한 무언가가 마음속에 자리 잡는다. 물론 북클럽 토론 중에 뿜뿜한 세로토닌 덕분이리라.

사실 나에게 독서 모임은 이번이 처음이 아니다. 독서 모임을 해야 하겠다고 생각했을 때에는 이미 강사 활동을 시작했던 수년 전부터였다. 이미 몇 년 동안 독서 모임을 진행하고 계시던 강사님께서 초대해주신 모임이었다. 새벽 6시 온라인이 아닌 카페에서 진행하는 오프라인 형태였는데, 코로나 훨씬 이전이었으니 온라인 독서 모임은 생각도 못했던 때였다. 이 또한 일주일에 한 번씩 만나 정기적으로 독서 모임을 진행했다.

인천에 살던 나는 출퇴근시간에 두 시간 정도가 걸리는 강남까지 가서 참여를 하였는데 러시아워 시간을 벗어나기 위해 새벽 4시 반부터 서둘러 나와야 했다. 처음엔 알람을 맞춰 두고도 알람 소리보다 빨리 일어나며 의욕이 앞서 참여했지만 몇 회 나가지 못하고 금방 지쳐 나가떨어지고 말았다.

새벽 운전을 해서 독서모임을 한 후 바로 강의를 하러 다녔으니 체력방전은 예상된 결과였다. 독서 모임에서 읽었던 책들은 《생각의 탄생》이나 《총.균.쇠》《사피엔스》 같은 너무나도 고귀한 책들이지만 소위 '벽돌책' 들 이러고 불리는 두꺼운 책들이었다. 그저 공부를 목적으로 읽는 독서에만 열중하며 책 읽기에 흥미조차 갖지 못했던 그때, 독서의 걸음마도 떼지 못한 채 달리기를 하려던 것이었다.

그때 독서 모임의 멤버님들께서는 은행지점장님, 강사님, 교수님들로 이루어졌는데 연령이 있으시거나 독서를 오래 하신던 분들이었다. 처음부터 고수님들과 함께 어깨를 나란히 하자니 내 어깨가 무거웠다. 모임이 있는 날 아침이면 '이번엔 나가지 말까' 꾀도나고 한참 고민하다 나갈때도 많았다. 하지만 정작 참여를 하면 기우인 양 삶의 지혜와 주옥같은 말씀들도 많이 듣고 보람 되는 활동이 맞았다. "역시 잘 왔어" 나를 다독이며 그렇게 걸음마를 한발 한발 떼고 있었다.

그런데 이번엔 앞으로 모임에서는 책 읽기로 끝나는 것이 아니라 더 나아가 각자 책의 내용을 정리하고 ppt 파일로 발표도 해보자는 것이었다.

'오 마이 갓' 일이 많아졌다.

책 읽기도 벅찼던 나에게 독서 후 책 정리가 지금은 얼마나 중요하고 소중한 과정인지 알지만 그때의 나에겐 일로 느껴졌다. 결국엔 개인 강의 업무에 밀려 강남 독서 모임은 점점 빠지는 날이 많아졌다.

이후에도 꾸준히 독서에 대한 애정이 내 마음속에 콕 박혀있었는지 여러 독서 모임 활동을 했다. 그중 하나는 임원과 강사로 활동하고 있는 한국 스트레스 교육협회에서 진행하는 독서 모

임인 독.소.배.출(독서하는 소모임에서 배우고 출강하자)이라
는 콘텐츠의 한 꼭지를 맡게 되었다.

독소 배출은 한 권의 책을 정하여 함께 읽고, 모임장은 관련 강
의를 준비하여 진행하는 형식이었다. 그때 내 강의 콘텐츠 중
하나인 서양미술사에 관련된 책을 선정해 쉽게 다가가는 서양
미술사 강의를 하여 재미있고 유익했다는 호평을 받은 바 있
다. 바쁜 강사님들의 일정으로 한 달에 한 번꼴로 진행되기 때
문에 그 기수가 이제는 15기에 달한다.

독소배출은 그때마다 정해진 멤버가 유동적이기는 하지만 늘
참여하시는 고정 멤버들이 있다. 강사들의 독서 모임이기 때문
에 책을 정독하여 읽고 나누는 인사이트의 깊이가 깊다. 독서
모임에서는 강의에 활용할 수 있는 부분까지 서로 찾아 공유를
한다. 말 그대로 책 읽기의 심화 학습인 셈이다. 나도 모르게
이전의 강남 독서 모임에서 배운 깊이 있는 독서를 실천하고
있었다.

독소 배출은 오전에 강의하는 강사님들의 스케줄 특성상 저녁
시간을 활용해 진행하였다. 나는 혼자서 하는 책 읽기 다 같이
하는 독서의 깊이가 정말 다르다는 것을 몸으로 느끼고 있었기
때문에 조금 더 자주 다양한 장르의 책들을 접하고 싶었다.

독서 장르의 제한도 없고 강압적이지는 않지만 꾸준히 참여하

는 느슨한 연대 그렇게 만난 것이 온라인 블링미 북클럽이다. 지금도 나는 일주일에 한 번 새벽 6시, 한 달에 한번 저녁시간을 활용하며 독서모임 활동을 하고 있다. 드디어 나의 독서루틴이 생긴 것이다. 독서 모임을 통해 얻게 된 세 가지 루틴은 이렇다.

첫째, 매일 꾸준하게 책을 읽게 되었다. 이전엔 중구난방 책을 읽었다 멈추기를 반복하던 나였는데 이렇게. 오전 오후로 북토론할 날짜를 정해놓으니 하루에 읽을 분량을 나누어 볼 수 있게 되었다. '하루에 30분 책 읽기'를 목표로 아침저녁 조금씩이라도 책을 읽으려고 하고 있다.

둘째, 책을 집중해서 정독하게 되었다. 독서 모임에서 꼭 읽어정리하고 나누어야 할 것들이 생겼으니 책을 조금 더 자세히 읽게 되었다. 메모와 함께 중요한 내용은 따로 적어 두는 독서기록 습관까지 생기게 되었다. 그래서일까 내가 본 책들은 온갖 메모로 지저분하다. 책을 깨끗이 읽어야 한다는 편견은 버리고 그때 느끼는 생각들 그리고 정리하는 써머리들을 책에다적어두면 책을 다시 찾을 때도 더 쉽게 기억할 수가 있다.

셋째. 다양한 장르의 책을 골고루 읽게 되었다. 이전에는 미술사 장르나 강의 관련 혹은 심리에 관련된 좋아하는 책만 주로 읽는 책 편식을 하였는데 관심 장르가 각기 다른 멤버들의 권유로 다양한 분야의 책을 읽으면서 새로운 분야에 대한 지식을 습득하며 인사이트를 넓힐 수 있게 되었다. 재테크나 돈 공부에 관심 없던 내가 부자 습관에 관련된 책을 읽으며 주식 계좌를 만들고 종목을 고르고 있는 게 아닌가. 독서를 통해 새로운 분야에 시야가 넓어지고 또 다른 지식과 경험을 얻을 수 있다는 것이다.

특별할 것 없이 보이는 루틴이지만 꾸준하게 읽기, 자세하게 읽기, 골고루 읽기는 나만의 책 읽기 습관을 형성할 수 있는 기본기가 되었다.

독서에 루틴이 생기니 독서량 또한 많아졌다. 평소엔 한권을 다 읽을때까지 다른책은 도전하면 안된다고 생각했지만 여기저기 관심이 많은 나는호기심이 생기는 책이 있으면 함께 읽는 병렬독서도 했다. 그렇게 꾸준히 책과 함께 하다보니 읽은 책의 탑 많큼이나 생각의 깊이 또한 깊어지고 있는 나를 발견 할 수 있었다.

04

코로나 팬데믹 책을 출간 했어요

강의를 마치고 온 어느 날. 인터넷에서 연일 코로나 19라는 신종 바이러스에 대해 보도가 나오고 WHO(세계보건기구)는 중국에서 발발한 이 질병으로 2020년 1월 국제적 비상사태를 선포하였다.

이탈리아 여행 티켓을 예약해놓고 그날이 오기만을 하루라도 몇 번씩 캘린더를 체크하며 기다리는 나에게 이 무슨 청천벽력 같은 소리란 말인가. 연일 뉴스에 전달되는 확진자와 사망자들의 소식들. 심지어 2월부터는 유럽과 전 세계로 코로나 감염자가 퍼져나가고 있었다. 이런 상황에 무슨 해외여행을 가느냐며 부모님께서는 당장 예약을 취소하라고 성화셨다.

그래도 난 '이렇게 맘먹을 때 아니면 안 돼' 라는 심정으로 이탈리아 가도 살 사람은 다 살 수 있다고 부모님께 항변했다. 그리고는 예약취소를 하지 않고 나의 이탈리아 여행을 사수한다며 버텼다. TV뉴스에서 연일 이탈리아를 비추며 코로나 감염자가 늘어나고 있다는 뉴스 기사를 보기 전 까지는…

WHO(세계보건기구는) 3월 11일 코로나바이러스 감염증-19가 팬데믹(범유행 전염병) 임을 선언하였다. 하늘길은 점점 막히기 시작하였으며 예약해 두었던 나의 이탈리아 여행은 취소 위약금과 함께 공중분해 되어 버렸다.

"여보세요"

"강사님 죄송하지만 다음 주 진행될 저의 교육 일정이 정부 정책으로 진행이 불가할 것 같아요. 다시 진행 가능할 때 연락드리겠습니다"

교육 담당자들의 미안함 섞인 전화를 받고서야 상황의 심각성을 온몸으로 느꼈다. 강사 업계에도 코로나 팬더믹의 그림자가 드리워졌다. 정부의 거리 두기와 집체 금지 정책이 시행되자마자 집체교육으로 진행되었던 기업 및 관공서에서 하나둘씩 잠정적 보류되거나 취소를 해왔다. 다행히 함께 해오던 심리상담이나 퍼스널 컬러 및 이미지 컨설팅 업무는 개인 컨설팅이 많아 적은 인원이 진행하기 때문에 이어갈 수 있었다.

하지만 주변 프리랜서 강사님들 중 가장이기도 한 강사님은 "이거 배달의 민족 라이더라도 해야지 안 되겠어"라고 농담을 하셨다. 웃으며 말은 하셨지만 농담 같이 와닿지 않았다.

코로나 19 이후의 삶은 많은 강사님 들과 나의 생활의 변화를 바꿔 놓기에 충분했다. 강의가 멈추고 헬스장이 문을 닫았다. 헬스로 틈틈이 운동을 해오던 나는 생활 루틴이 깨지기 시작했다. 이대로 가만히 있을 수는 없었다. 강사로 여기저기 다니며 일을 한 탓인지 집 안에만 가만히 있는 성격이 못되었다. 처음엔 집 근처 공원을 생각 없이 천천히 걸었다. 공원이 그리 크지 않기 때문에 운동 시간이 너무 짧았다. 산책이라 하는 게 맞을 듯했다. 아파트 단지를 끼고 넓게 한 바퀴 도는 것이 공원 산책의 전부였다. 그러다 문득 예전에 한두 번 가보았던 산이 기억났다. 아파트 놀이터에서 이어지는 약수터 길을 쭈욱 따라가다 보면 길이 험하면 데크를 깔아놓기도 하고 띄엄띄엄 앉아서 쉴 수 있는 벤치도 갖다 놓은 관리가 잘된 해발 300m 정도 되는 천마산이다. 다음날부터 2시간 코스로 천마산을 오르기 시작했다. 산을 오르면서 나에게 여유가 생겼다. 주변 풍경도 둘러보고 파아란 하늘도 올려다볼 수 있게 되었다. 느림의 미학을 온몸으로 느끼듯 한발 한발 산을 향해 내딛으며 바라보는 모든 것에 시선이 머물렀다. 정상에 올랐을 땐 '내가 사는 지역이 이렇게 생겼구나.' 하고 한눈에 들어오는 탁 트인 풍경을 보며 가슴이 뻥 뚫리기도 하였다.

정말 오랜만에 오르는 산행은 나에게 사색하고 많은 것을 느낄 수 있는 쉼의 시간이 되었다. 그저 당연하다 생각했던 겨울에서 봄으로 넘어가는 계절의 변화를 온몸으로 느낄 수 있었다. 겨우내 잎사귀 없이 앙상한 나뭇가지에 연두 빛 싹들이 즐비하게 솟아오른 모습을 보니 '어린 새싹조차도 단단한 나무껍질을 스스로 뚫고 나오는 인고의 힘이 필요했구나. 세상 모든 것에 노력 없이 당연한 건 없구나.' 라는 생각에 '이렇게 상황을 탓하며 가만히 있을 때가 아니구나' 싶었다.

뒷 통수에서 짜릿한 느낌이 들었다. 산을 오르며 돌아오는 길에 도서관에서 책을 빌려왔다. 늘 바쁘다며 핑계 대고 못 읽었던 책들을 이렇게 시간이 많을 때 읽어 봐야겠다란 생각이 들어 대어 가능한 5권을 전부 대출했다. 전부터 하던 명리학 주역 책, 내가 늘 사랑하는 서양미술사와 심리학을 연결시킨 책, 운동을 하며 해부학에 호기심 가던 차 이 분야의 책까지 참 관심사가 다양하기도 했다.

평소에 책 읽는데 습관화되지 않던 나에게 독서는 그저 강의를 위한 공부였다. 점점 책을 보라 서점을 가고 도서관을 가고 북클럽 사람들과 함께 읽으니 책 읽는 루트를 곳곳에 심어 놓아 그런지 노출되는 만큼 책을 읽게 된다. 그리고 함께 협회 활동을 하는 강사님들과 스트레스 교육 협회에서 "위기에도 새로운 가능성을 발견할 수 있다"라고 한 알베르 카뮈의 말처럼 코로나 팬데믹에 대응하는 우리나라 사람들의 대처방법도 탁월했다.

강사업계도 이내 온라인강의 체제로 전환이 되어 강의가 재개되었다. 온라인 Zoom 이라는 화상교육으로 전환되니 먼 거리는 차량 이동시간까지 줄어 효율적이기 까지 했다.

우리에게 코로나라는 시간은 더 심도 싶은 공부를 할 수 있는 마중물 같은 존재였다. 꾸준한 독서와 운동으로 루틴을 지켜오던 게 힘이 되어 함께 독서 모임도 하는 〈스트레스 교육협회〉 강사님들과 독서 모임을 넘어 더 심도 깊은 스트레스 연구회를 만들었다. 그러다 추진되었던 것이 협회 책 쓰기 프로젝트였다. 한 방향을 교육하며 바라보는 강사님들끼리 스트레스 관련 전문 책을 쓰자는 것이었다.

〈한국 스트레스 교육협회〉 강사님들은 이미 수년 동안 스트레스 전문 분야에서 강의를 하시던 분들이기에 모이면 책 한 권쯤은 뚝딱하고 쓸 기세였다. 하지만 에세이나 소설책과 달리 검증이 된 과학적 근거에 기반하여 쓰는 전문 자기 계발서이므로 풍부한 자료와 근거 솔루션을 주어야 했다. 밤낮으로 논문을 읽으며 자료조사를 하고 글을 썼다. 그렇게 우리는 기획 시간 집필 시간 약 8개월의 인고의 시간을 거쳐 몇 달을 공부하고 연구한 내용을 바탕으로 《온스트레스》라는 책과 이어 단독으로 《오감힐링 테라피》라는 두 권의 책이 세상에 빛을 보게 되었다.

혹자는 출간을 또 다른 말로 출산이라는 말을 한다. 출산을 위해 어머니가 아기를 위해 인내하고 노력하고 절제하는 삶을 견뎌내는 것과 유사하다는 뜻일 것이다. 책을 집필하는 동안 창조의 과정이 쉽지 않아 때론 지치기도 힘들기도 멈추고 싶은 순간도 있었다. 하지만 책을 탄생시키는 과정을 이겨낸 내가 기특했고 자랑스러워졌다. 아기의 탄생은 가족의 행복을 가져다주고 부모의 삶으로서의 변화와 성장을 만들어 준다. 이처럼 책 출간을 통해 강사에서 작가로서 성장하고 독자들에게 영감과 영향력을 넘어 그들의 삶에 새로운 시선을 줄 수 있다는 것에 감사했다.

우리의 책은 출간한지 얼마 되지 않아 네이버 베스트셀러에 이름을 올렸다. 책을 쓴 강사님들과 함께 온라인 북 토크도 개최하였다. 코너를 만들고 독자와의 참여 이벤트도 기획했다. 많은 분들의 참여로 즐겁고 핫 했던 이벤트였다. 많은 기업의 교육 담당자분들께서 책이 유용하다 하시며 교보재로 활용하신다고 주문도 많이 해주셨다. 늘 배움을 실천하시는 주변 기업 교육을 하는 강사님들께 유용한 교육 지침서라는 평도 받았다. "강사님 멋있어요!!" 같은 업을 하는 동료 강사님들이 해주는 그 한마디에 그간 책을 쓰며 보낸 시간들이 주마등처럼 스쳐 지나갔다. 힘들다 느꼈던 순간순간이 부끄러워질 만큼 많은 축하를 받고 주변에 연락이 소원해졌던 지인들까지 책 출간 소식에 책 주문했다며 연락이 오기까지 했다. 친한 대표님은 직원들 스트레스 관리 필독서 해야겠다 하시며 필히 싸인본으로 가져 달라 하셨다. 인내의 시간을 통해 나의 책이 누군가에게 스트레스가 관리되고 힐링이 된다는 것에 감사했다.

요즘도 가끔 출간한 작가라며 교육 중에 교육생분들이 책을 꼭 구입해 읽겠다 하시며 미리 싸인해달라 하신다. 덕분에 쑥스럽지만 입가엔 보람 가득한 미소가 담긴다. 독서를 통해 피운 나의 첫 꽃봉오리가 나의 출간된 책에 고스란히 남아있다.

05

독서 이미지브랜딩

언젠가 한 여성분이 찾아와 이미지 컨설팅을 의뢰
한 적이 있다. 결혼과 육아로 인해 경력 단절이셨던 그분은 새
롭게 제 제2의 인생을 위해 재취업을 하고 커리어우먼이 되고
싶어 하셨다. 하지만 오랜 경력 단절로 메이크업은 립스틱 하
나 바르는 게 다이고 감각도 떨어져 어떻게 옷을 입어야 할지
도 모르겠다고 하셨다.

"세련되지만 너무 튀지 않고, 남들 앞에 유행에 뒤처지지 않을
만큼 변할 수 있을까요?"

가을 웜톤의 어두운 피부를 갖고 계신 그분은 퍼스널 컬러 컨
설팅을 통해 얼굴에 어울리는 이미지로 메이크업과 외적 패션
스타일링으로 변화를 주었다. 본인의 모습을 보며 놀라워하기
도 하고 신기해하기도 했다.

"이런 옷이 저한테 어울릴까요?" "제 피부가 너무 어두워서요" 자신감 없는 목소리와 눈빛이었다. 요즘 너무나도 핫 해서 유행이기도 한 퍼스널 컬러를 받게 되면 보통은 화장품부터 싹 바꾸러 가야겠다고 하신다. 반대로 이분은 무언가 자꾸만 자신감이 떨어져 있는 듯한 모습에 마음이 쓰였다.

그래서 오행 심리상담과 함께 현재의 감정을 진단하는 감정오일 테라피를 통해 상태를 진단해 드렸다. 많은 상황에서 지치고 위축된 상태가 오랜 기간 동안 어어져 내면에 자리 잡은 부정적인 자기 인식과 자존감 상실이 있었다. 이분은 새로운 도전이 선뜻 쉽지 않은 분이라 지속적으로 내적+외적이미지 컨설팅을 해드리기로 하였다. 그리고 "자존감 수업"이라는 책 한 권을 선물하였다.

이분 이야기를 꺼낸 건 많은 사람들이 자기 자신을 생각보다 과소평가하고 계신 분이 많다는 것이다. 나 역시 그랬다. 여기에선 외적이미지(외모, 겉모습)를 말하는 것이라기 보단 나의 내면의 단단함이 부족했다. 늘 가르치는 교육자에 입장이다 보니 늘 부족하다 느끼고 교육하는 입장에선 항상 많이 알아야 한다는 고정관념에 사로잡혀 늘 배움에 목말라 있었다. 그 때문에 일을 하는 시간 이외는 늘 강의를 듣거나 무언가를 배워야 한다는 강박이 있었다. 그런 강박관념은 온전하게 쉴 수 있는 휴일의 개념이 없이 일하게 했다.

자존감은 영어로 "self-esteem" 이다. 어학 사전으로 보면 자신 스스로를 갖춘 존재로 여기고 부정적으로 여기지 않는 감정을 이야기한다. 즉 나 자신을 존중하고 나를 사랑하는 마음이다.

"사람은 누구나 매력(魅力)이 있다." 한자를 풀이해보면 도깨비 매(魅) 자에 힘력(力) 이란 글자의 조합 즉 도깨비처럼 홀리듯이 잡아끄는 힘을 말한다. 사람은 누구나 각자의 개성과 독특한 매력이 있다. 반드시 외모를 말하는 것이 아니다. 상대방을 편안하게 해주는 부드러운 목소리를 가진 이금희 아나운서는 라디오에서 들리는 음성만 들어도 차분하게 운전을 하게 될 정도이다. 고요하지만 배려가 강점인 유재석씨의 리더십 또한 인정받는 매력이라고 말할 수 있다. 혹은 흡입력 있는 강인한 눈빛일 수도 있고, 상대방의 이야기를 경청해 주는 자세가 매력으로 다가오는 사람들도 있다. 중요한 건 자신의 매력을 인정하는 자신감이다.

요즘 같은 디지털 시대 '퍼스널 브랜딩' 이라는 단어를 들어보

앞을 것이다. 인터넷과 소셜 미디어를 활용하여 자신의 강점(매력)을 통하여 나만의 콘텐츠를 부각시키고 브랜딩화 시키는 것을 말한다. 많은 사람들이 퍼스널 브랜딩에 관심이 많고 때문에 많은 광고들로 무장한 브랜딩 강의가 넘쳐 나고 있다. 때문에 관심이 많은 사람들이 수많은 비용을 지불하며 브랜딩 수업을 들으려 열을 올리고 있다. 이미지 브랜딩 강사의 입장으로 퍼스널 브랜딩 수업을 듣기 전에 먼저 나만의 매력을 찾아 자존감 수업을 먼저 듣길 바란다. 그리고 자존감 찾기의 첫 단추가 독서라고 감히 추천드리고 싶다. 독서는 나를 바로잡고 디자인하는데 큰 도움을 주었다.

첫째, 독서를 통해 나의 내면의 그릇을 키울 수 있다.

늘 걱정 인형을 데리고 살아야 하나 할 정도로 매사 일을 실행하기 앞서 걱정을 했었다. 그러던 중 멘탈 강화 관련 책들을 읽었다. 뇌 과학 책들을 보면서 나만의 감정을 인식하고, 나를 객관적으로 바라보는 눈을 키웠다. 자기 조망 능력은 개인의 성장과 발전에 중요한 역할을 한다는 사실도 알게 되었다. 흔들리는 상황에서는 늘 자신에게 질문하였다. 쓸데없는 걱정은 날아가고 객관적인 부분부터 해결책을 찾아갔다. 걱정 인형 따위 생각조차 하지 않을 정도로 나에게 조금은 관대해지고 쏘 쿨해졌다.

둘째, 독서는 스트레스를 해소해준다.

독서를 하며 재미와 흥미를 느낄 때 우리의 뇌는 쾌감 호르몬인 도파민과 안정을 주는 세로토닌을 분비시킨다. 스트레스관리 강사이기에 호르몬 이야기를 많이 전달하고 있지만 여과 없는 사실이다. 새로운 지식습득이나 자신의 감정과 생각이 공감되는 책의 내용을 접할 때 도파민 분비가 촉진된다.

안정의 호르몬인 세로토닌은 마음에 드는 책 안에서 긴장이 풀리고 편안함이 느껴질 때 분비 되는데 우울증이나 불안한 감정 예방에도 탁월한 효과가 있다. 메니에르 증후군에 걸렸을 때 확실하게 느껴졌던 부분이다. 책 읽기가 그렇게 재밌다 느껴진 적이 없었다. 회복도 너무 빨랐다. 내가 좋아하는《그리스·로마신화 책》의 많은 스토리와 《심리학으로 읽는 그리스로마신화》로 이어지는 확장독서 덕분이었다.

셋째, 독서를 통해 나를 디자인하는 전문가가 될 수 있다.

독서는 우리에게 다양한 지식과 경험을 제공하는 것 이외에 자신의 가치관, 성격, 능력등을 발견하게 한다. 이를 토대를 나만의 스타일〈매력〉을 찾아 자존감 세우기인 나만의 디자인을 할 수 있게 해 준다. 규칙적인 독서 습관과 북클럽 활동으로 이미 읽은 책들이 쌓여간다. 꽂혀있는 책들을 보는 게 여간 뿌듯할 수가 없다. 루틴을 통해 독서량이 많아지더니 각종 출판사에서 책도 보내주시고 서평 활동도 하게 되었다. 독서와 글쓰기를 통한 결실로 책을 출간하고 작가가 되었다. 이제는 글쓰기와 책쓰기를 기획하고 누군가를 작가로 설수 있게 돕는 책쓰기 강사 제안도 받아 활동을 하게 되었다. 독서로 나를 디자인하는 습관이 작가와 누군가를 위한 쓰임이 되었다. 그리고 전문가라는 타이틀을 달았다.

"나에게 예의를 갖출 것" 새벽마다 만나는 북클럽 멤버들이 독서시간을 대하는 언어이다. 독서는 자존감이 높아가는 시간, 삶의 동기 부여를 나누고 활력소가 되었다. 예전에는 이미지 강사라는 타이틀로 외적으로 나를 꾸미는 부분에 많은 비용을 지출했었다. 기본 세팅이라는 속눈썹 연장과 네일아트 이 두 개만 줄여도 한 해에 다섯 권의 책을 구입할 수가 있다. 요즘 나의 가장 많은 지출 분야는 도서구입과 운동이다. 경제적인 우선순위의 가치를 두게 되었다. 그리고 재테크 서적을 읽어 내려간다. 출간한 책은 나에 자신감 날개에 확신을 주고 지금도 나는 글을 쓰고 있다. 나의 삶의 루틴까지 디자인할 수 있게 되었다.

주변에서는 독서 열풍이 불어 많은 분들이 독서 모임을 진행하고 혹은 작가가 되거나 독서 전문가가 된 모습을 볼 수가 있다. 그만큼 독서를 통한 브랜딩을 하고 있다는 증거 아닐까.

책을 늘 가까이하고 틈틈이 읽어 가면 언젠가는 그 책의 내용이 나에게로 쭉 빨려 들어오는 날이 올 것이다. 모두가 읽기 싫은 책을 억지로 읽을 필요는 없다. 내가 좋아하는 책 한 권을 고르기부터 시작해 보면 된다. 나 또한 명화 컬러 테라피를 주제로 서양 미술사 인문학 독서모임 론칭을 준비하고 있다. 내가 좋아하는 분야를 나의 매력을 활용해 내 영역에 적용시키고 독서를 통해 나를 디자인하여 자존감으로 무장한 온전한 나로 설 수 있도록, 나 전문가가 될 수 있도록 독서 이미지 브랜딩을 힘차게 추천해본다.

09

헤어 경력 30년 차, CEO 리더십 센터장을 꿈꾸다

김태연

01

무료함에서 시작된 독서

나는 아름다운 용모를 가르치는 선생님 미용사(美容師)다. 대학교 때, 미용을 전공하여 지금까지 미용인으로 살고 있다. 2022년까지 헤어사업장 운영경력이 10년, 헤어경력만 총 30년이 되었다. 경력이 많다는 것은 그만큼 나이도 많이 먹었다는 것이다. 그리고 돌이켜 생각해 보면 마치 30년짜리 한 편의 긴 꿈을 꾼 것 같은 느낌이 든다.

나는 젊은 시절, 오랫동안 서울에서 일을 하다 고향 춘천으로 돌아와 다시 일을 시작했다. 춘천의 핫 플레이스만 공략하며 8년 동안 헤어디자이너 경력을 쌓았다. 이렇게 해서 헤어디자이너 경력 총 20년이 되었다. 20년쯤 되었을 때 '이젠 내 사업을 해야겠다'는 결심을 했다. 사실 경력이 20년이 되기 전까지는 오너가 되고픈 마음이 없었다. 그냥 멋진 헤어매장에서 최고의 헤어디자이너가 되는 것이 꿈이었던 것 같다. 힘들지만 일은 좋았기에 그런 꿈을 꾸었다.

예전에 압구정동의 헤어사업장에 일을 했을 때, 원장님이 나에게 '오너 기질이 없다'고 하신 적이 있었다. 사실 나도 그럴지도 모른다는 생각을 했었던 것 같다. 모범적인 성격이 응용력이나 유연성은 조금 부족하기 때문이다. 막상 내 사업을 시작하니까 "이렇게 좋은걸 왜 이제야 했을까?, 경력 10년 만에 할걸." 이런 후회가 밀려오기도 했다.

'나도 되는구나! 더 이상 이력서를 쓰지 않아도 되고, 다른 오너에게 선택받지 않아도 되니까'.

또한 나에게 나도 모르는 오너 기질이 있는 것이란 생각도 하게 되었다. 짜릿했다. 이런 행복은 영원할 거라 생각했다. 오너에게 선택받는 건 아니지만 고객에게는 선택받아야 했다. 이렇게 처음 오너가 된 나의 첫 헤어사업장이 위치한 곳은, 아파트 단지 5개와 빌라단지 하나가 있는 곳이다. 그런 대단지임에도 미용실이 하나도 없었다. 아직 인프라가 형성된 곳이 아니라서 그런지 오픈하자마자 신규 고객이 끊이질 않았다. 사실 처음 시작할 때 나의 마음은 그냥 직원 일 때와 똑같았다. 그런데도 수입은 월급이 아닌 전부 내 것이라 좋았다. 그동안 20년을 해온 일이라 생각보다 쉽게 일이 진행되고 있었다. 지금까지도 그렇고 앞으로도 이 행운은 계속 될것 같았다.

직원과 오너의 다른 점은 직원 일 때 하지 않았고 몰랐던 일들 (세금과 같은 지출 부분들)을 사장인 내가 다 해야 한다는 것이다. 하나서부터 백까지 전부다. 사장의 초급이 된 것이지. 점점 더 고객이 늘어나고 혼자서 다 해 낼 수 없을 때에는 주말 아르바이트생도 고용했다. 매일 출근하는 것이 신나고 나를 믿고 찾아와 주시는 모든 고객님 한 분 한 분이 감사하고 소중하게 여겨졌다. 내가 내 사업장의 주인공이 되었다.

예전에 직원으로 함께 있을 때 친했던 후배 디자이너 선생님들이 주말에 바쁠 때에는 주말아르바이트도 해주곤 했다. 그러면서 아마 본인도 오픈하고 싶은 마음이 들기도 했나 보다. 왜냐하면 직원일 때와 오너일 때, 고객님의 대우가 달라진 나를 보았기 때문이다.

오너가 되면 내 직원이 힘들어할 때 내 사람은 지켜주는 책임감도 자연스레 생겨나게 된다. 역시 사람은 그 자리가 되어 봐야 그의 입장을 이해할 수 있게 된다. 이렇게 10개월 정도 운영을 하는 동안 가장 힘든 것은 주말 아르바이트생 구하는 일이었다. 그때 생각 해 낸 시스템이 〈1인 사업, 우선예약제〉운영이다.

미용실 일은 녹화 방송이 불가능한 라이브 콘서트의 형태라 혼자서 할 수 있는 데에는 한계가 있다. 그래서 '할 수 있을 만큼만 하자!'로 결정했다. 막상 바꾼 시스템대로 운영해 보니 훨씬 효율성이 좋았다.

또 다른 문제는 고객님들이 헤어스타일링 하러 오시는 것인데 자꾸만 다른 제안을 던져 주신다. "교회에 나가자, 절에 다녀라, 아님 결혼은 했냐?" 등등 사생활에 대한 질문이 더 많은 것이 일보다 더 힘들기 시작했다. 정중히 거절하는 것도 일의 하나가 되어버리니까. 더 재미있는 것은 아무리 정중하게 거절을 해도 기분 상해하시고 재방문하지 않는 것이다. 선을 유지하는 것이 힘이 들었다. 남정훈 저자의 《친절하면 결혼까지 생각하는 남자들》처럼 착각하는 분들도 종종 있기 때문이다.

우리 동네 고객님들은 내가 가족같이 느껴지는 것 같다. 뷰티업종이 서비스업이라서 친절한 것인데 그것을 구별하지 못하시는 분들이 계시다. 나로서는 일보다 더 힘든 부분이었다. 역시 '고객과 주인의 마음이 같을 수는 없는 것이구나!'를 깨닫고 나서 혼자 있는 시간은 독서를 더 많이 하게 되었다.

나의 사업장에는 헤어 제품이 아닌 책이 점점 늘어나기 시작했다. 서서히 독서가 대화의 주제로 자연스럽게 진행되는데 이런 대화는 지치지 않고 유쾌한 대화가 되었다. 가끔은 내 사업장 앞 도로를 자동차로 지나시다가 내가 독서하는 모습을 보시면 그 모습이 매우 아름답다고 하시는 고객님도 있었다. 이런 칭찬은 처음 받아봐서 여기저기 자랑도 많이 했다. 그런 예쁜 말로 칭찬해 줄 수 있는 사람은 오히려 그 사람이 더욱 아름답게 느껴진다.

이렇게 나를 믿고 나의 사업장을 방문하시는 고객님들께는 헤어 스타일링뿐 아니라, 그 이상의 다른 무엇이라도 더 드리고 싶어 진다. 어린이 고객의 성장과 함께 어린이 엄마와 헤어사업장 사장도 함께 성장하고 싶은 마음이었다. 믿고 맡길 수 있는 명품 사장이 되기 위함이다.

그렇게 4년을 독서와 〈1인 사업, 우선 예약제〉를 운영하다 보니 나의 내적성장은 이루어졌지만, 사업장의 내부시설은 망가져 가기 시작했다. 이런 사업장은 내가 봐도 가기 싫을 것 같아 보였다. 고객님께 죄송하고 민망해서 이민규 저자의 《실행이 답이다.》를 읽고, 과감히 리모델링을 실행하기로 결정했다.

16일간의 리모델링 공사. 리모델링은 내가 디자인한 데로 잘 되었다. 무엇보다도 디자이너의 동선을 고려한 편리함과 고객의 프라이버시를 지킬 수 있는 설계에 포인트를 맞추었다. 재오픈 당시 고객의 반응도 기대 이상이었다. "우와!! 무슨 카페

같아요!!!"라는 반응이 대부분이었다.

이렇게 공기(공사기간)를 기다려 주신 고객님과 새로 오픈했냐며 찾아오신 신규 분들까지 해서 폭발적인 반응이었다. 물론 이때는 매니저선생님과 디자이너선생님 한 분 까지 해서 나포함 3인 체계를 갖출 수 있었다. 내가 꿈꾸던 시스템을 갖추게 되었다. 이대로 승승장구 계속되는 것이 목표였다. 할 수 있을 거라 생각했다.

문제는 직원 분들이 오래 있지를 않았다는 것이다. 사실 나도 리더 교육을 받은 상태가 아니라서 그냥 내 마음처럼 잘 챙겨주기만 했다. 중요한 것은 나(리더)의 직원 뽑는 기준이 명확하지 않았기 때문이었다. 아쉽게도 이런 시스템은 6개월 만에 종료가 되었다. 비록 결과는 좋지 않았지만, 책의 지혜를 내 삶에 적용해서 배움 하나가 추가되었다.

02

생각의 전환을 도와준 책

　　미용사로만 일을 오래 했지 미용실 운영에 대한 경험이 없었던 나는 여러 시행착오를 겪어야 했다. 수많은 결정을 내려야 하는 상황에서 내가 선택한 것은 독서이다. 윤석일 저자의 《1인 기업이 갑이다.》를 읽고 나는 본격적으로 1인 사업을 해야겠다고 마음먹었다.

가장 어려웠던 것은 예약과 실무를 동시에 해결하는 거였다. 그때 적용한 것은 〈100% 예약제운영〉이다. 3인 체계에서 다시 혼자 있는 것이 처음 적응기간엔 조금 힘들었으나 차차 적응하니 이런 시스템이 훨씬 효과적으로 느껴지기 시작했다.

내 사업 오픈 5년 만에 같은 공간에서의 새로운 변화.

리모델링할 자금 확보를 위해 엄청난 고민을 하고 있었다. 로버트 기요사키의 《부자아빠 가난한 아빠》에서 자본가가 되려면 네트워크마케팅을 해야 한다는 구절이 떠올라서 경험을 해 보고 싶은 찰나에, 지인분이 커피 글로벌 네트워크 사업이라며 내게 와서 사업설명을 해 주었다. 사업설명을 자세히 듣고 비전이 보여 바로 커피 네트워크마케팅 사업을 플랜 B로 하게 되었다. 이 사업을 선택한 결정적 계기는 매주 월요일 휴무 때마다 인천지사에서 하는 미라클 모닝 시간이었다. 한 달에 한 권씩 책 읽기가 있어서 새벽에 춘천에서 인천까지 국도로 왕복 6시간씩 운전해 가는 길이 힘들지 않게 느껴졌다. 이때 할 엘로드의 《미라클 모닝》과 론다번의 《시크릿》을 알게 되었고, 읽고 난 후 바로 실천하니 진정한 아침의 기적이 일어나기 시작했다. 이런 나의 에너지에 춘천지사도 생겨서 1년 4개월의 열정적인 플랜 B활동과 내 사업의 병행이 자연스럽게 연결되어 후배 사업자에게도 시너지가 발생하게 되었다.

[05시~10시 : 미라클 모닝 시간(독서, 웰빙 식사, 음악과 함께하는 명상, 가벼운 댄스, 글쓰기 등등)]

그 힘으로 새롭게 리모델링한 사업장으로의 출근하는 것이 내겐 또 하나의 여행지가 되었다. 인사할 때도 나의 목소리 톤과 에너지가 올라가니 고객들은 즐겁게 웃느라 눈가에 기쁨의 주름이 잡히는 줄도 모르고 즐거워한다. 이제는 내가 만든 여행지를 찾아 주는 고객이 내 사업장의 주인공이 되었다. 사업장이 여행지가 될 수 있었던 것은 순전히 축적된 독서의 힘과 준비된 실행력이었다. 김승호 회장님의 《사장학 개론》에서 '사장은 혼자서 무엇을 해결해 나가기로 마음먹은 사람입니다!' 라고 했다.

예약이 없는 시간은 친한 원장님 매장에 가서 같이 점심도 먹으며 즐거운 휴식 시간도 가질 수 있게 되었다. 나를 위한 시간을 벌 수 있게 되었다. 쉬는 날을 이용해 또 다른 배움과 경험을 열정적으로 할 에너지가 넘쳐났으니까.

고객들은 새로운 것을 원하는 사람과 그렇지 않은 사람으로 이루어진다.

'왜? 내 매장 운영이 내 생각처럼 되지 않을까?' 라는 의문이 들 때면 노장군의 《헤어숍 성공 시나리오》, 변화경영전문가 김순덕의 《부자 미용사 & 가난한 미용사》, 이태혁의 《사람의 마음을 읽는 기술》 같은 경영 관련 서적과 심리학 관련 서적을 탐독했다. '왜 생각보다 매출이 더 상승하지 않을까?' 싶을 때는 보도 섀퍼의 《돈》, EBS 다큐프라임 《자본주의》와 같은 경제 서적을 읽으며 해답을 찾아 나갔다.

이렇게 내가 잘 안다고 생각했던 편견에 사로잡혀 멈춰 있거나 후퇴하고 있다는 느낌이 들 때에는 새로운 방향전환이 필요하다. 이럴 때에는 책에서 멘토를 찾아 내가 지켜내려 하는 것을 지켜내는 힘. 바로 나의 보물 1호 사업장을 지킬 수 있는 책임감이 생겨난다. 내가 이렇게 책을 좋아하는 사람이 아니었다면 지금쯤 어떻게 살아가고 있을까? 하는 생각을 하기도 한다.

고등학교 시절 이과 출신이라 전공에 기술적인 측면은 그리 어렵지 않았으나 문과적 성향의 부족함을 감성에세이로 채워나가기 시작했다. 인문학에도 영역이 확장되기 시작했다. 내게 부족했던 감성이 채워지면서 공감에 대한 갈증이 느껴졌다. 헤어숍에서는 사업이 우선이라 공감토크 할 시간이 항상 부족했다.

책을 좋아하는 사람을 만나고 싶어졌다. 바로 참여하고 싶은 독서 모임을 찾아서 가입하게 되었다. 그곳에서는 나 혼자 선택하기 어려운 양서를 참 많이 읽게 되었다. 뿐만 아니라, 함께 한 사람들에게서도 많은 것을 배우게 되었다. 나는 지금껏 미용일이 최고로 극한 직업인 줄 알았는데 모든 직업은 쉬운 일이 하나도 없다는 것도 알게 되었다. 나의 독서모임 활동은 남들보다 늦은 출발이었던 것도 알게 되었다. 늦게라도 알지 못하고 경험하지 못했다면 아마도 후회하는 삶을 살았을 것이다. 일을 즐기고 싶다면 시간을 만들어 독서를 했으면 한다.

보도 섀퍼의 《돈》이라는 책은 나와 동갑인 고등학교 교사이며 교과서를 집필하신, 독서모임에서 알게 된 선생님의 추천으로 읽게 되었다. 부산이 고향이신 선생님인데 이곳에 친구가 없어서 나와 같은 독서모임에 등록하셨다. 마침 나이도 같아서 서로 배울 점이 많은 친구가 되었다. 기본적으로 독서광들이 모이는 곳이라 서로 책 추천을 잘해주었다. 한 번은 잠이 오지 않을 때 수면제처럼 읽기를 권한다며 김현경 작가의 《사람, 장소, 환대》를 추천해 주었다. 바로 주문을 해서 읽는데 잠이 오는 것이 아니라 오히려 탐독하며 읽을 수 있어서 너무 좋았다. 이 책의 내용 중에서 〈뒤르켐이 고프먼에게 인격은 상호작용의 흐름 속에서 그때그때 타인들의 협조에 힘입어 표현되고 확인되는 무엇이다..... 개인은(사회화를 거쳐) 일단 사람이 되었다고 해도, 남의 도움 없이 계속 사람으로 살아갈 수 없다. 사회생활의 모든 순간에 그는 다른 사람들로부터 사람대접을 받음 으로써 매번 사람다운 모습을 획득하는 것이다.....〉라는 부분에서 소리 없는 공감의 외침이 있었다. 1인 사업이다 보니 보다 적극적으로 사회생활을 찾아서 해야 함을 깨달을 수 있었다. 그리고 《생각의 탄생》도 이 선생님의 추천으로 알게 되었다. 아마도 타지에서 오신 분이라 사업 관계가 아닌 인간관계가 된 것이 고마웠나 보다. 나이를 한 살 한 살 먹어가며 같은 취미를 공유할 수 있는 친구를 찾기란 그리 쉬운 것이 아닌데도 불구하고 존귀하게 여길 수 있는 친구를 독서 모임을 통해 찾을 수 있어서 더욱더 책을 사랑하지 않을 수 없게 되었다. 지금까지도 나의 성장을 응원해 주고 계신다.

독서 모임에는 대부분 교육자분들이 많다. 그들도 직업을 벗어나서는 같은 사람이다 보니 자신을 찾고 싶어 한다. 여행을 무척 좋아하는 영어 학원 강사가 사준 조던 매터의 《우리 삶이 춤이 된다면》은 현장의 느낌이 생생한 사진이 있고 그 사진을 두 줄로 표현한 문구를 보면 저절로 환호성이 터진다. 모든 일상이 이렇게 예술이 될 수 있고 아름다울 수 있으며 꿈 많은 30대 초반 여성의 꿈을 이 책이 충분히 대신 표현해 주는 기분이었다.

독서 모임에 입문하기 전에는 이영석 작가님의 《인생에 변명하지 마라》, 《총각네 야채가게》와 브라이언 트레이시 성공 경영 시리즈 《1. 위대한 협상의 달인》, 《2. 성공을 부르는 리더십》, 《3. 동기부여불변의 법칙》에 한동안 매료되어 있었다. 이영석 작가님의 "즉시, 반드시, 될 때까지"의 구호를 나에게 각인시켜

가며 지치지 않는 에너자이저가 되어있었다. 고객들은 이런 나를 보며 긍정에너지를 채워 가기도 하고 감성에세이를 읽다가 울컥하며 그동안 어디에서도 하지 못했던 심연의 이야기를 꺼내기도 하였다.

이렇게 궁금한 것이 생길 때마다 책을 찾아서 공부하다 보니 정말로 아는 것이 많아지면서 내 안에 힘이 생기는 것을 느낄 수 있었다. 기업 대표님 들이 오셔도 대화가 되고 교수님과도 소통이 된다. 이젠 누구와도 어렵지 않게 만날 수 있는 자신감 상승. 낯가림이 사라졌다. 사람을 만날 때의 긴장감이 사라졌다. 그리고 모르는 것을 모른다고, 싫은 것은 싫다고, 안 되는 것은 안 된다고 당당하게 표현할 수 있는 자기 존중감이 생긴다. 현명한 판단력이 생기면서 삶의 희열을 느끼기 시작했다.

03

위기는 곧 기회이다

2019년 12월 내 사업 7년 차쯤 됐을 때, COVID19가 발생했다. 역사책에서나 본 흑사병 시대를 나도 직접 겪게 될 줄은 상상도 못 했다. 처음에는 이러다가 금방 끝나겠지, 남의 나라 일이겠지, 했던 것이 이렇게 까지 전 세계를 혼란에 빠뜨리게 될 줄은 그 누구도 예상하지 못했다.

미용실 또한 예외가 아니었다. 나도 IMF를 겪은 세대지만 공무원 가족이었고 98년도에는 나이 어린 디자이너였기 때문에 경영인들의 고충을 몸소 느낄 수는 없었다. 지금은 내가 변화에 대응해야 하는 그 당사자가 되었다. 미용실 경영을 하며 오랜 시간이 지나자, 건강상의 문제가 나타났다. 경영자로 살아오면서 오랜 세월 동안 쌓여온 잘못된 식습관으로 인해서 식사 시간이 엉망진창이 되었다. 아무리 배가 고파도 작업도중 에는 믹스커피나 견과류 같은 것으로 대충 해결하는 일이 다반사였기 때문이다. 신경성 위염은 기본이다.

어느 날 갑자기 잠을 자다가 호흡곤란으로 돌연사할 뻔했다. 그 순간 숨이 쉬어지지 않는 것을 스스로 인지하고, 곧바로 일어나서 입으로 심호흡을 하기 시작했다. 코로나 환자로 인해 병원은 갈 엄두도 내지 못하는 상황이었다. 간호 일을 하는 친구에게 이야기를 했더니 자기 친동생이 아플 때 다닌 한의원인데 괜찮은 것 같다며 추천을 해 주었다. 그 한의원은 바로 진료를 볼 수가 있었다. 가서 진료를 받으니, 위가 경색이 되고 영양부족으로 심장이 제 기능을 하지 못했다고 했다.

나와 같은 증상이 서울 강남에 사는 사모님들에게 엄청 많다고 하신다. 이른바 화병. 그리고 진맥을 하시더니 맥이 '애기 맥'이라고 하셨다. 시침을 하시면서 "참지 마세요. 아프면 아프다고 꼭 말씀하세요. 불편한 곳 있으시면 참지 말고 말씀하세요. 참지 마세요."이렇게 한의사 선생님이 계속해서 참지 말라고 강조해 주셨다. 신기한 것은 침 맞고 바로 맥이 좋아졌다며 한의사 선생님과 간호사 선생님 모두 놀라신다. 시침의 효과가 빨리 나타났나 보다. 이것이 바로 천운 인듯하다.

처방해 주신 한약을 따뜻하게 먹고, 위를 부드럽게 만들어 조금씩 늘려가며, 환자식으로 식사를 하고 필요한 영양제도 보충하다 보니 어느덧 적정체중으로 돌아왔다. 자가 치료를 할 수 있었던 힘은 고미숙 작가님의 《동의보감》을 읽은 덕분이었다. 이렇게 나 스스로 요양 치료를 해 가면서도 예약 고객이 있을 때는 언제나 밝고 감사하게 일을 했다. 지금 까지는 그럭저럭 잘 유지하고 있는 중이다. 휴식도 하고 운동도 하면서 나를 잘 보살펴 주고 있다.

내가 영양실조로 죽어가고 있었다는 것을 처음 알게 되었을 때는 내 마음이 마음이 아니었다. 우리 가족, 고객님, 우리나라까지 원망스러웠다. 하지만 천천히 다시 긍정적으로 생각할 수 있었던 것은 제니스 캐플린의 《감사하면 달라지는 것들》덕분이다. 그 책을 통해 치유의 최고 선물은 "감사"라는 것을 알게 되었다. 건강을 되찾을 수 있어서 감사하고, 앞으로 제2의 인생을 좀 더 멋지고 여유롭게 살아갈 수 있는 희망이 생겨서 감사했다. 같은 실수는 반복하지 말아야겠다는 다짐도 아픈 경험과 따뜻한 책을 통해서 또 한 번 배우게 되었다.

그렇게 건강을 회복한 후, 2021년 3월부터는 조금 더 철저한 예약제 실행이라는 변화를 시작했다. 다행히, 학습효과가 좋은 편인 나는 이제부터라도 나를 가장 먼저 아끼고 사랑하는 삶을 살아가고 있다.

무조건 참거나 받아주지 않고 반문하고 표현하고 있다. 우리나라 경제흐름과 물가 상승 속도에 맞춰서 가장 먼저 한 일은, 고객 수를 줄이고 가격을 올리는 것. 그 과정이 결코 쉽지 만은 않았다. 헤어경력 30년을 헛되게 하지 않고 최고의 리더로 거듭나기 위해서는 책을 놓을 수가 없었다.

언젠가는 답이 나올거야! 라고 막연히 기다리기만 하던 내가 단계적 성장을 실천하기 시작했다. 감사한 것은 사회적 거리두기가 시작되면서 사람들이 밖으로 나오지 않을 때부터 시작되었다. 코로나 이전에 "머리는 잘 하는데 가격이 좀 비싸다"라고 하셨던 고객님들도 "이젠 여기만 와야겠다."라고 말씀해 주셔서 그 또한 감사했다.

'가성비 가심비 갑' 이라며 긍정의 피드백이 나왔다. 이렇게 아프고 힘들 때 인정을 받게 되니 아팠던 기억도 잊어버릴 수 있게 되고, 힘을 내어 앞으로는 더 잘 살고 싶어졌다. 그때 도움을 받았던 책은 김영헌 저자의 《행복한 리더가 끝까지 간다》였다. 책을 통해 감사의 마음까지 장착하게 된 나는 더욱 독서에 몰입했다. 그 후에도 어려운 일이 있을 때마다 책을 통해 지혜를 얻었다.

모든 사업장이 그랬지만, 코로나 시기는 미용실 운영에 또 다른 위기를 가져왔다. 그 당시, 나와 고객 모두 외모보다는 생존이 우선이었기 때문에 고객의 숫자는 서서히 줄어들기 시작했다.

이런 위기를 기회삼아 나의 서비스가 꼭 필요한 찐 고객만으로 가자는 새로운 전략을 세워야 했다. 그때도 여러 경영, 경제서를 읽으며 도움을 받았다. 7년 동안(미용 27년)을 아무리 혼신을 다해 진정성 있게 작품을 해 드려도 그 감사함을 알아 봐 주지 않는 고객도 있었다. 그런 분들에게는 더 이상 마음이 가지 않았다. 그런 분들을 받아야 할지가 항상 고민이었다.

게다가 소비자 스스로 쉽게 홈 케어, 홈 스타일링이 가능한 세상이 되면서 미용의 판도가 바뀌었다. 홈쇼핑에서 홍보하는 것처럼 "우리 똥 손 여러분도 가능합니다."처럼 쉽게 가져다 대기만 하면 연예인 헤어가 되는 세상이었기 때문이다. 오히려 일반인이 더 연예인 같은 시대를 살고 있기 때문에 예전의 방식으로는 살아남기 어려울 때였다.

나는 감사하게도 책을 통해 이런 시대의 변화를 빨리 눈치챘다. 그래서 고객을 다시 정의하기 시작했다. 혼자 헤어스타일링을 못하는 고객, 헤어스타일에 만큼은 투자하겠다는 자기 관리 고객 이렇게 두 부류만이 선택했다. 덕분에 지금은 명품 헤어 살롱으로 2022년도 3월에 체계가 완성되고 2023년 2월까지 시범사업이 완료했다. 이런 아이디어를 주고 위기를 감사함과 기회로 만들어 준 것은 모두 책이었다.

04

독서가 준 소통의 힘

2020/9/1/화
이모한테 꼭 사주고 싶었던
인생 책! 사드리게 되어
기뻐요(하트)

−이모사랑 정지원−

어느 날, 조카에게 《말센스》라는 책 한 권과 편지
를 선물 받았다. 이런 사랑스러운 글과 함께 온 책. 조카 지원
이의 깜짝 선물이다.
조카 지원이가 중3 때의 일이다. 한창 사춘기라 어른들 말은
끔찍이도 듣지 않을 때였다. 여름 방학 어느 날, 이모가 그동안

이야기해온 독서 모임에 함께 가자고 했더니 "네!!! 좋아요"라며 아주 흔쾌히 응해주었다. 처음엔 지원이의 성격이 내성적이라 이 자리를 낯설어했었지만, 곧 적응을 했다. 지원이의 엄마와는 전혀 다른 분위기인 북 카페 사장님 자매의 모습에 반한 것 같다. 지원이가 수줍은 채로 사장님께 이런저런 질문도 하고 사장님이 추천해 주시는 책도 읽고, 자몽에이드도 마셨다. 이모와 함께 독서 체험을 한 것이 어렵고 불편해서 두 번은 오고 싶지 않을 것 같았다.

나의 예상과는 달리 지원이의 반응은 대반전이었다. 카페를 나와서 내 차에 올라타는 동시에 환호성을 지르며 "이모 이모 저 여기 완전 좋아요. 다음에 또 와요!"이러는 것이다. 사실, 나는 깜짝 놀랐다. 서른 살 차이인 나에겐 아주 소소한 일상이 사춘기 소녀에겐 이렇게 환희에 차는 엄청난 일인 줄을 처음 알 게 되었다. 예상하지 못한 또 한 가지는 "이모 지인 소개 시켜 줘서 감사해요!!"라고 한 것이다.

마냥 어린 줄만 알았던 지원에게 선물 받은 《말센스》를 읽으면서, 사실은 나와 같은 어른들에게 공감받고 싶은 사춘기 소녀의 마음이 끊임없이 느껴졌다. 가슴이 뭉클했다. 내가 틈틈이 조카에게 관심을 줄 수 있었던 탓인지 조카도 나에게 많은 위안을 받은 듯했다.

나는 조카 지원이가 선물해 준 《말센스》를 통해 말의 중요성을 알게 되었다. 그리고 나이 어린 사람과 함께 할 때에는 좋은 말이라도 조금만 해야 한다는 것. 한참 성장 하느라고 힘든 청소년과 함께 할 때 에는 그들이 자기표현을 많이 할 수 있게 기회를 줘야 한다는 것도 알게 되었다. 조카 지원이와 《말센스》를 읽고 서로 토론하면서, 그 책을 읽은 전과 후의 나에게는 세대 차이를 뛰어넘는 소통의 힘도 생겼다. 사춘기 조카 지원이와 공유한 책이 그리 많지는 않지만, 한 권의 책을 통해 지원이의 어른 친구 한 명이 내가 되는 행운을 잡게 되었다.

독서모임에 데리고 갔던 경험 이후, 지원이는 새로운 취미가 생겼다. 내 사업장에 배치된 책을 읽으며 토론하는 것이다. 기시미 이치로, 고가 후미타케의 《미움 받을 용기1,2》 남인숙 저자의 《사실 내성적인 사람입니다.》 미즈노 남보쿠 《절제의 성공학》정도의 책을 읽고 토론하는 것은, 지원에게 일상의 큰 기쁨이 되었다.

가끔 나는 이렇게 조카와 함께 방학시간을 활용한 에피소드를 내 사업장 고객님께 스토리텔링하며 이야기해 드린다. 그러면 독서가 좋은 것은 알고 있지만, 독서를 쉽게 접하지 못했던 고객에게도 영향력을 끼치게 된다.

조카와 책을 읽고 나누었던 경험이 그 또래의 청소년 고객들과 소통하는데 도움이 되었다. 덕분에 조카와 비슷한 또래의 남학생을 초4부터 고2까지 머리를 해 주다 보면 엄마에게 하지 못하는 이야기를 내게 와서 잘 이야기한다. 중 · 고등 남학생들은 엄마 또래의 어른을 기피하는데 나는 말이 잘 통한다고 한다.

나의 고객인 한 학생은 방학 때 터키로 가족여행을 다녀왔다며 바로 미용실 먼저 달려온 경우도 있었다. 귀국 후 가장 먼저 선택한 곳이라며 초콜릿 선물을 주고 사진을 보여주며 여행 이야기를 해준다. 이런 모습을 볼 때면 내가 잘 키운 아들 같은 느낌이 들기도 한다.

청소년 고객들 중 중학교 졸업하는 친구들이 있으면 읽기 편안한 동화책 김수영 저자의 《꿈을 요리하는 마법카페》를 추천한다. 사업장에 배치된 책이 재미있다고 하면, 첫 번째 페이지에 축하 메시지와 함께 책을 선물해 주기도 한다.

소통은 엄마 고객들에게도 유용하게 적용된다. 책을 읽는 것이 좋다는 건 누구나 알고 있는 사실이지만 방법을 몰랐던 모든 엄마고객들에게 재미난 놀이 형태로 알려준다. 그러면 다음번 방문에 감동의 피드백을 표현해 주신다.

이렇게 책으로 이어진 조카와의 경험이 내 사업에도 영향을 미쳤다. 나는 조카가 선물한 책으로 소통을 배웠고, 또 그것이 나와 고객과의 소통능력을 키우는 데 한몫을 했다.

05

헤어숍 경영을 넘어
CEO 리더교육센터장으로

    대학 전공 학과를 선택할 당시에 나는, 그 어떤 것에도 첫 발을 떼지 못했던 상황에서 같은 반 친구의 권유로 미용학과를 선택했다. 우스개 소리지만 우리 엄마는 그때 간호학과 가서 의사랑 결혼하라고 하셨다. 대학도 가기 전에 엄마는 벌써 미래 남편의 직업을 정해 놓으셨던 듯하다. 그러나 나는 단순하게 주사 놓는 것이 무서울 거라 생각해서 간호학과를 선택하지 않았다. 나는 나의 선택에 따라 미용학과를 선택했다. 미용학과 안에는 다섯 가지 파트로 분류된다. 헤어, 피부, 메이크업, 네일, 두피.

처음에는 메이크업 아티스트가 되고 싶었는데 막상 입학하고 나서 배워보니 나는 헤어에 소질이 있었다. 쉽고 재미있었다. 교수님이 방금 데모해 주신 것을 보고 각자 자리로 가서 바로 실습을 해보면 나는 금방 작품이 되어 버렸다.

분명 동시에 교수님의 데모를 보고 나서 작업을 하는데 친구들은 나에게 계속 질문하러 왔었다. 나로서는 조금 의아했다. 알고 보니 엄마의 눈썰미와 손재주를 닮아서 타고난 감각이 있었던 것 같다. 이런 감사한 재능을 물려받았지만 내게도 부족한 부분이 많이 있다. 그중에 가장 안타까운 한 가지는 아마도 사업성인 것 같다. 교육 공무원인 아빠를 존경하며 자라서 그런 점도 있고 말 그대로 아름다운 용모를 가르치는 선생님이 되고 싶은 마음이 커서 인 이유도 있다. 미용실에서 제품 판매수당 버는 것이 가장 힘든 부분이었기 때문이다.

20년이란 경력이 쌓일 때까지도 내 사업을 하겠다는 마음이 생기지 않았었던 이유도 이런 이유에서였다. 그런데, 그렇게 20년을 공무원 마인드로 미용실 근무를 하다 보니 더 이상 재미와 보람을 느끼지 못했다. 새로운 내가 되고 싶어졌다. 그때쯤 사업을 해야겠다는 결심이 섰던 때이다. 한 지역에서 10년 동안을 직원으로 근무한 것은 이미 사업가의 준비(시장조사)가 완료된 것이나 마찬가지였다.

결심이 서고 모든 준비가 되니 오픈까지는 일사천리로 진행되었다. 20년 동안 배운 것을 바탕으로 사업을 하니까 신기하게도 사업은 그냥 저절로 되었다. 단지 바뀐 것은 고객님이 나를 부르는 호칭뿐이다. 디자이너 선생님에서 사장님 또는 원장님으로. 그런 기쁨도 잠시뿐 이었다. 사업을 하면 할수록 내 마음속에는 갈증의 심해짐이 느껴졌다.

사업을 하다 보니, 내 안에서 꿈틀 거리는 잠재력을 발산해야 함을 느꼈다. 그때 《조셉 머피의 잠재의식의 힘》, 《브라이언 트레이시의 백만불짜리 습관》, 《브라이언 트레이시의 목표 그 성취의 기술》, 이재범 저자의 《부자를 읽는 눈을 떠라》, 메이 머스크의 《메이 머스크:여자는 계획을 세운다》등의 경제 서적을 읽어가며 닫혀있는 내 안의 장벽을 깨는 데 도움을 받았다.

책의 도움을 받아 가며 헤어경력 29년 차. 1인 사업 9년 차가 되자, 서서히 경제 사정도 좋아졌다. 덕분에 코로나19가 시작된 지 세 번째 해 12월에 내 집 마련에 성공했다. 타고난 사업성의 부족으로, 기초 다지기를 튼튼히 하면서 1인 기업 9년 만에 조금 늦게 결실을 맺게 되었다. 백년대계를 위한 전반전 50년은 준비 기간이라 생각한다. 아마도 70년대에 태어난 X세대이기 때문에 혼자의 힘으로는 쉽지 않은 것을 해 낸 것일지도 모른다. 이렇게 무언가를 성취할 때 까지는 폭발적인 힘이 필요하다. 달성 뒤에는 긴장이 풀려서 거의 기진맥진하며 쓰러지게 된다. 이렇게 앞만 보고 달려온 사회생활 29년. 달성한 것 외에도 경험이란 소중한 재산이 내 머리와 몸 깊숙이 자리 잡은 멘토의 위치가 된 나. 뒤돌아보니 온통 감사함 뿐이다.

또 워커홀릭으로 살아온 나에게 만성피로는 언제나 그림자처럼 따라다녔다. 체력의 고갈로 인해 어쩔 수 없이 맞게 된 안식년 같은 사치스러운 감사함도 얻게 되었다. 제니스 캐플린의 《감사하면 달라지는 것들, 제니스 캐플런》을 재독 하며, 내가 해 낼 수 있었던 것이 모두 감사한 것이었음을 다시 한번 깨닫게 해 주었다.

모든 성공한 사람들이 이구동성으로 하는 말 중에 "내가 할 수 있으면 여러분도 할 수 있습니다.", 너무 멋지지 않은가? 그 사람들도 어리고 부족하고 꿈꾸던 시절이 있었던 우리와 똑같은 사람이었을 것이다. '나도 언젠가 이 말(내가 할 수 있으면 여러분도 할 수 있습니다.)을 할 수 있겠지?' 라는 생각은 단 한 번도 포기한 적이 없다.

법륜 스님의 《깨달음》에서는 '지금 이 찰나의 순간을 감사하라', '삶은 이미 우리 앞에 놓여 있다.' 고 말한다. 지금이 가장 감사한 때이고, 지금 만나는 사람이 가장 중요한 존재다.

이렇게 나의 잠재력을 깨우며, 사업을 하니 부족한 점인 줄 알았던 사업성이 오히려 진정성으로 빛을 발하게 되었다. 이 모든 것은 정독, 반복독서, 틈새 독서 덕분이다. 한참 독서 모임에 빠져 살 때에는 "하루라도 책을 읽지 않으면 입안에 가시가 돈는다"라는 말을 하기도 했다.

사실 사업 초기부터 예약 사업장이었으나 고객님은 오히려 코로나로 사람 만나기를 조심하던 시기에 1:1 맞춤 예약을 선호하게 되었다. 타이밍이 좋았던 것이다. 지방에 있는 헤어사업장에서는 찾아보기 어려운 휴식시간을 얻게 되었고 오후 6시 헤어사업장 영업 종료라는 새로운 시스템이 저절로 자리 잡을 수 있게 되었다.

꾸준히 독서를 하면서 또 하나의 꿈도 꾸게 되었다. 〈CEO리더 교육센터 설립〉이라는 꿈이다. 나는 단체 모임과 같은 왁자지껄한 분위기 보다 단출하고 조용한 분위기에서 진솔한 대화 나누는 것을 선호하는 성격이다. 새로운 사업 〈CEO리더 교육센터〉도 모집 정원이 2명이다. 단체보다 움직임이 빠르고 진행을 빨리 할 수 있다. 기존 사업장을 활용해서 새로운 사업을 추가한 것이다. 장소는 헤어 사업장 이지만 독서 경영을 해 왔기 때문에 기존 단골 고객님께는 전혀 새롭지 않은 연결성 있는 사업이다. 사업자에 업종 추가를 했을 때는 이미 시범사업 3회를 마치고 피드백이 좋은 결과를 얻은 이후다. 현재 진행 중인 사업이지만 아직은 스타트업 수준이다.

이 사업 모델은 이미 많이 진행되고 있는 사업이다. 내가 살고 있는 이곳 춘천에서도 공공기관에서는 진행하고 있는 사업이

다. 개인 사업자 중에서 나처럼 소그룹만 하는 리더교육 사업
은 아마도 신생 직업이 될 것이다. 간판 제작 할 때도 "이런 거
진짜 할 거에요?" 라고, "문의 가 들어와요"라고 하면 "진짜요?
신기하다.", "해 보세요." 등등 아직 까지 아무도 도전하거나
생각해 내지 못했던 사업인 건 분명하다.

올해로 나는 사회생활 31년 차가 되었다. 나의 소심한 성격을
바꿀 수 없어서 신념과 철학으로 생각하고 지켜온 나만의 사업
성. 나는 앞으로 기존의 멘토와는 차별화된 나만의 것으로 정
년이 없는 직업을 창조한 또 한 명의 멘토가 되고 싶다.

10

트러블메이커
장교에서
독서 강연자로!

최영웅

01

너 같은 애가 육군 장교라고?

한밤의 정적을 깨는 경찰차의 사이렌 소리. 그 소리보다 더 크게 울려 퍼지는 오토바이 엔진 소리. 위태로운 곡예 운전을 하는 검은색 오토바이 위에 앉은 작은 체구의 남자. 1시간 넘게 이어진 추격전이 끝났다. 승자는 교복 입은 운전자. 내 10대 시절의 이야기다.

술, 담배, 여자. 젊음과 방황의 연속이던 내 10대를 대표하는 키워드다. 나는 중학교 입학 후 첫 중간고사에서 전교 2등을 할 만큼 모범생이었다. 2학년이 되고, 소리 없이 찾아온 사춘기는 나를 180도 변화시켰다. 눈빛이 어두워졌다. 만나는 친구가 달라졌다.

15년 인생에서 처음 마신 술은 독했다. 용기가 생겼다. 담배를 피우던 친구들의 모습이 멋있었다. 나는 취기에 용기를 내서 친구로부터 담배 한 개비를 받아 들었다. 한 모금 빨아들이고, 기절했다. 귀가하는 버스 안에서 토를 5번이나 했다. 그날의 기분을 아직도 잊지 못한다.

나는 잘생기지 않았다. 여자들에게 인기는 없지만, 좋아하는 여자가 생기면 뒤꽁무니는 잘 쫓아다녔다. 10대의 키워드 중에 '여자'는 그런 의미다. 여자친구를 사귀면 '올인' 했다. 그 여자와 결혼하겠다는 생각으로 만났다. 철없지만 열정적인 사랑이었다.

철이 없던 그 시절 속 더운 여름날이었다. 친구 2명과 함께 검은색의, 심하게 개조를 해서 뒷좌석이 키만큼 올라간 오토바이로 도로를 달렸다. 헬멧 대신 야구모자를 쓰고 운전을 했다. 바람이 심하게 불어왔다. 운전실력은 미숙했지만 근거 없는 자신감이 생겨 핸들을 잡았다. 얼마 가지 못해 모자가 날아갔다. 모자를 줍자고 이야기한 후 핸들을 급히 돌린 순간, 우리 셋은 처참히 바닥에 나뒹굴었다. 오토바이가 넘어지며 내 오른쪽 무릎은 친구들의 무릎에 짓눌렸다. 십자인대 파열. 육상 선수였던 내게는 모든 게 끝나는 사건이었다. 절망 속에서 방황은 심해졌다.

나는 사고뭉치였지만 머리가 나쁘진 않았다. 고등학교는 내 고향인 여주에서 제일 명문학교라고 할 수 있는 인문계 학교에 입학했다. 허나 그곳은 나와 맞지 않았다. 나는 착하고 성실하던 내 친구들을 망쳤다. 친구 수십 명을 끌고 다녔다. 여자 동창들은 우리를 '개떼'라고 불렀다. 그 중심에 내가 있었다.

내 나이 19살, 고등학교 3학년에 부모님은 이혼하셨다. 어머니와 여동생과 셋이 살게 되었다. 홀로 자식들을 돌보는 어머니를 위해 공부를 해보겠노라 결심했다. 어머니의 부담을 덜어드리기 위해, 등록금이 저렴한 국립대에 입학했다. 전공 학과를 제대로 보지도 않고 지원했다. 입학만으로 만족했다. 그렇게 간 학교에서 성인으로서의 술, 담배, 여자를 즐겼다. 대학 생활 2년의 대부분을 축구 동아리방에서 보냈다. 공부에 관심이 없으니 축구만 하고, 술을 먹으며 시간을 흘려보냈다.

나는 유니폼이 좋았다. 대학교에는 학군단(ROTC)이 있었다. 단복을 입은 선배들이 멋있었다. 군인이 되어보기로 마음먹었다. 남자들과 어울리기 좋아하고, 운동을 잘하는 내게 적합한 직업이라 생각했다. 군 관련 지식은 없었지만, 군인의 길을 택했다.

대학은 내게 흥미를 일으키지 못했다. 새로운 마음으로 새출발하자는 각오로 육군3사관학교에 편입했다. 입교 당시(2008년) 사관학교에는 '3금(禁)제도'가 있었다. 내 인생의 키워드였던 '술, 담배, 여자(결혼)'이 금지되어 있었다. 삶이 180도 달라질 것 같았다. 선배들 눈치를 보던 3학년 시절은 내 삶에서 가장

착하고, 건전하게 보냈다. 4학년이 되니 본성이 깨어났다. '사관학교 4학년 생활은 4성 장군과도 바꾸지 않는다.'는 말이 있다. 눈치볼 대상이 없어지기 때문이다. 자유를 되찾았다. 주말마다 허용됐던 외박 기간 동안 '술, 담배, 여자'를 찾아다니며 방황했다.

사관학교 2년은 순식간에 지나갔다. 2010년 3월, 소위로 임관했다. 학생의 신분을 벗고 사회생활이 시작됐다. 진정한 성인의 '술, 담배, 여자'를 즐겼다. 행복했다. 세상이 모두 내 것만 같았다. 처음 배치받은 부대에서 나는 제법 잘했다. 소대장 직책의 1년은 중대장님이라는 그늘 속에서 자유분방하게 보냈다. 군 생활이 체질이라고 착각했다.

대대장님의 눈에 들어 부대 내 동기들이 모두 희망하던 좋은 직책(인사과장)으로 옮겨졌다. 군대에서의 진짜 업무를 처음 접한 시기였다. 부대원들과 뛰어다니기만 하던 내가 컴퓨터 앞에 앉아 행정업무를 하고, 선배들을 상대로 업무를 해야 했다. 얼마 못 가 우울증, 대인기피증이 찾아왔다. 심지어 목이 돌아갔다. 어머니는 나의 병을 고치기 위해 나를 전국으로 끌고 다녔다. 유명하다는 병원은 모두 찾아갔다. 정확한 병명이 나오지 않았다. 호전의 기미도 보이지 않았다. 무당을 찾아갔다. 수백만 원의 굿도 3번이나 했다. 달라지는 건 없었다. 결국 내 마음을 바꾸는 것이 답이었다. 그 후, 조금씩 건강을 되찾았다.

내가 만든 마음의 병을 군대 탓으로 돌렸다. 군 생활이 싫어졌다. 군대에서 제2의 사춘기가 시작됐다. 지연 출근이 잦아졌다. 관심 간부가 됐다. 관심의 시선이 싫어 더 엇나갔다. 주변의 도움이 없었다면 강제 전역이 됐을 것이다. 무사히 1년을 버티고 중위에서 대위로 진급하면 가야하는 필수 교육기관에 입교했다.

교육기간은 자유 그 자체였다. 수많은 동기들과 6개월을 함께 지낼 수 있는 시간. 20대의 혈기왕성함에 대위라는 계급까지 부여되자 마냥 즐거웠다. 봉급 수준이 달라졌다. 늘어난 봉급은 더 강한 유흥을 찾게 만들었다. 나는 28주의 교육기간 동안 29번 나이트클럽을 방문했다. 6개월의 교육기간 중에는 추석, 크리스마스, 설 연휴가 포함되어 있었다. 수업보다는 쉬는 날만을 기다렸다. 때로는 평일에도 나이트클럽을 방문했다.

클럽에 들어가기 위한 긴 대기줄은 나에게 문제가 되지 않았다. 나를 알아본 직원들이 나를 '형님'이라 부르며 입장시켜 줬다. 그 안에서 난 '영웅'이었다. 호루라기를 불며 분위기를 띄웠다. DJ와 함께 무대에 올라 사람들의 호응을 이끌었다. 나는 나이트클럽에서 최고의 손님이었다. 밤새 놀고 다음 날 새벽에 4만 원의 택시비를 내고 광주에서 장성으로 이동하는 날이 많았다. 수업 시간 10분 전에 도착해 책상에 누워 그대로 잠들었다.

교육 기간 중간에 학급 담당 교관님과 1:1 면담을 했다. 단도직입적으로 말씀하셨다. 퇴교를 권유하셨다. 대위 교육과정에서 퇴교는 극히 드문 경우다. 건강상의 문제, 불가피한 전역 사유가 생기지 않는 한 발생하지 않는 일이다. 교관님의 말에 반성은커녕 반항심만 커졌다. 교관님과 옥신각신하며 우여곡절 끝에 6개월의 시간이 지나갔다.

수료식이 있던 날, 난 수료식에 참석하지 않았다. 교실에 남아 교육기관이 주는 자유의 끝자락을 즐기고 있었다. 수료식에서 성적 우수자는 상장이 수여된다. 그 자리에서 서서 다른 사람을 위해 박수 치는 것이 싫었다. 나는 교실에 남아 학급 동기들 전체에게 줄 자체 상장을 제작해 작은 수료식을 준비했다. 20여 명 학급 인원들이 모두 상장을 받았다. 〈모범상〉, 〈개근상〉, 〈노력상〉, 〈울상〉, 〈진상〉, 〈밥상〉, 〈알콜상〉, 〈자유의 여신상〉 등등. 교육의 마지막 날까지 내 반항심은 수그러들 줄 몰랐다. 아쉬움을 남기고 다시 야전부대로 배치되었다.

야전부대에서 중대장이 되었다. 교관님의 통제에서 벗어난 내 군 생활의 모습은 상상에 맡기겠다. 단언컨대 나는 육군에서 가장 문제아였다. 나의 방황과 반항의 시간을 자랑으로 여겼다. 남들에게 자랑스럽게 말하고 다녔다. 그럴 때마다 동일하게 듣던 말이 있다.

"너 같은 애가 육군 장교라고?"

그랬다. 엉망진창의 삶을 산 내게 장교라는 이름은 어울리지 않았다. 난 전투복이라는 고귀한 유니폼을 입을 자격이 없는, 문제투성이 육군 장교였다.

02

십자인대를 잃고 만난 보물

대위 계급장을 달고 야전부대에 갔을 때 육군은 역사에 길이 남게 될 사건이 발생했다. 중대장이 된 지 6개월 차. 전군을 뒤흔든 '총기 난사 사건'이 발생했다. 이 사건을 계기로 교육기관을 막 수료한, 이제 갓 대위가 된 장교들 다수가 중대장이라는 직책을 중단하고, 참모 직책으로 보직 변경이 되었다. 일순간에 녹색 견장을 달고 병력을 지휘하던 중대장에서 행정업무 위주의 업무를 하는 참모가 되었다. 군 생활 경험이 많은 대위가 지휘관의 직책을 맡아 병력관리의 수준을 높이고, 경험이 부족한 장교들은 참모로 조정된 것이다. 이 정책은 군 생활에 대한 나의 부정적 감정을 더 끌어올렸다. 말단 대대에서 한순간에 최상위급 부대인 사단의 실무자가 되었다. 그중에서도 중요하기로 소문난 사단 교육장교가 됐다.

예하 부대의 모든 실무자들이 선배였다. 야전에서의 교육훈련 경험도 부족하고, 행정업무도 미숙했던 내게 교육장교라는 직책은 고통 그 자체였다. 전역을 결심했다. 전역지원서를 책상에 꽂아두고 모든 이들이 보게 했다. 부대로부터 받은 표창이 보기 싫었다. 받은 표창을 모두 세절기에 넣어버렸다. 문제아, 반항아라는 꼬리표가 붙었다.

고통스러운 6개월이 흘렀다. 쥐구멍에도 볕 들 날이 있다고 했던가. 평생의 동반자가 될 여자를 만났다. 인생 최고의 로또에 당첨됐다. 중국어 선생님을 준비하며 대학원에 입학한 아내는 내가 지금껏 만나온 여자들과 달랐다. 우리는 운명처럼 끌려 결혼도 하기 전에 하늘의 선물을 받았다. 우리에게 찾아온 아이 덕분에 연애 8개월 만에 결혼을 했다.

아내는 만삭인 상태에서도 대학원을 다니고, 교생실습을 나갔다. 그런 아내를 돕기 위해 육아에 집중했다. 아내는 일주일에 2번 야간수업을 위해 대전에서 수원으로 이동했다. 6월, 여름방학기간에 첫째 아들이 세상에 나왔다. 아내가 대학원을 가는 날이면 아이는 내가 전담했다. 나는 아기 띠를 매고 육아전쟁을 시작했다. 중학교 시절 오토바이 사고로 오른쪽 십자인대가 파열됐었다. 결혼하기 2년 전 축구를 하며 왼쪽 십자인대마저 파열되었다. 내 무릎은 신생아인 아들의 작은 몸무게도 버티지 못했다. 아내의 대학원 졸업과 동시에 십자인대 수술을 했다. 수술은 성공적이었다. 회복을 위해 입원실로 이동했다. 입원실에는 60, 70대 어르신들로 가득했다. 어딜 봐도 30대는 내가 유일했다. 나는 관심의 대상이 됐다. 입원실의 좋은 심부름꾼이었다. 입원실 TV는 어르신들의 취향에 맞추어져 채널이 고정되어 있었다. 아침에는 〈아침마당〉, 점심에는 〈나는 자연인이다.〉 밤에는 〈명의〉로 고정되었다. 어르신들은 방송 프로그램이 끝나고 나면 온갖 심부름, 본인의 과거 이야기, 자식 자랑 등으로 날 괴롭혔다. 어르신들로부터 벗어나고 싶었다.

어느 날, 한 분이 퇴원하시고, 새로운 분이 입원실에 오셨다. 학자의 느낌을 풍기시던 그분은 다른 어르신들과 달랐다. 본인의 입원실 침대를 정리하시고 곧장 책을 꺼내 드셨다. 새로운 사람들이 올 때마다 말 걸기에 바빴던 어르신들이 그분에게는 말을 걸지 않았다.

'바로 저거다. 책을 이용해서 어르신들로부터 해방되어 보자.'

태어나 처음으로 인터넷 서점에서 책을 주문했다. 다음 날 아침, 책이 도착했다. 마법 같은 일이 벌어졌다. 책이 주는 장점 3가지를 알게 되었다.

첫째, 책은 최고의 수면제다. 책을 처음 읽기 시작한 사람들은 알 것이다. 너무 졸린다. 몇 페이지 넘기지 않았는데도 눈이 무겁다. 불면증이 있다면 책을 읽어보라. 과학적으로도 우리의 뇌는 책을 읽으면 피로해진다. 단순히 영상을 보는 것과 책을 읽는 것은 차이가 있다. 같은 눈을 사용하는 활동이지만 독서는 생각을 하게 한다. 뇌를 사용하게 된다. 독서 초보의 뇌는 독서에 적응이 되어있지 않다. 졸린 게 당연한 것이다. 긍정적인 신호다. 뇌를 제대로 사용하고 있다는 것이다. 나는 책이라는 수면제를 통해 TV와 잡담이 뒤섞인 입원실에서도 숙면을 했다. 빠른 회복을 할 수 있었다.

둘째, 타인으로부터 해방될 수 있다. 책을 읽고 있는 사람에게는 말 걸기가 망설여지는 것을 경험해 봤을 것이다. 독서로 자신만의 공간을 만들고, 저자와 대화하는 이에게 말을 걸기란 쉽지 않다. 나는 책 덕분에 입원실 어르신들의 관심과 잔소리로부터 해방되었다. 조용히 나만의 시간을 가질 수 있었다.

인간은 타인과 분리되어 살아갈 수 없다. 그럼에도 불구하고 타인과 분리된, 해방의 시간이 필요하다. 인간은 홀로 시간을 보내는 사색의 시간이 필요하다. 그 시간 속에서 생각을 정리하고, 한 단계 나아갈 수 있는 에너지를 얻을 수 있다. 바쁜 일상을 살아가며 타인과 섞여 살아가야만 하는 우리에게, 독서는 해방을 선물해 준다.

셋째, 진정한 '나'와 만날 수 있다. 책 속의 문장에는 나를 향한 직접적인 질문은 없다. 그러나 책을 읽다 보면, 어느새 책이 말을 걸어온다. '나'라는 사람에 대해 묻는다.

'나라는 사람은 누구인가?'

'나는 무엇을 좋아하는가?'

'나는 왜, 무엇을 위해 살고 있는가?'

그렇게 책이 만들어 준 질문에 답을 찾다 보면 진정한 '나'를 발견하게 된다. 나는 책을 읽으면서 태어나 처음으로 나 자신에게 질문을 하기 시작했다. 입원실에 누워 나의 삶을 돌아보았다. 술, 담배, 여자로 가득 채워 온 나의 인생. 서른이 되었지만 좋아하는 것이 무엇인지, 왜 일을 하고 있는지를 고민하지 않았음을 알게 됐다. 나와의 대화가 시작됐다.

책을 읽으면 나의 한계와 만나게 된다. 책을 읽을수록 부족함을 느낀다. 부족함을 안다는 것 또한 공부가 된다. 내게 무엇이 부족한지를 알게 되었을 때가 진정한 나와 마주하는 경험이 된다. 책은 그렇게 나를 겸손하게 만들고, 공부하도록 만들었다. 나에 대한 메타인지를 높이며 책을 더 읽게 되었다. 진짜 나와 만나는 시간은 행복했다. 책을 읽을 때만 느낄 수 있는 행복이었다.

지금도 내 무릎은 좋지 않은 상태다. 격렬한 운동을 할 때면 무릎이 뜨겁게 부풀어 오른다. 이 고통은 부모님으로부터 받은 소중한 신체를 함부로 사용한 벌일지 모른다. 고통을 느낄 때마다 생각한다.

'내 몸을 더 소중히 여기자, 이 고통은 책과 나를 만나게 해 준 하늘의 뜻이다.'

나는 십자인대를 잃었지만, 그보다 더 값진 삶의 보물을 얻었다.

03

태어나 처음 만난 참된 '나'

나는 책을 읽으며 인생에 대한 심도 깊은 질문을 던지기 시작했다. 나에 대해 아는 것이 없음을 깨달았다. 질문에 답을 찾기 위해 책을 찾았다. 책을 읽어보니 오랜 과거로부터 '나'를 찾기 위한 고민은 계속되고 있음을 깨달았다. 나의 고민에 대한 답을 찾도록 안내해 주는 책을 손에서 놓을 수 없었다. 저자와 대화를 한다는 것이 무엇인지 알게 되었다. 내 머릿속 질문에 저자는 답했다. 더 깊이 있는 질문을 던지기도 했다. 그 시간 속에서 나를 조금씩 알게 됐다. 그럼에도 불구하고 나에 대해 완벽히 안다는 것은 어려운 문제였다.

'너 자신을 알라.'

소크라테스가 남긴 명언이다. 아주 간단한 문장이지만 많은 고민이 필요하다. 이렇게 책은 우리에게 쉬운 말이면서도 어려운 질문을 던진다. 그 질문에 쉽게 대답한다는 것은 깊이 생각하지 않는다는 것이다. 나는 간단한 질문에 대한 정확하고 깊이 있는 답을 찾기 위해 노력했다. 혼자서 결론 내기 힘든 답을 찾기 위해 여러 인문학 책을 읽었다. 읽으면 읽을수록 조금씩, 천천히 깨닫게 되었다. 그리고 깨달았다.

'나는 참 부족한 사람이었구나.'

지난 세월 다양한 지식을 익히고, 깨우쳤다고 자부했다. 하지만 정작 가장 가까이 있는 나조차도 알지 못함을 알고는 '나는 인생을 허투루 살아왔구나.'라는 깨달음을 얻었다. 충격적이고 비참했다. 더 많은 책을 읽고 싶어졌다. 이 비참함에 굴복하고 포기한다면 발전하지 못할 것이라 생각했다. 내 군 생활과 인생의 멘토이자 절절포 장군으로 유명한 서정열 장군님께서는 내게 이렇게 말씀하셨다.

"책을 읽으면 다른 이들과 나를 비교하게 된다. 비교하기 시작하면 나의 부족함을 알게 된다. 비참해진다. 거기서 멈추는 이는 교만해지고, 받아들이고 나아가는 사람은 겸손해진다."

2023년 1월, 첫 만남에서 해주신 말씀이다. 마음속 깊은 곳에 울림을 주었다. 돌이켜 생각해 보니 나는 비참함을 느꼈던 당시에 멈추지 않았다. 부족함을 느끼고 책에 더 빠졌다. 부족함은 나를 겸손하게 만들었다. 작은 지식을 알았다고 자만하지 않았다. 책 한 권을 읽고 마치 모든 것을 안다고 말하는 이들이 있다. 겸손하지 못한 것이다.

책이 준 지식을 완벽히 내 것으로 만들기 위해서는 사색을 해야 한다. 실천해야 한다. 말만 있는 지식은 진짜 지식이 아니다. 내가 읽은 지식을 삶에 적용해 보고 실천해 보아야 알 수 있다. 책의 지식이 나에게는 정답이 아닐 수 있다. 그것을 내 것으로 만들기 위해 부단히 삶에 적용해 보고 실천하면 나만의 답이 생긴다. 그 과정에서 지식이 지혜로 변한다. 나만의 정답을 찾아가는 길이다. 진정한 '나'와 만나는 과정이다.

나는 대학교에 입학하면서 SNS를 시작했다. SNS는 나를 자랑하는 공간이 됐다. 나는 학창 시절부터 남들보다 우월해 보이고 싶었다. 2016년도에 내 SNS는 그야말로 허세에 가득 차 있었다. 강해 보이려는 모습들로 도배되어 있었다. 밤새 술 먹고 취한 사진, 오토바이를 타는 사진, 클럽에서 즐기는 사진, 철인

3종 경기에 참석해 자랑스럽게 메달을 들어 올린 사진 등. '나는 이렇게 강한 사람이다.' 라는 것을 보여주기 위해 노력했다. 책을 만나고 SNS 게시물은 급격히 달라졌다. 책 사진이 업로드되기 시작했다. 지인들에게 수많은 연락이 왔다.

"너 어디 아픈 거 아니지?"

"왜 그래. 집에 무슨 일 생긴 거야?"

"사람이 안 하던 짓 하면 일찍 죽는다."

2019년 말, 우리의 삶을 뒤바꿔놓은 코로나-19가 창궐했다. 마스크를 쓰며 살아가는 삶이 시작되었다. 그로부터 약 2년 뒤, 2023년 1월 30일. 실내 마스크 착용 의무가 해제가 됐다. 마스크를 벗고 사람들과 마주하는 느낌은 색달랐다. 마스크 착용이라는 족쇄에서 벗어나 홀가분했지만, 부끄럽기도 했다. '기분 좋은 부끄러움'이었다. 그 기분은 책 사진을 처음 SNS에 올렸을 때와 같았다.

책을 읽고 글을 써서 알리고 있는 내 모습에 기분이 좋았다. 그러면서도 마음 한편으로는 부끄러웠다. 지인들의 연락에 뭐라고 답을 해야 할지 몰라 그저 웃어넘겼다. 책을 처음 읽는 사람들이라면 느끼게 될 감정이다. 그 부끄러움은 오래가지 않았다. 꾸준히 책을 읽는 내 모습을 인정하는 이들이 늘어갔다. 그러던 중 내 SNS 활동에 브레이크가 걸렸다.

"너 그런 사진 올리면 남들이 일 안 한다고 생각해."
"진급하려면 모든 행동에 조심해야 돼. 그런 사진 올리지 마."

타인은 나를 24시간 지켜보지 않기에 SNS의 사진 한 장으로 나를 평가할 수 있겠다고 생각됐다. 그런 평가와 우려의 목소리가 이해됐지만, 마음속 한구석에는 답답함이 있었다. 내 삶과 나의 행동이 타인에 의해 멈춰야 한다는 것에 불편함을 느꼈다. 약 100일간의 고민 끝에 결심했다.

"나는 나만의 길을 걸어가겠어!"

나의 SNS는 다시 책 사진으로 채워졌다. 서평을 쓰는 일이 습관이 됐다. 밤새 야근을 해도 책을 읽고 잠들었다. 늘 책과 함께 지냈다.
일정 수준 독서를 하다 보면 고민이 생긴다. 책을 다 읽어도 남는 게 없음을 느낀다. 책을 요약하고 '독서노트'를 만들었다. 독서노트를 만드는 과정은 책을 4~5번 읽는 효과가 생겼다.

오랜 시간이 걸리지만 완성이 되면 뿌듯하다. 10권의 독서 요약본이 완성됐다. 다시 고민이 생겼다. 책을 완전히 내 것으로 만들 방법이 필요했다.

독서의 매력에 빠지면 더 깊은 독서를 하고 싶어 독서모임을 찾게 된다. 독서모임을 통해 얻은 기쁨, 전율, 희열에 대한 글은 날 괴롭혔다. 군인이라는 직업상, 중대장이라는 중책을 맡고 있는 내게 군 울타리 외부와의 소통은 쉽지 않았다. 독서모임을 만들기로 결심했다. 독서모임 운영 방법을 책으로 공부했다. 그러던 어느 날, 내 독서노트를 본 용사 한 명이 찾아왔다. 단둘이 독서모임을 시작했다. 나름의 방식을 만들어 진행하자 소문이 났다. 참여자가 5명으로 늘었다. 6개월간 17회가 진행됐다.

어리다고 생각했던 20대 용사들의 생각은 나의 짧은 생각을 뛰어넘었다. 책에 대한 내 생각을 이야기하며 말하는 법을 익혔다. 읽고 말하면서 나의 부족함을 느끼고 깨달음을 얻었다. 책에 대한 생각을 정리하고 말로 끄집어내자 책은 내 것이 되었다. 나만의 새로운 지혜를 만들어갔다. 그러면서 조금씩 난 진정한 '나'를 알게 되었다. 독서모임에서 느낀 것은 너무나 많았고 내 삶에 큰 변화를 주었다.

04

길을 잃고 흔들리던 삶에서
읽고 쓰는 삶으로

'불치하문(不恥下問). 아랫사람에게 묻는 것을 부끄럽게 여기지
않는다.'

《논어》의 공야장편에 나오는 명언이다. 독서모임
을 하면서 나는 부하들에게 많은 것을 묻고 배웠다. 20대인 용
사들은 30대인 나보다 더 깊이 있는 생각을 했다. 그들은 나보
다 어린 나이지만 인생에 대한 방향과 고민의 깊이는 나를 뛰
어넘었다. 독서모임에서 나눈 대화들을 흘려보내고 싶지 않았
다. 대화 내용을 노트에 쓰고, 모임이 종료되면 정리해서 블로
그에 올렸다. 책을 읽기만 했던 단계를 넘어서 책에 대한 대화
를 나누고, 그 대화를 다시 적으면서 내 것으로 만들어갔다. 진
짜 독서를 했다. 텅 빈 나의 머리와 마음을 독서로 채워갔다.

대화 내용을 요약, 정리하며 나의 생각을 더해갔다. 책만 읽고 쓴 단순 서평과는 차원이 다른 글이 만들어졌다. 나의 생각, 타인의 생각, 그 생각이 만나 만든 새로운 생각. 세상에 단 하나뿐인 글이 되었다. 글쓰기를 하면 할수록 내 안의 '나'와 깊은 대화를 나눴다. 글을 쓰는 것이 쉬워지고 재미있어졌다. 새로운 글을 쓰고 싶어 더 많은 책을 읽었다.

일주일 중 가장 즐거운 날은 독서모임을 하는 날이었다. 내가 읽은 책에 대해 대화를 나누고 싶은 마음에 가슴 설레었다. 책에 대해 말하는 기회가 많아지면서 말하기에 대한 자신감이 생겼다. 군인, 중대장이라는 직책의 특성상 부대원들 앞에 서서 교육을 해야 할 경우가 많았다. 부자연스러운 말투, 목소리로 자신감이 부족했다. 그것을 극복하게 해 준 것이 독서모임이었다.

독서모임은 참가자 1명이 많은 시간을 사용하면 안 된다. 짧은 시간 내에 하고 싶은 내용의 요점을 논리 정연하게 말해야 한다. 그래야 상대에게 제대로 전달된다. 올바른 전달을 위해 내 생각을 글로 정리해 독서모임에 참석했다. 정리된 글을 읽으며 자연스럽게 논리적으로 말하는 연습이 됐다. 독서모임에서의 말하기는 일상에도 적용되었다. 100명 이상의 중대원 앞에서 내 생각을 명확하고 간략하게 말할 수 있게 되었다.

독서와 독서모임의 장점을 극대화하고 싶었다. 책을 읽지 않는 용사들을 설득할 수 있는 방법을 연구했다. 용사들의 일과 시간 이후 모습을 살폈다. 모두 스마트폰을 보며 시간을 보내고 있었다. 유튜브 등을 동해 영상 시청을 하는 이들이 대부분이었다.

'수백 마디 말보다 영상으로 소통해 보자.'

처음부터 용사들에게 독서모임을 하라고 강요할 수는 없었다. 독서를 시작하기는커녕 독서에 대한 부정적 감정만 생길 것 같았다. 용사들이 군 생활에 있어 가장 불만이 무엇인지 고민했다. 해답은 금방 찾을 수 있었다. 20대의 황금 같은 시간을 군에서 낭비하고 있다는 부정적 마음이 가장 큰 불만일 것이라는 결론을 내렸다. 시간 활용법을 이야기하기로 했다. 먼저 글을 썼다. 제목은 〈군대에서 남는 시간을 제대로, 효율적으로 보내는 방법〉으로 정했다. 설득력이 있으면서도 지루하지 않고, 흥미를 유발하고, 동기부여가 되는 글이 필요했다. 시간 활용법에 대한 책을 10권을 읽었다. 책들이 공통적으로 말하는 내용을 요약했다. 답이 보이기 시작했다. 약 1주일간 글을 쓰고 지우고 다듬으며 글을 완성했다. 제법 괜찮았다. 이제 남은 것은 동영상 제작이었다.

문제는 내게 영상편집 기술이 전혀 없다는 것이었다. 포기하지 않았다. 책 소개 영상을 찾아보았다. 유튜브에서 괜찮은 채널을 찾았다. 〈책 그림〉이라는 이름의 책 소개와 지식을 나누는 채널이었다. 이 채널의 특징은 펜을 든 손이 등장해서 글씨는 물론 그림을 그린다. 영상 제작자의 대사에 맞춘 그림을 그려 주는 모습이 신기했다. 시청자의 집중과 관심을 유발했다. 그 영상편집 기술을 갖고 싶었다. 영상에 댓글을 남겼다. 중대장으로서 용사들에게 책의 긍정적 효과를 안내해 주고 싶다는 간절함을 담아 적었다. 곧 답이 왔다.

댓글을 본 많은 이들이 영상 제작 프로그램을 소개해 주었다. 혼자서 공부할 수 있는 영상들을 소개해 주었다. 밤을 새우며 공부했다. 연습 삼아 짧은 영상을 만드는데 성공했다. 그때의 그 감격은 잊을 수 없다. 마음먹고 시작한다면 무엇이든 할 수 있겠다는 자신감을 얻었다. 독서의 장점은 무궁무진하다는 것을 알게 되었다. 책을 읽고, 글을 쓰고, 영상까지 만들 수 있다는 것. 놀랍고 재미난 경험이었다.

다음 단계로 나의 목소리를 영상에 담아야 했다. 보유한 장비는 컴퓨터 한 대, 2년 된 이어폰이 전부였다. 영상 제작을 위한 고가의 장비를 구매하기에는 내 주머니 사정이 좋지 않았다.

부족한 장비지만 일단 시작했다. 이어폰 마이크에 입을 대고 글을 읽는 것이 어색했다. 글이 부드럽게 읽히지 않았다. 수차례 반복하며 말하는 연습, 음성 편집 기술을 익혔다. 목표를 세우고, 의지를 가지고 실천하면 이루어진다고 했던가. 영상을 제작하는 과정 속에서 많은 깨달음을 얻었다. 약 2주가 지나자 영상이 완성됐다. 어떤 작품보다 내게 소중한 영상이었다.

영상을 본 용사들의 반응이 괜찮았다. 병영 도서관을 찾아가는 이들이 늘었다. 일과 시간 이후의 시간을 자기 계발로 채워갔다. 독서, 헬스, 자격증 공부, 영어 공부 등. 용사들의 변화를 보며 나의 노력과 시간이 아깝지 않았다. 영상을 더 많은 이들과 공유하고 싶어 블로그, 유튜브에 올렸다. 반응이 뜨거웠다. 전국 각지에서 근무하는 용사들이 댓글을 적어주었다. 진지한 댓글과 감동의 글들이 올라왔다. SNS의 영향력에 놀랐다. 얼마 뒤 한 통의 전화를 받게 되었다.

"최 대위님. 저는 국립중앙도서관 사서 교육과 주무관입니다. 혹시 강연을 부탁드려도 될까요?"

국립중앙도서관을 가본 적이 없었다. 이름만 듣고 국가에서 운영하는, 규모가 큰 도서관이라 추측했다. 책과 관련된 전문 직장의 기운이 풍겼다. 그런 곳에서 군인인 나에게 연락이 주다니. 연결의 매개체는 내가 제작한 동영상이었다. 내 글과 동영상을 본 주무관님께서 병영 도서관 사서를 대상으로 한 교육에 초빙강사 위촉을 요청하셨다. 대상은 전군에 있는 군부대 사서와 사서의 역할을 하고 있는 이들이었다. 군대의 창끝부대인 대대로부터 육군본부와 국방부 사서, 독서와 관련된 실무자들에게 강연하는 시간이었다. 전화 한 통에 가슴이 벅찼다.

독서와 관련된 학력, 경력, 자격증이 없는 내가 독서에 대한 강연을 하게 된 것이다. 꿈만 같은 일이었다. 최선을 다해 강연을 준비했다. 강연 당일, 짧은 시간이었지만 내 모든 것을 다한다는 마음으로 강연에 임했다. 강연이 끝나고 국립중앙도서관 관계자께서 나의 진심 어린 강연에 찬사를 보내주셨다. 이날을 계기로 3년간 4회의 강연을 했다.

책만 읽었더라면 내 삶의 변화 폭은 작았을 것이다. 홀로 독서하는 이들과 별반 다르지 않았을 것이다. 나는 읽고, 쓰고, 실천했다. 책을 통해 얻은 지식을 내 삶에 적용했다. 지식을 나만 아는 것이 아니라 다른 이들과 나누기 위해 노력했다. 그 결과, 나는 책을 읽지 않던, 골치덩어리 문제아에서 '독서 강연가'로 변신했다.

나는 책이 주는 가장 큰 장점을 알게 되었다. 바로 사람을 변하게 만든다는 것이다. 사람은 쉽게 변하지 않는다고 하지만 변화할 수 있는 방법은 있다. 바로 독서다. 그냥 독서가 아닌 실천하는 독서가 필요하다. 지식을 머릿속에 저장해 두는 것이 아니라 세상 밖으로 꺼내서 실천하고, 지식을 넘어 나만의 지혜를 만들어야 한다. 그것이 진정 삶이 변화되는 길이다. 누구에게라도 확실히 말할 수 있다.

"사람은 책을 통해 변할 수 있습니다!"

05

저는 국방부 최초 독서문화 홍보대사입니다

코로나-19 이후 온라인 독서모임은 급격히 늘어났다. 이제는 각종 SNS를 통해서 손쉽게 온라인 독서모임에 참석할 수 있다. 나 또한 약 6개월간 온라인 독서모임에 참여해보았다. 그 시간은 내게 너무나 소중했다. 독서모임이 반드시 대면해야만 가능한 것이 아님을 깨닫게 되었다. 온라인 화상회의를 통해서도 의견을 나누는데 큰 어려움이 없었다.

좋은 것은 내 주변 사람과 나누고 싶은 법. 군인들과 함께 독서모임을 해야겠다고 마음먹었다. 과거의 부대 독서모임 운영의 경험을 바탕으로 시도해 보려 했지만, 소령이라는 계급상 부대에서 업무만 해도 시간이 부족했다. 온라인 독서모임은 마음속에만 두고 시간이 흐르고 있었다.

2023년 1월 1일. 인스타그램에서 군인들만의 온라인 독서모임

모집공고를 보게 되었다.

'어? 이건 내가 상상했던 일인데?'

가슴이 설렜다. 운명 같은 느낌을 받아 즉시 참여 신청을 했다. 2주간의 모집 기간은 1주일로 단축되었다. 너무 많은 인원이 신청을 한 것이다. 1주일 만에 30명이 모였다. 놀라운 일이었다. 군인들의 독서 열정과 독서모임에 대한 갈망은 상상 이상이었다. 각자 한 달 동안 SNS를 통해 독서 인증 사진, 동영상 등으로 올리면서 서로를 응원했다. 약 한 달이 지난 주말 화상으로 북포럼의 시간도 가졌다. 이 시간에는 휴식시간을 갖고 있던 일병도 참여를 했다. 용사들이 일과 이후, 주말에 핸드폰 사용이 가능해졌기에 가능한 일이었다. 이 용사야말로 스마트폰을 스마트하게 사용하는 '스마트인(人)'이었다. 남들이 편히 누워 쉴 때 독서모임을 하기 위해 시간을 내다니. 소령인 내가 배울 점이 많았다.

9명이 화상회의 자리에 모였다. 책에 대한 생각과 한 달간의 경험을 이야기했다. 책을 읽지 않던 중위가 한 달간 6권의 책을 읽었다. 나는 책에서 나온 것을 실천해 보았다. 멘토를 만나기로 결심하고 SNS를 활용해서 내가 선정한 멘토에게 연락을 하고, 실제로 만남을 가졌다. 한 용사는 수많은 간부들 사이에서도 자신의 생각을 조리 있게 이야기하여 감동을 주었다. 가슴이 뭉클했다. 군에 독서문화를 퍼뜨리는 것이 가능하리라는 확신이 생겼다. 오랫동안 꿈꾸던 일을 해야겠다 마음먹었다.

약 2달 정도의 군인들의 온라인 독서모임을 경험하고 나도 나만의 독서모임을 개설했다. 역시 얼마 되지 않아 30명이 인원이 참여했다. 특이한 경우로는 아직 군인이 되지 않은 후보생(ROTC), 군무원도 참여했다. 놀라운 일이었다. 매일 새벽 5시에 함께 책을 읽고 하루를 시작한다. 한 달에 한 번 독서전문가를 초청해 온라인으로 '북토크'도 한다. 한 권의 책을 읽고 대화를 나누는 독서모임의 본질도 실천한다. 단순 독서를 떠나 개인의 성장을 도모하는 커뮤니티로 발전하고 있다. 소문을 듣고 찾아오는 이들이 늘어날 때마다 앞으로 군의 성장이 기대되어 울컥하기도 한다.

나는 매일 꿈을 꾸며 산다. 독서를 통해 삶이 변화하는 군인들을 많이 양성하는 것. 그들이 군의 성장을 이끄는 인재가 되는 일. 이 꿈은 군 생활을 하며 느낀 경험에서 생겨났다. 나는 군인이라는 직업이 좋다. 가정 형편이 어려워 찾아온 직업이었지만 이제는 내 삶의 모든 것이 되었다. 아내를 만나게 해 준 것도 군 선배 덕분이었고, 가족들과 살아갈 수 있도록 집을 제공

해 준 곳이 군대이다. 군인으로 사는 것에 감사하고, 나라를 지키고 있다는 자부심과 긍지도 얻었다.

많은 군인들이 자신의 자리에서 성실히 일을 해도 언론에서 군(軍)은 자주 질타의 대상이 된다. 때로는 1명의 잘못된 행동이 군 전체를 대표하는 것처럼 표현되어 군인 모두가 손가락질 받기도 한다. 나의 지인들 조차 '군인들은 역시 안 된다' 는 말을 하며 내게 상처를 줬다. 내가 무엇을 잘못했단 말인가. 또 잘못을 저지른 군인은 왜 그랬던 것일까.

군에 입대한 20대 젊은이들은 약 5주간의 신병교육대를 거치면서 군인이 되어간다. 5주간 정말 멋진 남자가 된다. 자신의 한계와 만나고 극복하는 법, 동료들과 함께 주어진 일을 해결해 가는 협동심, 군인으로서 가져야 할 군인정신과 패기 등을 배운다. 신병교육을 수료하는 그날에는 어디에 가도 나라를 지킬 듬직한 군인이 되어있다. 이 젊은이들이 병장이 되고, 전역을 하는 시기가 오면 군대에 대한 최고의 '안티' 가 되어 있다. 그들에게는 무슨 일이 있었던 것일까. 위의 사례와 같은 일이 빈번했다. 이유를 고민했다.

'왜 군대에 대한 부정적 인식이 남아있는 것일까?'

곧 나만의 결론을 찾았다. 용사로 입대한 20대 젊은이들은 군에서 18개월이라는 기간을 낭비하고 있다고 생각한다. 직업 군인을 선택한 초급간부들은 훈련에 대한 육체적 피로, 통제된 생활로 얻은 스트레스를 해소하기 위해 일과 이후에는 자극적인 활동을 찾았다. 음주, 게임, 무의미한 영상 시청. 용사들과 간부들 모두 시간을 낭비하며 젊음을 흘려보내고 있었다. 남는 것도 없는데 젊음의 시간마저 빼앗아가는 군대가 좋을 리 없었다. 시간을 효율적으로 보내도록 만들고 싶었다.

책을 통해 삶이 변화한 나를 알리고, 나와 같은 이들이 많이 양성되길 바란다. 군에서 무엇인가 얻어 간 이들이 전역을 한다면, 그들의 부모, 형제, 친구가 군을 긍정적으로 볼 것이다. 1명의 군인을 통해 최소 3명의 군에 대한 긍정적 인식을 하게 될 것이다. 군에서 삶이 바뀌는 경험을 하는 이가 1명이 생기면, 이에 자극을 받은 인원들이 나타나 10명, 100명, 1000명이 된다면 3,000명의 군대 팬이 생길 것이다.

시간이 지나면서 군을 긍정적으로 보는 인원수가 늘어난다면 몇 년 뒤에는 '군대 꼭 다녀와봐. 성장할 수 있어.' 라는 말이 나오지 않을까. 나는 성장의 매개체로 독서를 택했다. 독서를 통해 자기 계발을 시작한 이들은 책만 읽지 않는다. 성장을 위해 자연스럽게 자신의 시간을 통제한다. 시간의 소중함을 알게 되면 자신만의 시간을 찾게 된다. 전역 날짜만 기다리는 것이 아니라, 일과 이후 저녁이 오기를 기다린다. 저녁 시간을 활용해 독서를 하고 성장하게 될 것이다. 바로 '전역보다 기다려지는 저녁'을 만드는 삶이 찾아 온다.

나의 꿈의 최종 목적지는 '군에 대한 사회의 인식이 지금보다 더 긍정적으로 바뀌는 것'이다. 군에서 삶이 바뀌고, 성장하는 젊은이들을 양성할 것이다. 내가 사랑하는 나의 직업이 국민들에게 박수받는 곳이 되도록 만들 것이다. 나부터 달라지고 나부터 실천하고 성공하여 알릴 것이다. 나와 같은 길을 가는 군인들을 발굴해 낼 것이다.

나는 SNS 상에서 '독서하는 군인'으로 활동하고 있다. 이를 줄여 〈독하군〉이라 명명했다. SNS를 통해 함께 독서모임을 할 군인들을 찾고 있으며, 장병들 앞에서 독서의 중요성을 알리는 강연의 기회를 만들어 재능기부 강연을 진행하고 있다. 그 활동을 다시 SNS 게시하니 나를 찾아주는 부대가 계속 생기고 있다. 그렇게 작지만 조금씩, 꾸준히 독서의 중요성과 군대에서 남는 시간을 효과적으로 보내는 방법을 전파 중이다. 강연을 듣고 나의 진정성을 본 이들이 독서하는 군인, 〈독하군〉으로의 삶을 함께 하고 있다.

나는 매일 긍정 확언을 외친다. 내가 되고자 하는 사람이 되길, 내가 원하는 일이 이루어지길 확언으로 외친다. '~가 될 것입니다.'가 아닌 '~가 됐습니다.'로 외치며 내 꿈이 이루어지길 생각한다. 매일 외치고 생각하다 보면 꿈을 이루기 위한 방법이 나타난다. 나의 긍정 확언 중에는 아래와 같은 꿈이 담겨 있다.

"능력 있고 존경받는 군인이 되어 독서의 중요성을 알리는 독서 강연자가 됐습니다."
"독서하는 군인들을 양성하는 성공적인 정책을 수립한 장군이 됐습니다."
"국방부 최초 독서문화 홍보대사가 되어 군에 독서문화를 확산시켰습니다."

나의 꿈을 이루기 위해 나는 당당히, 공식적으로 군인들 앞에 설 것이다. 국방부 최초의 독서문화 홍보대사가 되어 전국의 부대를 방문하여 독서의 중요성을 알릴 것이다. 많은 군인들이 성장하는 기적을 만들어 낼 것이다. 용사로 군 생활을 하고 전역하는 젊은이들이 군대의 강력한 팬이 되어 군을 응원하고 지지해 주는 팬이 되도록 할 것이다. 그들의 가족이 군에 감사하고 열광하여 군인이라는 직업에 대한 존경을 표하는 세상을 만들 것이다.

존경을 받기 위해서는 존경받을만한 행동을 해야 한다. 직업 군인들이 독서를 하고 성찰하여 올바른 가치관을 갖고, 자신의 장점을 찾아 군의 성장을 도모하도록 하여 존경받는 군인들이 되도록 할 것이다. 내 꿈은 시작되었다. 함께 하는 이들이 늘어 가고 있다. 우리 군대가, 젊은이들이 성장해 가는 길을 응원해 주길 바란다. 나의 노력이 멈추지 않고 더 발전하길 응원해 주길 바란다. 모두 앞에 서서 이 말을 외칠 날을 꿈꾼다.

"충성! 저는 국방부 최초 독서문화 홍보대사, 〈독하군〉 최영웅 입니다."

"천천히 그러나 꾸준히 독서"

하루가 멀다고 시대가 변하고 있다. 메타버스의 등장으로 세상이 떠들썩하더니, 이번에는 챗GPT가 인간을 위협한다. 4차 산업 혁명은 피할 수 없다. 이제는 AI와 인간이 공존하며 현명하게 살아갈 수밖에 없다. IT기술은 갈수록 업그레이드 되고 있다. 사람의 욕구에 맞게 앞으로도 발전에 발전을 거듭할 것이다.

IT기술은 계속 업데이트가 되는데, 내 삶은 어떤가? 같은 자리에 머물러 있지는 않은가? 사람은 진화의 본능이 있다. 그러나 말처럼 계속 성장하여 앞으로 나아가기에 쉽지 않다. 다양한 관계를 맺고, 일을 하며 살아가기 때문에 자신이 성장을 위한 시간을 내는 일이 어려운 것이다.

그런데도 자신의 성장과 발전을 위해 하루 30분이라도 시간을 내어 성장의 시간을 마련했으면 한다. 그래야 변화무쌍한 시대의 변화에 조금이나마 따라갈 수 있다. 그 성장의 기반이 독서였으면 좋겠다. 독서는 가장 손쉽게 할 수 있는 자기 성장 도구이다. 하고자 하는 마음만 먹고, 시간을 떼어 읽기만 하면 그리 어렵지도 않다. 독서는 변화하는 삶을 이끄는 기폭제가 된다. 이 책의 저자들의 삶만 들여다봐도 그렇다. 존재감 없이 느껴졌던 삶에서 '나'로 살아가며 각자의 인생을 이끌어 가고 있다. 독서가 쉽게 접근이 가능하지만, 누구나 꾸준하게 하는 것은 아니다. 눈에 보이는 당장의 이익이 없기 때문이다. 그러나 독서로 인한 삶의 변화는 꾸준함에서 결정된다. 느린 속도를 이겨내며 천천히 그러나 꾸준히 읽다 보면, 스스로 달라진 자신을 느낄 수 있다.

독서로 더 나은 삶을 살고 싶다면, 한 가지 당부드리고 싶은 것이 있다. 하나의 책을 읽더라고 깊이, 그리고 질문을 하며 읽어보라는 것이다. 그 후에는 책의 내용 중 내가 삶에 적용할 것이 있다면 행동으로 옮겨 보자. 그런 습관으로 책을 읽다 보면 삶이 변하기 시작한다. 아무리 많은 책을 읽어도, 자기 삶에 적용하지 못하는 독서는 원하는 만큼의 성장을 경험하기 어렵기 때문이다.

결국 독서를 통해 성장하고 싶다면, 질적 독서와 실천 독서를 병행해야 한다. 그런 방법으로 천천히 꾸준하게 6개월만 지속해 보자. 그것만으로도 마인드의 변화가 생긴다.

천천히 그리고 꾸준하게 독서하다 보면, 우선 자존감이 올라간다. 목표한 바를 해 냈다는 생각과 마인드의 변화가 자존감을 올린다. 그 이후에는 긍정적인 마인드로 바뀐다. 세상을 부정적으로 바라봤다면, 세상을 아름답게 바라볼 수 있게 된다. 또한, 관점이 변한다. 세상을 바라보는 관점이 좁았다면, 열린 마음으로 크게 생각할 수 있게 도와준다. 작은 사건에 크게 반응했다면, 덤덤하게 바라볼 수 있는 마음의 근육이 생긴다. 이러한 내적 성장만으로도 내 삶은 이전과는 비교할 수 없을 만큼 달라진다. 마인드의 변화가 일어나야 행동할 힘을 키울 수 있고, 하고자 하는 일을 직접 실천하다 보면, 이전과는 비교도 안 될 만큼 성장할 것이다.

여기서 알아야 할 점이 있다. 독서로 인한 성장은 계단식으로 이루어지기 때문에 항상 멈춰 서는 단계를 거쳐야 한다는 점이다. 독서 슬럼프가 오기도 하고, 포기하고 이전 생활로 돌아가고 싶은 지점도 있다. 그때마다 이 책을 벗 삼아 현명하게 잘 이겨냈으면 한다.

한 번에 오를 수 있는 산은 없듯이, 독서로 인한 성장도 하루아침에 일어나지 않는다. 느리지만 천천히 그러나 꾸준히만 한다면 반짝반짝 빛나는 삶이 나를 기다리고 있을 것이다. 그런 날을 위해 오늘도 천천히 꾸준히 책을 읽자. 몇 년 뒤 이 책이 여러분의 삶을 바꾸는 한 권의 책이 되길. 진심으로 바란다.

2023년 6월

우희경

독서로 더 나은 삶을 살고 싶다면,
한 가지 당부드리고 싶은 것이 있다.
하나의 책을 읽더라고 깊이,
그리고 질문을 하며 읽어보라는 것이다.